まほろばの御沙汰《おんさた》

まえがき

その日、十月の海はベタ凪で前浜海岸の沖は海面が光っていた。船のデッキに一人出て長く白く延びる航跡の先を眺めていた。平成の世も二十年過ぎて今年は何かと大きな節目の年になっている。私は今までにこの行路を数百回行き来しているが、これほど故郷に思いを寄せて船から島を振り返ることはなかった。またこれほど穏やかに静まり返った海に出会ったことがない。それがなぜか、私の心を揺さぶるのである。

故郷を思う気持ちは抑えがたいものがある。そのふつふつとした思いとは裏腹に、おそらく黙っていたら真実が歴史の中から消えていくばかりである。そう考えたとき長い歴史の中の一瞬に生きる今、残された資料、記された文献、言い伝えを基に、書き残しておかなければいけないと覚悟を決めたのである。

私が故郷を真剣に思うようになってから二十年経っている。その間島のことを思い続けてきたが、その思いは逆の方向へいくばかりである。故郷の島は祖先や父母の眠っている大事な島であり、自分が生を受けたかけがえのない島である。友人や知人もいる大切な島でありその中で暮らし、私は今の自分のおかれた環境は幸せで満足し後悔はない。あえて波風を立てることもない。

平凡だが優しい気持ちで暮らすことが自分の生きる道と、胸におさめてきたこともある。島のことを深く掘り下げると世界が見えてくる。

今は「故郷は遠くにありて思うもの」その心境でもあるが、私は日本人である。どこで生きようが暮らそうが日本の心は失いたくない。

島を見捨てたわけでもない。むしろ今一度島から見てみたいと思った。

そう考えたら、出船のような明るい気持ちになって、心が希望で燃えてくる。自分の限られた時間を考えるようになったこの時節、不思議なことに、いろいろなことが一つに集まって、なにか運命的な出来事のようにさえ思えるのである。

さらには、ようやくこの小さな島のことが、この日本を考える大切な一歩でもあることに気がついて迷いはない。

私は、どこかまほろばの地からお許しがでたような気がしているのである。

目次

随筆集（その三）終焉　人間万事塞翁が馬

まほろばの時沙汰

萬里小路操子姫の生涯

第一章　萬里小路操子姫《までのこうじあやこひめ》の生涯

高貴なお方のお遣い

昭和二十七年四月二十八日、日本はアメリカから正式に独立した。それをきっかけに、閑院宮載仁（かんいんのみやことひと）親王の御子、萬里小路操子（までのこうじあやこ）こと山岸史枝（あやえ）と、夫の敬明（ひろあき）夫妻は、全国の神社に昭和天皇のお遣いとして、廻られた。

それはあくまでも昭和天皇と史枝との個人的な約束であり、記録にはない。

その年すぐ、伊豆七島の新島（にいじま）の十三社（じゅうさんしゃ）神社にもその二人が来島した。

平成五年当時、私の父の十三社神社宮司前田健二が生前書き残した『はだしのあしあと』（自分流文庫刊）から抜粋する。

＊　　　　＊

昭和二十七年七月三日、夕方、新島役場から「大島市庁長より電話がはいっているので急いで来てほしい」と連絡があった。

すぐ飛んで行き、受話器をとる。

「明日、高貴なお方が新島に行かれるから、丁重にお迎えするように」

とのことであった。何が何だかわからず、大島市庁長にいろいろ聞いたところ、

「実は、私もわからないが、新島に着けばわかるから。また御夫婦であるし、人柄もすぐわかるから心配いらない」

と言うことであった。

その日、すぐに関係者に連絡し、明日の来島を待った。幸い天候も回復し、早朝に大島波浮港を出向した高砂丸は、七月四日午前七時二十分、前浜沖に錨をおろし、間もなく数名の客を乗せた艀（はしけ）が浜に着いた。

四十代だろうか。一見して、その主はすぐにわかった。使者は　閑院宮載仁親王の御子、山岸史枝（前名・萬里小路操子）と夫の山岸敬明（前名・山岸宏）であった。山岸敬明は昭和七年五月十五日の五・一五事件で時の総理大臣・犬養毅暗殺に連座した元海軍中尉で、二人は周囲の反対を押し切って昭和十三年に結婚し、改名している。

先の戦時中、参謀総長として軍最高の重責を負わされた史枝の父、閑院宮殿下は、ご自分の病が重くなられたとき、病床に呼び出した夫妻に

「お前たちは一命のなかったものと思い、これからは如何なることがあっても、また、何時でも陛下の御下命のあったときは快くお受けし、使命を果たされよ」

と、堅く遺言されていた。

この言葉を守り、夫妻は戦後の苦難の時も常に陰の奉仕を続けてきたのである。

前浜に無事到着した山岸夫妻は、島の重鎮の出迎えを受け、早速、島の鎮守の十三社神社へ

と向かった。この神社は事代主命（ことしろぬしのみこと）を祀ってある。

山岸史枝様によると、

「この度のことは天皇陛下にはかねてから予定されていたことでもあり、戦後ようやく、人の心も落ち着き、国家の独立も叶ったので、陛下のお遣いとして来島しました。後日、時が来れば、必ず改めて、正式に行う故、今は仮の形式であることを承知して置くようにとの仰せでございます」

と丁寧に納められた神様を預けられた。私はこれは大変なことになったと思いながら、国を思う陛下の限りない御心に強く打たれ、その日のうちに予定の祀り事のすべてを終わらせた。それから後、村内の要所を案内し、ようやく、旅館で一休みした。七月の頃よい時期ではあったが、生憎の荒天のため、大島でふっこみ（足止め）をくって、予定の遅れたお二方はゆっくり体を休める暇もなかった。

「七月五日までに陛下に御報告申しあげなければなりません」

と、ご夫妻は慌ただしく、その日の神津島からの上り便で帰京された。小さな高砂丸はちょうど東京へ出荷する豚と一緒であった。

そして後日、

「予定通り七月五日参内し、詳細に御報告し、役目を果してほっとしました」

との便りを受けた。

あれから四十年、その間、山岸ご夫妻との交際が始まり、夫妻は折をみては新島に来られ又、

私も妻と共に度々上京してお会いし、「時が来れば」と言われた例のことについて尋ねたが、

「いまだ時至らず」

で今日に至ってしまった。

＊　　＊

父は平成十年一月六日に八十五歳で亡くなったが、その長い人生の出来事を日記につけていた。また折々の気になることを半紙に書き連ねていた。あるとき、その厚い原稿を私の前に広げたことがあった。そのとき私はすぐに本に纏めることを勧めた。ところが、

「清書していないから後二年はかかるね」という。

それでは間に合わないではないかと内心心配になってきたので、

「大丈夫、私が清書します」

と自信もないのに言った。すると、弱音をはかない父が、

「恥ずかしいなあ」

と、ぽつりと言った。

父にとってはそれは本心であったような気がする。預かった文章は古文書のように解読しにくい。なにしろ、目の悪くなった父の字はくねくね曲がったうえ、細長い癖字で、ボールペンの字はところどころ霞んでいた。が、じっと見ていると、字が浮かんでくるから不思議だった。わからない内容は質問すればしっかりと答えてくれるが、質問するにはかなりの知識が必要で私にとっては難儀であった。またメモだけのこともあるから内容を点から線にし、広く深く掘

り下げるには時間もかかった。初めてのことであり未熟ながらやっとできた本である。

『はだしのあしあと』は、父にとっては貴重な本であるが、知る人は少ない。ところが、私にとってはこの本が、後に、私の人生の節目々にかかわりがあるようになったのである。当時、山岸夫妻来島のことがどのようなことを意味するのか考えもしなかった。

父にとってはそれは重大なこととして受け止められていたようだった。なぜ、この小さな島の十三社神社を選ばれ神様（天火明命＝あまのほあかりのみこと）を預けられたのか。「その時」とはいつのことなのだろうかと、大きな責任を背負ったまま月日は過ぎて行った。そしてそのことを知る島の人もすでに物故し、両親も心にかけながら亡くなり、私一人の胸の内に納めていた。

平成も二十年経ち、昭和天皇が崩御され今上天皇が即位され二十年という節目の年になったが、今、我が国は戦後最大の危機といわれている。

人はこの世に生まれた以上それぞれに使命があるという。私は馬齢を重ねた今、日本の行く末を憂え、知ったことをこのまま向こうに持っていくわけにはいかない。

そうであるならばと、悔いのないように記すことを覚悟したのである。

あや姫誕生

明治三十九年六月十五日、閑院宮載仁（かんいんのみやことひと）親王を父に、母の醍醐しま子との間に双子の姉妹が生まれた。母は京都上賀茂神社の宮司の娘と言われている。双子の姉妹は貞子、操子（あやこ）と名付けられた。貞子は体が弱く直ぐに亡くなり、操子は、やがて西本願寺別院の大谷尊由（たかよし）師のもとに引き取られ育てられた。その操子が後の山岸史枝である。

閑院宮載仁親王殿下は、一般には明治天皇の弟といわれている。天皇家の系図をたどると閑院宮家は四親王家で、東山天皇の皇子、直仁親王に始まる。新井白石の建議に基づき、将軍家宣の上奏により宝永七年（一七一〇年）創立されたといわれている。載仁親王は伏見宮邦家親王の十六番目のお子様で、易宮という。明治五年（一八七二年）、閑院宮家を継いだ。明治十一年に孝明天皇の養子として、親王宣下を受け、載仁親王となる。古来の天皇の規定によると、孝明天皇の次の天皇は明治天皇である。親王宣下を受けた載仁親王は、明治天皇の兄弟となり、博經親王、智成親王、載仁親王、貞愛親王、ということになる。

載仁親王は髭を生やされ体格もよくしっかりした面立ちである。皇族には稀に見る威風堂々した容姿で、美丈夫であったといわれている。

明治三十八年、日露戦争で負傷した閑院宮載仁親王を醍醐しま子が広島の大本営にお見舞いに行かれ看病されていた。そのときに載仁親王の寵愛を受け生まれたのが操子である。載仁親王には智恵子妃との間にすでにお子様があり、操子は四人目の娘にあたる。載仁親王は操子のことを心配すると同時に心配りをしていたが、やがて、その立場故の苦労をかけることにもなっていく。

操子は自分の出自を知らないで育っている。

西本願寺の別院で育った操子は、萬里小路操子（までのこうじあやこ）という名で学校に何の不都合もなく通い、「あや姫様」と呼ばれていた。別院では厳しい婆やが教育した。物心ついた頃から、洗濯も自分でするよう躾けられた。学校に行く前に割り当てられた掃除もした。別院といっても長い廊下で南北に部屋が別れ、南には広縁が廻っていた。寒い日でも着物の裾を上げ雑巾で拭き掃除をするのは辛いことだった。下働きの女性が何人かいて、なにやらそっけない年増の女性が入れ代わり来ていたようだが、操子は誰でも挨拶だけはしていた。ところがその挨拶が悪いと婆やから注意を受けたことがある。

「あいさつには、いろいろあるのですよ」

その人を見極めたうえでするようにということらしい。年上だから丁寧ということでもないらしい。操子は自分の好き嫌いで挨拶しているようなところもあった。そのことを強く注意されたとき、操子はそれぞれに立場のあることがうすうす感じとれ、時が経てば分かることもあるだろうと理解し、それ以上尋ねることをやめた。

操子を育てた婆やは殊の外躾けに厳しかった。あるとき操子が寝坊をして日課の仕事も投げ出してあわてて学校に行くと、呼出しがあった。

「あや姫さま、用事がありますのでお家へお帰りください」

「どんな用事かしら」

　操子がどんな急用かと息急き切って帰宅すると、婆やが、広い玄関先で仁王立ちして待っていた。

「今日はお掃除をしないで学校に行きましたね、なさってからおでかけなさいまし」

「えっ、そんなことで、呼出しを、意地悪な・・・」

　それでも口答えはいけない。ぐっと胸に納める。

「今の苦労は将来の為ですよ」

　厳しい口調であった。万事にそうである。箸の上げ下ろしから言葉の一つ一つ注意されるが、本来自由奔放で激しい気性の性格で内に秘めた物をもっていた操子は、いつも好奇心があり外を向いていた。それでも聡明な操子は反抗はせず言われたことはその場で上手く受け入れていたから表面的には問題を起こすこともなく成長した。

　京都西本願寺二十一代宗主は明如上人大谷光尊であった。弟の尊由師が父と教えられ操子は育っている。九条武子は宗主の大谷光尊の次女で、第六子、大正天皇の生母、柳原愛子の姪にあたる。明治四十二年に横浜正銀行の男爵九条良致と結婚している。操子は、父が尊由師であれば、九条武子は従兄弟にあたるはずである。

　九条武子をター叔母様と呼んでいる。明治二十一年生まれの九条武子は操子が生まれた明治三十九年には十八歳になっていた。武子は結婚するや新婚旅行にヨーロッパに行ったが、夫はそのまま帰国せず別居のまま月日が過ぎて行った。その間九条武子は操子の養育係になり、操子は書も教わっている。なぜか気持ちが通じ合い、操子はその西洋の影響も受けるようになっていく。

平穏に暮らしていた中で操子が自分の父親のことを聞かされ、父君の閑院宮載仁親王と会ったのは十二歳の頃だった。

一応のことを説明されご対面となったのだが、操子にはよく理解できなかった。軍服を着られ、立派な髭が耳の先までピンと張っている。大きな優しい目をしていた。

操子は薄紅の振り袖を着て、髪にヘアーバンドをしている。色白なところが似ているといえばそれぐらいで、体つきも顔の作りも何一つ似ていない。操子はただ黙っていた。

父君と名乗られても初めは驚くばかりであったが、なにも感じなかったわけではない。自分の境遇を周りと比較できるようになったころ、なにかどこか違うと考えるようになっていた。厳しい婆やの躾け、広い西本願寺での暮らし向き、家族兄弟の立場・・・。物心ついたときから母に会うことはできた。一緒に生活したこともある。穏やかで優しく、母をかけがえのない女性と尊敬していた。

操子は初めて父君と会ったと思っていたが、実際には何度か会っていたらしい。二歳の時には父・閑院宮載仁親王と共に二条城で明治天皇陛下に拝謁したこともあり、膝に抱かれたこともあると聞かされている。また何歳のころか迪宮（みちのみや）様（後の裕仁皇太子・昭和天皇）

との出会いもあるが操子にその当時迪宮様がどういう立場であったかわからない。その後「あや」と呼ばれ睦まじくお会いしていたことは記憶に残っている。閑院宮家は天皇の皇位継承のある家柄で、載仁親王は迪宮様のご教育係を勤めたこともあり、親しい間柄でもあった。

載仁親王は若いころ八年間フランスに留学され、外国生活をされていて、世界の知識が豊富であった。大正十年三月三日から半年間、裕仁皇太子殿下の供奉としてヨーロッパに同行されている。

女学校時代

閑院宮載仁親王はフランスに八年留学しモダンな暮らしを知っているが、質素を旨としている。気性の激しい年回りに出生した操子の運命を父君はことの他ご心配されていたようだ。そこでこの婆やは高家の出でありながら事情を抱えていたが、西本願寺別院で操子の教育係をすることを閑院宮様より仰せつかったのだ。もともと操子の父方は兄弟が十六人もいる血縁からすると多くの宮家の親戚筋がいる。そのことを知らずに成長している。操子は載仁親王に父を名乗られたその時から自分の背景を考えるようにもなっていく。そして、父君と会ってから周りの人の扱いがいっそう大事にされていることを操子は感じ取っている。

九条武子が操子の養育係になった。

操子は婆や爺やを付けてもらって本願寺の目黒の分院で暮らしそこから女学校へ通ったり、女性としての一通りのお稽古ごとをはじめた。

しかし、そういうことより、薙刀や乗馬の方が好きだった。年頃になると縁談があちこちから舞い込んだ。そのことの不満を操子は少しは勘づいていたもの反発はできなかった。それなりの家柄からである。けれども上京し、ますますいろいろな人の仲に入っていくうちに大きな矛盾を感じるようになっていく。

「なんですか、あんなに着飾りながらすましてばかりで」

宮家や華族の女性の中には贅沢をし、華やかを競い合う風潮が見えたりするのを操子は好かなかった。話題も「どこどこの女性と男性が・・・」という話題になると操子は顔をしかめその場を離れた。

操子はどこか頼りなく見える周りの人々から、強い物への憧れが芽生えていったようである。そして、外国に興味を示していく。当時、古典芸能の歌舞伎、能、狂言が華やかで、まだ赤毛物（翻訳作品）を読んだりする女性は少なかった。

大正十二年ころ、築地本願寺の別院に住んでいた九条武子を訪ねることが多くなった。関東大震災が起きたとき九条武子は貧しい人々に献身的に尽くした。そのとき、操子も一緒になって付いて行った。貧民街では粥の焚き出しを手伝いその貧しさを目の当たりにした。

「ター叔母様の真似はとてもできません」

操子は音をあげた。

「ター叔母様は毎日診療所で怪我や病気の人々の手助けをしていました。」

人々の様子がようやく落ちつき裕仁皇太子と久邇宮良子女王との結婚式は大正十三年一月二十六日に挙行された。

町も復興しはじめ、このころ築地小劇場で小山内薫、土方与志を主宰として、新劇運動が始まった。操子はこれに興味を示し、劇場に通うようになっていく。

（私もお芝居をしてみたいわ）

密かに台本や翻訳物に目を通し、一人、芝居に心を奪われていく。

「日本の芸能もいいけど、赤毛物は情熱的でいいわ。」

操子は外国に目を向けるようになって行き、情熱的なドラマに魅力を感じ憧れるようになっていく。そこに後の劇団俳優座代表千田是也、後の劇団文学座代表杉村春子との出会いがある。

閑院宮様の娘としてなに不自由なく暮らしていると、黙っていても縁談は向こうからやってくる。女学校を卒業すると、現にあちこちから話があり、操子はいっそう結婚という現実の様子に興味を示さず、断り続けている。

「あや様」

今度の婆やと爺やの夫婦者も操子にとって幸せになるように縁談を纏める大役があった。せっかく立派に成長しそろそろ結婚をというところまできていたが、本人があれこれ理由をいうのに手をやいている。普通、宮家や華族のお嬢様はそれなりのところに周りで決めれば自然に纏まっていく。少々器量が悪くとも、おりこうさんでなくもむしろおとなしくて都合が良かった。

しかし、操子はそうはいかなかったのである。

「操り人形ではありませんわ」

「あや様」

婆やはあきれる。

「立派な御方ですよ、一度お会いになってからお断りなさいませ」

「会ったら断りにくくなりますわ」

「でしたらご結婚なさいまし、添うてみなくてはわかりませんよ」

　婆やの気持ちもわからないではない。周りはそうして決めているのだし、操子の気持ちも結婚する方向に時には揺らぐこともあった。

　あるとき、操子が築地小劇場の『桜の園』に出演していた。すると、

「あーちゃまいけません」

と、爺やが舞台に上がって引きずり下ろしてしまった。劇場の人は何事が起きたのだろうとびっくりしたが、そのハプニングは大事にはならず、代役が出て劇は続行されたというが・・・

　築地小劇場のお芝居はもともと洋物をやっていた。その中でもロシア文学が受け入れられると、父君の閑院宮様のことをお考えになれば、思想的に染まってしまったら大変なことになる。それも婆やと爺やの仕事でもあると思ってのことであった。

「そんな仲間に入ってはいけません」

　そのころ操子にはなぜそのようにめくじらを立てて自分が舞台に立ったことを反対するのかわからなかった。お芝居をしている人達はみな親切だし、悪い人もいない。優しい。操子が婆やに対し口を尖らせて口答えをしている。

「それがいけないのです」

「なぜですか」

　それでは操子には納得いかないのだ。

「いいですか、皆いい人だとおっしゃいますが、そのときはわからないのですよ」

操子はそういう大人の言い回しは理解できないのだ。

「父上様はそういう世界はお望みにはならないと思いますよ」

父上が望まれないと婆やの瞳が潤んでいるのを見たとき、操子はこつんと頭を叩かれた様な気がした。

「考えて見ます」

「そうなさいまし」

操子はそれっきり築地小劇場にはいかなくなって、勧められるまま小笠原某と結婚をすることになった。

「あや姫さま、お父上様はことの他お喜びでございましたよ」

「私は反発してしまいました」

「それはそうでございましょう、突然言われましてもね」

いつもの婆やにしては優しく、笑みさえ含んでいる。一番年上と思われるこの婆やは高い身分を誇りに生きているようだ。実に姿勢がよく長い廊下を歩くにも音一つ立てないから、急いでいるとき操子は突然出くわすことがありびっくりする。それでいて

「姫様はそんな驚き方をしてはなりません」

と口をへの字に曲げて毅然としている。

「私が立派にお育てしてまいります」

それ以来操子を見守ってきている。

ときどき操子の様子は婆やによって、何らかの形で父君には伝わっていたようだ。その事情は操子は知る由もない。ただ厳しい婆やということのみが子供心にあった。が、婆やといっても育ての親でもあった。いろいろな人が出入りしていたからその点はよくわからなかった。

父君載仁親王は、成長した操子をすっかりお気に入りの様子で安堵されたようだ。

西本願寺の暮らしは質素ではあったが、その日の糧に困る暮らしでもなく、惨めな立場も知らずに生きてきていた。他を知らなければこういうものと成長した。

あの日、目の前のお方が父上だと言われる。

「それでは、私はどういう立場ですか」

思わず尋ねたくなる。そして双子の姉妹の名前は貞子に操子と言い、二人合わせて貞操とはどういうことでしょうか。世間の常を知らないわけでもない。操子は恥ずかしさを越えて何故かとうつむくばかりだ。

西本願寺尊由師を実父と思って育った操子は驚きと同時に、なぜという見捨てられた思いが交差する。それでは自分のこれからはどうなっていくのだろうか。新しい一抹の不安が過るが、ふっとどこか自分に足りない物が満たされていくように熱いものが込み上げてきた。大きな瞳は吸い込まれるように優しい。その容姿は立派で仮にも自分は閑院宮載仁親王殿下の実の娘であるという。

「宮家、宮様」と言われる人々はそれは自分の境遇とは関係ない遠いところの世界のことと思っていた。

操子は萬里小路操子という名で学校に通っている。平民ではないことは心得ていた。が、西本願寺の暮らしはなんと質素なことであろうか。このような生活を宮家でされているとは考えられない。どんな雅びな暮らしであろうことかと、操子は想像している。婆やの出は公家であるというが、厳しさばかりで雅びな世界は垣間見えないし、学校も質素である。ただ庶民の暮らしは見えてこない。

操子は自分の出自を知るとなぜかほっとして周りが明るく見えてくる。そして自分の立場というものも年頃の娘は感ずるようになる。

やがて自分と血の繋がりのある人が大勢いることに驚く。

操子の親子対面の時はことの他父君が喜ばれた。利発で色白で娘にしては大柄でスタイルもよく鼻筋の通った日本美人である。

「少々じゃじゃ馬のようだが、立派に育ててくれた婆やのお陰です」

と仄聞し、操子はまんざらでもない気がし、改めて父君のお顔を思い出している。

そして父君は高貴な身分でありながら、お優しくなんと立派なお顔立ちでしょうか。大きな目、耳まで跳ねた黒い髭、このようなお顔の方を操子は周りで見たこともなかったのだ。西本願寺には剃髪の法衣をきた穏やかな顔の僧ばかり、小さな小僧さえ剃髪しているから髭に軍服姿の父君に威厳を覚えた。

その後父君は宮家や華族の集まりにも堂々と娘の操子を紹介し交際の輪が広がっていった。

操子は普通の女性より背が高く、面長で色白で、その容貌は宮様や華族の姫君とは少し雰囲気が違っているようだった。

中にはゆるやかでお人好しだったり、お話の内容が幼稚で噛み合わなかったり、操子は興味が薄れていった。少しずつ女性の間を抜けて男性のところに近づいていく。だが優しく、控えめというより個性的で好奇心に溢れていて、おっとりさはない。やがて操子はその高貴な女性や男性の集まりの中に溶け込むというより、自分にあった人の輪を見つけるようになっていく。大切な控えめさにいらだちはじめていた。

そういう目立つ操子は徐々に男性の興味の的になっていく。宮家、公家や華族の人々のお付き合いが始まると女性の嗜みばかりではなく、剣術や乗馬などに興味を持っていく。

そのことが後に積極的になり、強い自立心が芽生えて自分の道に突進していくことになった。宮様が実父といわれても、つい先程までは、男と女の違いにしても、操子は親子の血の繋がりを模索していたが何一つ探すことができなかった。いつまた会えることが出来るかもしれない父との別れの時が訪れ、不安を抱いていた時のことだった。

帰りしな大きな手を差し出された。操子が自分の手を重ねると、女にしては大柄な操子の手は節々ががっちりとして、父によく似た手をしていた。操子が「あらっ」という顔をすると、父君もにこっと頷かれた。

そのとき操子は確かに親子の血が流れていることを感じ取っていた。父君は何も言われなかったが、その優しい眼差しが脳裏に染みついた。

両親と山岸夫妻の交流

山岸史枝・敬明夫妻が新島に見えた昭和二十七年七月四日、私は小学校五年生だった。当時、伊豆七島の新島は、夜の十時になると電気は消えて、その後はランプの時代であって、まだテレビ、洗濯機、冷蔵庫などの電化製品も普及していなかった。

新島には東京から船で大島まで来て、そこからまた小さな船に乗換える。港はなく、前浜沖に停泊した船から艀（はしけ）に乗換え前浜に着いた。着いたというより砂浜に艀が突っ込んだという感じだった。昭和二十年代の新島は、人口は五千人程で子供の数も多く、小学生も五百人を越えていた。校庭は休み時間になると溢れた。

神社は、瓢箪形をした島の北の、宮塚山の裾野に広がる鎮守の森の中に鎮座していて、小学校とは隣接していた。境内は一の鳥居を潜ると平らな大場（おおじょう）と呼ばれる広場があり、右側に祠が並んでいた。この広場は祭りの時はもちろん、小学校の体育の時間や放課後は、子供たちはここをよく利用した。学校が引けると、まだテレビやゲームのない時代、お宮の境内は恰好な場所だった。

どこでも子供が多かったから、家に帰ると家事の手伝いや子守りをした。とくに女の子は弟や妹をおんぶして大場で遊んでいたが、安全な場所でもあった。そして、その広場の中では男女や上下の関係、友達同志のルールなども自然に出来上がっていたように思う。女の子はゴム飛び、お手玉、おはじき、かくれんぼなどをしていた。

境内には古木がうっそうとしていて、シイの実、アスナロウの実、ムクの実、チギの実などが秋になると熟し、拾っておやつ代わりに食したものだ。ただ木は大きく、登るのが容易でないことから、登ってまで採る者はあまりいないが、あるとき男の子が禁断のアスナロウの木によじ登って赤い実を取っていて、皆の目の前で落ちて大怪我をしたことがあった。神様の前での事故は子供心に今でも強く印象に残っている。

また、昭和二十年代は物の不自由な時代で、島の産業はほとんど成り立たず、昔ながらの暮らしぶりとあまり変わらない自給自足の時代であった。漁業と農業、そして山を大事にして山の椿や山菜、茸を採り、さらに薪を燃料としていた。

農産物は主食が甘藷（かんしょ＝サツマイモ）で、六月の梅雨時に芋の苗を植え、十一月になると芋掘りをした。芋掘りが終わると、その後に大麦や小麦の種を蒔き、麦は芋植え前に収穫した。

どこの家にも畑があったから、家中総出で手伝った。そのころは学校は農繁期は休みとなり畑は賑やかだった。車の無い時代、リヤカーで畑から家に芋を運ぶのは子供たちの仕事でもあった。乱暴な男の子はよく坂道を足が飛び上がるほど突っ走って、土手に脱線させ、モッコから芋がころげ落ちた姿は今でも脳裏に焼きついている。

もともと川がなく米の取れない地域で、主食に不自由したこの島は、いまから二百八十年程前の江戸時代から、甘藷作りは盛んになっていた。土地によく合ったのか上手に出来、保存に適していたせいか、長い間作り続けられていた。島はこの甘藷のお陰で昔は、飢饉から守られ、また、戦後の厳しい食料事情の中で糊口を凌ぐことができた。

考えてみると、戦後の一時は、収入は少なかったが、生活ぶりは戦前とそれほど変わったわけでもない。戦前というより明治大正時代、いや江戸時代の暮らしぶりとどれほど違っていただろうか。食べるだけで精一杯、なによりも主食が芋と麦飯の時代、白いご飯は憧れであったのである。

そのころ私の両親の躾けは厳しく、六人の子供達は、朝食前に分担して掃除をさせられていた。兄弟上から順番に奥座敷から玄関まで掃除の場所が決められていた。父は黙っていてもどこかで見ていて、柱の磨き方が悪いとか、雑巾のかけ方が悪いと、やり直させることがあった。生家にはいろいろな来客があって、いつお客さまがあってもと、座敷が散らかっていないようにしていた。とはいっても悪戯盛りの六人の子供がいる。それで、母屋と廊下続きに、離れといって、戦後払下げになった小さな家を移築して子供部屋として机を並べていた。遊んだ後は自分で必ずきれいにすることを躾けられていたから、子供達が座敷を汚すことはなかった。とくに奥座敷は襖を外し、正月や祭りの時に直会（なおらい）があったり獅子舞が上がったりしていて子供達は勝手に入れなかった。かといって昔の栄えた時代と違って立派な家ではない。前田家が苦しい時代に古い家の材料で作った家だったというから柱や縁側など虫が食ったりしてささくれていた。雨戸もガタガタして閉めにくかった。それでも、古い家の床の間に母はいつも四季折々のお花をきちんと生けてあって、子供心に近寄り難く、ましてや耐用年数の過ぎた倒れそうな家だったとは知る由もない。

昭和二十七年、日本が独立したことを、私は新しい時代と感じ取っていた。そんな時代の中で、その年の夏、山岸史枝、敬明夫妻が訪ねてきた。母は突然の高貴なお方の来客に一番先に古い御不浄（トイレ）のことを心配していたようだった。そのころは今のような水洗ではなく汲み取り式であって、母屋から離れた庭の隅にぽつんと建っていたから、あわてた様子であった。姉はそのとき奥の間に座られた夫妻にお茶をお出しし、どきどきしたことを今でも忘れないという。私はその日、なにか用事を頼まれた記憶はないが、持ち前の好奇心から、どこかでそっと様子を覗いていた。

そのときの女性は背が高く色白で、きりっとした面立ちで、紺色で白い縁取りされたスーツを着てハイヒールを履き、同色のレースの手袋をはめられていた。そのスタイルは島の人とは異質であった。男性は体格がよく、少し髭を生やされておだやかな人柄とお見受けした。ところが、玄関に入るときも、お宮の前でもいつも女性が先であった。その姿、歩き方は毅然としていて、不思議な感覚であった。

当時の母は、子供を育てるのが精一杯で、普段はお洒落どころではなく、夏の頃にはよく縮みの白いランニングの下着のような服を着ていた。そのころ縁側で夕涼みをしているお年寄りが上半身裸で首から手拭いを下げていた人もいたが、それでも母のその姿は、いやであった。けれども、母はいざとなるとその場にふさわしい服を身に纏っていた。それが自分の母親としてうれしかった。母は高貴なお方にお会いしたときどんなスタイルだったか、記憶にない。

父は、神主というより、麻の生成りの背広姿であった。当時は公式の場所に両親揃って出席することはなかった。母は専ら裏方であったが、母の心配を余所に、粗相もなく、お二方は自然ななりゆきで島の滞在を過ごされほっとしたという。

母は、

「高貴なお方は、華美ではないが、気品に溢れ自然に頭の下がるようだった」

と後々まで語っていた。そして、母は自慢するでもなく、卑下するでもなく高貴な方を心からお迎えしていた。その姿は子供心に感ずるものがあり、厳しい母だったが島の他の母親たちとは少し違うことを改めて知ったことだった。

父の教え

山岸夫妻が新島の十三社神社に来て、生家に立ち寄ったことは子供心に何事が起きたのかと、強烈な印象が残っていた。父の思いはわからないが、後に父からの話によると「たいへんなことになった」という驚きと共に内心誇りでもあったような気がする。そして、父の人生の生き方にかかわることであったようだった。

戦前と戦後の神社は大きく変化した。昔から神社は国家の宗祀として国や自治体から、社格に応じた維持費、供進金を受け運営されていた。ところが戦後、神社独自の方針で新しい規則で行わなくてはならなくなった。そのとき、新島では神道は一つの宗教として本村の、父が宮司を勤める十三社神社が式根、若郷地区の各社の総社として統括することになった。島民は氏子として島の総鎮守である十三社神社を中心に篤い信仰心によって守り続けられている。

戦後は父の宮司の下に祝部（はふりべ）、島では祝部（ほうり）様と読んでいた役職の人が四人程いてご奉仕されていた。島は原町、新町と別れ、他に若郷という地域があって、さらに式根島も城内であり、それぞれのところに神社があり守っていて、総鎮守の大祭になると島中で海山の供物を供え、鎮守の十三社神社に集まり祝った。そして誰もが神社にご奉仕することを大変というより、むしろ誇りと思って協力していた向きがあった。

戦後はほとんどの島民が氏子として会費を払い、祭りの時には順番でお役目をした。島の神社には若い巫女はいない。神主も男子であり祝部様も男であった。女は年を取ると神楽衆として、祭りのときにお神楽をあげる役目をした。それは島では名誉なこととされていた。そして、いつの頃からか、その神楽衆が一日、十五日などの参拝日にもご奉仕してくれていて、境内は隅々まで掃き清められていた。

ところで「十三社神社の名前はどうして付けられたのですか」と聞かれたことがあって、そのころ私は答えられなかった。後に分かったことであるが、由緒によると、ご本社の創立はいつの頃か分からないが、社伝によると、天孫に国譲りを終えて、出雲より出た事代主命（ことしろぬしのみこと）は、伊豆諸島の開拓を計り、各島に一族を分け島を治めた。

御子大三（みこだいさん）明神は父命の志を継がれ、母神、泊（とまり）明神、弟神大三王子（だいさんおうじ）明神、外、同族諸神は、拠を新島に置き、三宅島の富賀（とが）明神と協力し、近島平定の基を固めた。後に本島の地主神として能登男山に奉斎し、外（そと）明神をも各縁故拠地に奉斎した。その後、文明年間以前に祖神の事代主命（ことしろぬしのみこと）を主神とし、新島、式根島、若郷の各所奉斎の同系祭神十三社を合祀、村邑の中心、本郷に総鎮守として創立、十三社大明神と称した。と記されている。

島の成り立ちについては、島で一番古い文書は生家（前田家）に残されている古文書の一つで、文明十二年（一四八二）の「嶋々御縁起」の中に、神話の形で書かれている。しかし、その成り立ちについて私はずっと納得がいかなかった。

私は幼いころより島の歴史に興味を覚えていたが、前田家の方針として神主は男が世襲し、男が歴史や政治のことを勉強し、女は家事を習い、結婚して子育てをすることを第一と育てられていた。さらに、昔は長男を大切にする向きがあった。ところが父は次男であったが、突然の長男の死によって当主となっている。それだけに子供を大きく差別して育てたわけではない。ただ、男と女は異質の使命があるというふうに育てられていたので、疑問にも、不服とも思ったことはなかった。私はそんな期待もされない中でどこか遠いところを見つめていたような気がする。

当然のように、神主をしていた家で生まれ育った私は朝な夕なに神棚に手を合わせているが、いつの頃からか記憶にない。私は気がついたときから家の中に神棚があり、正月や祭り日には神棚のある部屋に家族が並んで父の神主に合わせ拝礼していた。

六人の子供が順番に並ぶのもがやがやし落ちつかない。正座して父の祝詞を聞くのも退屈で子供にとっては笑いを堪え、辛抱の時だったが、父に叱られた子供はいなかった。父は後に「祝詞を女、子供に笑われたら修業が足りないのだ」とぽつりと言った。その一言に目が覚める思いがして決して忘れることはない。そして祝詞がどういう意味をするのか分からないまでも父の祝詞をしっかり聞くようになっていく。二十二歳で神主になった父は昭和二十年代は四十歳代であった。そのころの鎮守の森はうっそうとしていて静寂に包まれていた。

氏神様の大祭は十二月八日で、とくに大祭の準備は六日から始まる。一の鳥居に大きな幟があがり、風でパタパタと大きな音を聞くと心が浮き立つ思いがした。

七日の宵宮には境内に提灯が灯る。街灯のまだ少ない時代、闇夜に灯る提灯は子供にとって見たことのない賑やかな明かりであった。そのころは島では季節風の西風が強くなり深々と冷えこんでくる。そんな中をお庁屋から神職や参列者が足音を響かせて拝殿に進む姿は日常を離れ、とても厳かだった。また装束に身を包んだ父の姿が日頃より立派に見え、近寄り難い存在で、それが嬉しくもあった。

夜の境内には時には神楽や余興が奉納され、氏子が境内に溢れていた。それでも拝殿に進む行列を皆畏敬の念で見送り、緊張感が漂っていた。その身の引き締まる思いは神々しささえ感じていた。しかし、祭りの度、そういう雰囲気の中で、父の後ろ姿を見てきたが、それはただ祭り気分に浸っているばかりではなかったのである。現実は、そのころ、家族は総出で直会の支度を手伝っていた。

境内の拝殿の南西に、お庁屋と言って参列者が集まり、直会や祭りの準備をする建物がある。その建物も建て付けが悪くガタピシャしていて、辛うじて雨漏りに耐えていたといったものだった。祭りになると総出で掃除をし、母はいつも決まって床の間にその場に応じた一対の生花を活けた。すると、部屋全体が見違えるように格調高く華やいでいた。

大祭ともなると　島中の代表が参列する。その直会の支度もすべて家族が中心となってやっていた。そのためお庁屋から拝殿に向かう奉賛会の役員、島の三役や来賓、氏子総代の参列者の数を数える役目があったのだ。食料の乏しい時代、人数によって皿数が変わってくる。祭には海山の初物のお供えがあがった。ところが海の物は天候に左右され、その日の漁によって魚の種類や大きさが違う。生魚は主に刺し身として供されるのだが裏方にとっては、人数により、上手に盛り付ける腕の見せ所である。

私たち子供はその参列者の人数をお庁屋の玄関から出るとき数えるのだが、うっかりすると重なって見えないことがある。そうなると、拝殿の前に並んでいる靴や草履を数える。ところが、数が多いと見えない位置に置いてあったりして、それがなかなか却って厄介なことである。また、拝殿の中の参列者に目立たないように、しかも、参拝している人に気がつかれないようにさり気なく、しかもしっかりと数えないと裏方としては困るのである。また、準備の都合上、祭礼の終了を母に伝達する役目もあった。

それにしても、陣頭指揮する母の苦労が多かったことだろう。祭りの後母は倒れることが多かった。けれども、今思えば決して満ち足りた時代ではなかったが、祭りは島の心がひとつになっていた。なぜか懐かしく、心豊かに蘇るのである。

島での教育

戦後島で大きく変化していったのは教育でもある。島も御多分に洩れず、自由とか平等とか権利を主張する風潮になっていく。子供心に平和とは心地良く、一部だが学校の授業の他に音楽やダンスなどのクラブ活動のようなものがあった。私は、音楽関係の方面に行き、ピアノや声楽など発表する機会があった。しかし、その歌の内容に父は存分ではなかった。また学芸会の内容も徐々に変化していった。そのころ、新島には若郷という昔本村原町から移転した地区があり、一つの村となっていて小中学校もあった。

ある秋、若郷の校舎で運動会があり学校の代表何名かで参加することになった。車のまだ無い時代、歩いて二時間以上かかった。その学校では運動会の開会式で国旗が揚げられ、君が代斉唱になった。ところが皆が起立してこちらを見ている。それが私達には何の意味かわからなかった。やがて笑いが起きた。すると若郷の先生がやってきて起立するよう勧められ、とにかく立ったものの、きょとんとしていた。当時父は子供が多かったから何かと式があると来賓として出席していてその様子を見ていたようだ。新島の場合は儀式に国旗はあっても、君が代を歌った記憶はなかった。まして起立することなど知らなかったのである。父は、自分の娘が起立しなかったことに酷く恥ずかしかった様子であった。

そして、その後も母校で、君が代を歌った記憶はない。やがて合併したからその後のことは知らないが、当時はそれがどういう影響があるのか考えても見なかった。しかし、見えないところで、戦前戦後の教育のありようが色濃く残っていて、今に続いているように思える。

父は私の子供の頃は厳しい人で近寄りがたい存在だった。そういうことをあれこれ父から教わったことはない。ただ、父は黙々と旗日に国旗を掲げていたから子供たちはその姿を見ていた。やがて、この島から徐々に旗日に日の丸が消えて行った。あるとき学校では教えないと弁解したところ、父はひどく、悲しい顔をした。

その後、好むと好まざるとにかかわらず、外国の風習が入ってきた。その一つに島でクリスマスを祝うようになった。いつのことかハッキリわからないが、昭和二十年代終わりの頃、友達同志でクリスマス会をすることになって誘われた。友達にして見たら私を誘っていいものやら悩んだ末のことらしかった。私も神社の娘だからどうしたものかと父に相談した。ところが父はうんともすんとも返事をくれないのだ。けれども私は父の目をじっと見つめ自分なりの判断をし、うきうきと出掛けて行った。そこで何をどうしたかは定かでないが、それからずっと誘われると参加していたが、父には内緒であった。クリスマスの事で傷ついた記憶はない。しかし、当時、子供たちが枕元に靴下を下げてあってもプレゼントが中に入っていたことはなかった。わが家にはサンタクロースは立ち寄らなかったようであった。

ところが、クリスマスをきっかけに私は外国にとても興味を持つようになった。そのころ「子供新聞」を読んでいて、将来は世界は一つの共通語になるという記事を読みいっそう未知の広い世界へと引き込まれて行った。その共通語とはどんな言葉なのだろうか、と思っているところに出会ったのがエスペラント語であった。その主旨はよくわからなかったが、速記のような文字を勉強しはじめた。ところが、意に染まないためやめる。それから中学校に入り英語に興味を持ちアメリカのペンフレンドを紹介してもらって文通をすることになった。

そのころアメリカがどのような国であるのかほとんど知識はなかった。日本とアメリカと戦争したが日本は独立したのだ。これから私たちの世代は仲良くしましょうという気分であった。同じ年頃のアメリカの女性の生活は、電化製品に囲まれ、自由に男女の交際が出来、パーティでは素敵なドレスを着てダンスをする。それは夢のような暮らしぶりであった。そんな情報とともにクリスマスになると大きな袋に入ったプレゼントがいろいろ届いた。

アメリカ人形、玩具、お菓子、ガム、花の種などなど、これがアメリカだ、という豊かな品々と共に彼女の写真が送られてきた。日本からもプレゼントを送って私自身の楽しみであったが家族も共に喜んでいたかに見えた。ところが父の気持ちは複雑であったようでやはりうんともすんとも答えがないが、その眼差しの奥に自由を感じていた。そんな中で私のアメリカへの憧れは自然に育まれて行った。けれども私は心に秘めていただけで、外国への憧れのことは誰にも告げたことはなかった。

昭和二十年代両親は決して苦労を口にしなかったし、六人の子供が小中学校一緒の遠足のときなど、なんでも六つ作って並べてくれた。おやつの羊羹も親の数は入らず、六つに切ってくれて下から順番に一切れを選んだが、弟や妹はあまりに均等で迷う程であった。そのころは教科書を買うことさえ大変で給食もなかった、昼は家に帰って食べる。ところが友達の中には、帰っても親は畑で昼の用意もなかったという話を後に聞いたことがある。私はありがたいことに家に帰れば昼餉が用意され、ひもじい思いをしたことがなかった。けれども、自分の家が他家より優雅で突出していたわけでもない。当時の子供たちは自然の中で暮らし、三度のご飯が食べられればそれで豊かに感じていた。

ところが、やがて子供たちを都会に出して教育をさせる時期になってきて、わが家の現実を知ったのである。父の机の上の金の文鎮を金の延べ棒と信じ、金の成る木もどこかにあるものと呑気に信じていた。しかし、打出の小槌などはどこにもなかったのである。私は今まで先祖や島の歴史についてなにも理解せず、それどころか両親のことさえよく知らなかった自分に気がついたのだった。

小学生から中学生になり、両親の温かい庇護の下、幸せに暮らしていたのんびりとした時代は終わり現実の厳しさに目覚めていった。戦後十年、世は落ちつき急速に文明の社会に復興していった、昭和三十年代に入っていた。

父は山岸夫妻からお預かりした神様を十三社神社の奥の殿に鎮座し、毎年七月四日になると奉祭していた。しかし、父は、このような大事なことをどうしたものかといつも頭の中にあったようだった。その後、夫妻からは七月になると、毎年のようにご丁寧な手紙と共に玉串料が送られてきた。父母はそれ以来山岸夫妻との縁を大切にし、手紙をお出ししたり、上京した折りはよく訪ねていた。

山岸夫妻は、来島されて以来前田家との交流が始まった。私は当時お二方がどのようなお方であるのか皆目わからなかった。ただ皇室に縁のあるお方ということで納得していた。大人の話に口出しをすることは子供心に許されないことだと考えていたから疑問のことでも質問するようなことはなかった。そのころ山岸夫妻は江東区の新大橋というところで「大和タクシー」というタクシー会社を経営されていた。お互いに大事な秘密を持ちながら絶対の信頼関係のもとに交流を続けていた。そのたびに父は

「例の件は・・・」

とお尋ねした。すると

「時至らず・・・」というご返事ばかりで月日が過ぎて行った。

新しい皇室

昭和三十四年は日本の皇室にとって新しい時代を迎えた。

皇太子殿下と美智子様のご成婚で明るい開かれた皇室ということでミッチーブームに沸いた。この時代からテレビ、週刊誌などで、皇室のことが庶民にわかるようになっていく。戦後最高に明るいニュースであり、また平民から皇室に嫁がれるということが庶民にとってはいっそう親しみを感じたことでもあった。このころの皇室のことはある程度の年齢の人はよく理解している。順風満帆のご結婚ではなかったようだったが、平民が皇室へ嫁ぐとはどういうことか様々な葛藤があったことはマスコミで大きく取り上げられマスコミを賑わすこととなる。

史枝は皇太子と正田美智子様とのご結婚には賛成で、よい御方と喜ばれていた。

史枝はもともと宮家の姫君ということであって、縁談は降るほどあり、一度決められた結婚をされたが直ぐ戻ってきている。

その後、昭和十三年、山岸敬明と結婚し、ご自分の強い意思により降嫁されたが、平民ということでも周囲から結婚を反対された経緯がある。

以来多くの親類縁者との断絶により、戦前戦後の辛酸を嘗めてきて、それ以来、華族などの曖昧な称号について疑問を持たれ時には反発されていた。戦後にあっても、そのわだかまりがあり、そのことは、後の私への手紙の中にも、あるいは両親への手紙の行間に滲んでいる。

昭和三十年代は皇室の明るいニュースが続き、世の中は　平穏であった。

やがてオリンピックが東京で開かれると沸いていたころ、私は東京に出ていて、丸の内の日立製作所のタイプ室に勤務していた。そのころには弟たちも上京し世田谷に住んでいた。昭和三十九年、オリンピックの夏、私は友達と北海道に旅行した。ところが、私の日立の友達三人は私の留守に新島に遊びに行って実家に泊まったのであった。このころもまだ港の整備が整っていない時代であった。それでも以前より大型船が就航し、下田にも定期便が通っていた。

この年の七月に山岸夫妻も新島に来島している。生家に泊まっていた三人の友達は、突然高貴な方が見え驚いたと聞く。なにしろ皇室ブームで親しまれたといっても、まだまだ近寄り難い存在で、畏敬の念を持っていた時代で、友人たちは生家の様子はとても厳粛な雰囲気だったと教えてくれた。

勤務先では、この話で持ちきりだった。どういう方かはそのころ誰も知らなかったが、ただ、私の実家が皇室と縁があるというだけでとても違った何かを持たれていたようだ。

その当時、私は自分が、あまり知られていない小さな島の出身であって田舎者であったから何事も消極的で自信がなかった。それでもなぜか一流といわれる会社に勤め、華やかなタイピストとして丸の内のＢＧと呼ばれていたから、人一倍努力して都会の女性に負けまいと思っていた。そのころから同じ田舎者でも仲間の見る目が違ってきたようだった。そのことが自分にとって精神的に大きな変化となっていった。そのころ山岸様については、両親とは離れて暮らしていた時代だったからそれほど変わった話題は聞いていない。

三十九年に来島された時のこともよく聞いていない。残された写真によると、そこに母の姿があり、時代が変わったと感じるとともに史枝と母が親しさを増していった様子が伺える。

後に聞いた話であるが、夫妻が来島された帰り船は新島から下田便で、伊豆半島の下田に到着し、それから伊豆急行で上京された。その折り次男の高校生の弟が電車でお供したようだ。その時の様子を聞いたのだが、ご夫妻から過分なお小遣いをいただきそのうれしさばかりで、内容はよく覚えていないということだった。

ところが弟は後に社会人になってタクシーを利用するときはよく大和タクシーに乗り、「大和タクシーの社長さんは知っていますよ」などと有頂天でしゃべっているうちお釣りに手を出せなかったことしばしばだったとは後々まで笑い話になっている。

昭和四十年代、私にとっては結婚、出産、転勤と目まぐるしい時代であった。四十八年江東区門前仲町の越中島という下町に、結婚してから八回目の引っ越しをした。そこで落ちつき、東京で二人の娘は成長した。

都会に出てからでも私は夏には毎年新島に帰っている。この地は島からの船の着く浜松町とは近いので新島の両親もしばしば寄ってくれるようなった。

この門前仲町は名前のように富岡八幡宮を中心に栄えた門前町で親しみのある町だった。夏祭りには御神輿が五十基も出るほどである。縁日には娘たちは僅かなお小遣いをもらってこの日ばかりは自由に楽しんでいた。

綿あめ、リンゴあめ、ラムネなど　昔懐かしいお菓子が並んでいた。スーパーもあまりない時代で門前町の永代通りの商店街は賑わっていた。尻尾まであんこの入った鯛焼きは「泳げたいやき君」という歌の流行のお陰で行列のできたこともある。八百屋、魚屋、酒屋、米屋、本屋、下駄屋、たばこ屋など懐かしく、お店の人々の顔や声まで蘇る。

このころはまだ高層ビルも少なく、下町の家並が残っていた。路地裏には小さなもんじゃ焼きを売っているお店があって、子供の小遣いで買えおやつ代わりになっていた。

下町のお友達も多くよく遊んでいた。また、ビルの六階から眺める景色は、前に隅田川が流れ、長い筏に組んで木材を運んでいる小舟が川を上り下りする姿に見とれていた。

夜になると屋形船の提灯が江戸情緒の名残を留めていた。前の清澄通りは、相生橋を渡ると中央区の佃島になる。この町は戦災を脱がれた古い家並みがあった。対岸の向こうに高層ビルの計画が取り沙汰されるようになっていく。

やがてバブルの時代に入り不動産を巡り日本中が良きにつけ悪しきにつけ巻き込まれて行った。右肩上がりの景気はやがて成長がゼロになる、いやマイナスになると言われても凡人には信じがたい。我々も消費は美徳、使い捨て、はては親や年寄りを粗末にし始めたように思う。ちなみに結婚の条件に「カーつき、家つき、ばば抜き」と公然といわれ、核家族、家庭崩壊へ繋がっていく。そして、公立学校が荒れ始め、受験戦争が始まる。

下町も徐々に戦後の教育の影響を受け、おかしな時代となる。

このころ山岸夫妻はどうしていただろうか。その後も変わらず両親はお付き合いしていた。

お土産話・恩賜のたばこ

当時江東区新大橋という下町で山岸夫妻が、大和タクシーという会社を経営していた。この会社について詳しい内容は分からないが、史枝は月に何度か御所に参内することもあり、個人的に昭和天皇両陛下にお会いし、世間話をされていたようだった。

ところが、側近にとっては、陛下に世の中のことを直接お耳に入れることは迷惑のようで参内するときに良い顔はされなかったと聞いている。そのころの両親からの話から思い出すと、夫妻はもともと曰く因縁の過去をお持ちの御方同志であり、ご本人からのお話以外には質問は出来ない状況であった。ところが史枝はとても聡明で人並み優れた才能を持っており、物事をはっきり、しっかりと言われる人だったという。私の両親のことをことのほか信頼され、心が通じ会い忌憚ない会話になっていたようだった。とくに母は女性同志、また馬が合うというのかすっかり打ち解けて、とても親密な関係となっていろいろお話してくださり、以後互いに会うことを楽しみにしていたという。また陛下とは迪宮様と呼ばれていたご幼少の頃から親しい間柄でああやと呼ばれていたという。

昭和三十年代初め、まだ今上天皇陛下がご成婚前のことである。史枝が参内した折り陛下からいただいた恩賜のたばこを父はよくいただいて来た。また、時には、清宮貴子様お手作りの落花生を史枝を経由してお裾分けに預かり、両親は有り難く頂戴し、親戚に分けたり家族でいただいたこともあった。どんな味がするものか興味深々で一粒一粒を良く噛んで味わったが、その違いは分からなかった。

また恩賜のたばこは自分には関係なかったが、たばこの箱を触らせてもらったら菊の紋章がついていた。この御紋にとても不思議な気持ちにさせられた。皇室とお聞きしてもっと豪華な思いがあったのだ。当時週刊誌などまだ手に入らない時代で皇室の事は菊のカーテンの向こうでどのような生活か良くわからなかった。土産話を繋ぎ合わせて見ると、むしろ庶民の方が徐々に生活が安定してきて物も自由になってきた。山岸夫妻の会社も安定していたものと思われる。御所には決まった日に参内されていてそんなおり、史枝が陛下に、

「お上、お土産のお品が届きませんが・・・」

と申し上げると、陛下は驚かれたという。これだけでは何のことかわからない。陛下と史枝との関係は個人的なお付き合いであって、侍従やお側の方も同席はされていないようだ。

史枝がそのときの様子を楽しげに話されたというのは、ある時北海道を行幸啓されたおり、陛下からのお土産の鮭が手に渡らなかったという行き違いが起き、どうしたものかという話だった。史枝はそのお品がどうと申し上げるのが本分ではなく、陛下のお気持ちがどこかで途切れてしまっていることに不服を述べられたという。こういうことが言える間柄でもあったようだ。すると、陛下はお金が使える自由は羨ましいというようなお言葉を、とても柔らかく、ユーモアをもって仰られたという。

その言葉がどうであったかというよりも、陛下はそうした返事に対して、婉曲的に言われる

ことが上手で、つい笑ってしまうことが多かったようだ。

「陛下にはかないません」

と言うと、するりとかわされたという史枝の話から、陛下の人間味溢れるお人柄が滲み出ていた。

そして史枝は、

「お上は良いお方だが、周りのお付きが悪い」

と、はっきり、両親によく言っていたという。

山岸夫妻は陛下から頼まれて全国の神社に代参されていたが、すべてご自分の財力でされていた。そのことで不服を申し上げているのではなかった。山岸夫妻は陛下の不自由をお気の毒と思われたようだ。その後いろいろ皇室のことを聞くにつけ、陛下は麦飯であまり熱い物は苦手だとか、お風呂はお嫌いだとか知るところとなる。

戦後十年経っても、皇室は質素を旨としていたようで、靴下も継ぎを当てていらして、御下賜品は最後まで丁寧に使われていたもので、庶民よりずっと物を大事にされていらしたという。

そのころ、私たちは、そんな土産話を両親を通して聞いていたが、皇室との距離は今とは違って、まだまだ雲の上の存在の時代であった。そして父は天皇陛下のことが話題になることはありがたくも身にあまる光栄と感じていたようだった。子供たちが天皇陛下について冗談にも、庶民と同じような話題に触れると、酷く機嫌の悪い顔をした。そんな父の顔色を見て、子供たちは善し悪しを判断していたような気がする。したがって天皇陛下については、自然に畏敬の念を覚えていった。

父が山岸夫妻を訪ねるおり、島にはたいしたお土産品はなくとても困っていた。父は好みの激しい名産のくさやの干物を、高貴なお方にいかがなものかと気にしながらお届けした。ところが「美味しゅうございました」という丁寧な手紙をいただき、以来それだけを手土産に交際を続けていたようだ。

ところで、くさやとは「くさやという魚が泳いでいるのですか」とよく聞かれることがあるので説明すると、くさやと言う名前はあまりに臭いからくさやという名前がついたもので、魚の干物であり、いろいろな魚の種類がある。新島が本場であるが、歴史は古く、三〇〇年も昔、徳川幕府の時代伊豆諸島が天領となり、塩の上納を義務つけられた。ところが海に囲まれた島でありながら、島民は塩を十分に使えなかった。そこで今まで魚を塩水に漬けて干物にしていたが、節塩のため、その塩水を何度も使っているうちに、発酵しうま味が出た汁ができた。その汁に開いた魚を一晩漬けて天日干しにした。これがくさやの干物である。発酵食品としても理にかなっていて、江戸の珍味として、知る人ぞ知る名産となった。その汁は何百年経った現代も伝えられている。しかし、本来こういう類の品は献上品としては不向きであったが、父はどなた様でもお土産はこれ一本であって、新聞紙に包んで持ち歩いていた。ところが、山岸様から「たいへん美味しゅうございました」というといういつもの返事に父は時には御所にもお送りしていた。

直接その献上物が届いたかどうかは定かではないが、島ではくさやの干物といっても直ぐに希望の品が手に入るわけではない。まして献上物となると吟味してお送りしたところ、どこでどうなるのか、同じ品を二個送るようにということで急いで送った経験もある。そのことで、父は先の陛下の鮭の話と重なり不愉快の思いをしたことを話していたことがある。

その後何度か御所にくさやをお送りしたことがある。果たしてどこで何方がどうされたか。御所の空に臭いをまき散らしていたのだろうか。ところが、好き嫌いの激しいこの珍味を良子皇后陛下はことの他お好きでいらしたようで、史枝は参内の折り、どこかで焼いてビンに詰めそっと皇居の門を堂々と通過していったという。皇后様はお好きなワインと一緒に召し上がって、にこにこされていらしたと聞く。また皇后様は猫がお好きで飼われていて、史枝が行くと猫が顔を出し、なぜか部屋を離れなかったという。

山岸夫妻との再会

子供の頃のことはさておき、時は過ぎ、昭和五十四年秋、山岸夫妻とお会いする機会があった。私は東京での会社勤めをやめて、ごく平凡な結婚生活が始まった。子供も二人恵まれ、あちこち転勤をし、昭和四十八年から江東区の越中島に落ち着いた。まだまだこの地域は下町の風情が色濃く残ったところであった。十階建てのビルは珍しいころでもあり、隅田川を眺めながらの当時の高層生活を快適に暮らしていた時代でもある。

この町は古い門前町で、江戸三大祭りで知られる富岡八幡宮やお不動様があり縁日の時は賑やかである。この町で娘達は育っている。両親もときどき上京すると泊まって行ったから、よく知った町でもある。この辺は生活圏でもあった。

山岸夫妻のことは折りに触れ話題になっていて、両親とのお付き合いはずっと続いていたようだったが、お二人が高齢になられ、閑静な桐生の里で生活されるようになっていた。両親はそちらに訪ねては親交を深めていたが、それも足が遠のいていた。ある日、

「山岸様はその後どうされているかしら」

そんな話題があがって、父が手紙を出したところ便りがあった。お二人は群馬県桐生市の施設で過ごされていて、月に何度か門前仲町で古事記を教えているということがわかり、なんという奇遇かとびっくりしたことであった。娘たちの通っている小学校の直ぐ近くであり日頃生活

している通り道である。

私は父の代理でさっそくこの機を逃がさず訪ねることになったが、成人してから初めてお会いする高貴なお方とはどんな方だろうかと会わない先から緊張した。新島に見えた時の微かなイメージしか残っていない。その後、両親が何度もお会いしていたから写真だけが頼りであった。

「上品で、自然に、頭の下がるようなお方」

とはどういうお方だろう。

門前仲町の永代信用金庫の二階でお会いすることになった。

どういう言葉遣いで接したらいいのだろうか。田舎育ちの私はドキドキしながら永代信用金庫の二階に上がって行った。さらに古事記の勉強会と聞いて、自分にはそのような知識がないことに不安があった。

会議室らしい部屋の一角で、古事記を勉強している方達が、お茶の準備をしていた。

「山岸様にお会いしたい・・・」

と伝えると、そこにいた主催者らしい方が、親切に案内してくださった。が、その応対はとても穏やかで、会の雰囲気は古事記という難しいイメージではなくむしろ和やかでほっとした。

ご夫妻は正面の応接セットのソファに座って、こちらを見て待っていられる様子だった。私はありったけの丁寧な言葉で挨拶すると、

「○○様はお元気でおいでですか」

と史枝が声を掛けてきた。真っ直ぐ目を見て話をし、姿勢がいい。その仕種は一目で庶民の振

る舞いではないことに気がついた。〇〇様といわれた言葉はいままでに聞いたことはないが、父への敬称であるようだ。いわゆる皇室言葉かもしれない。とにかく皇室に縁のある方が父をそのような丁寧な呼び方をしたことが強く印象に残っている。

二人は昔の写真とあまり変わらず直ぐにわかった。二人とも七十歳を越えていたが、お年寄り臭くなく、気品に溢れていた。史枝様は相変わらず色白で、お化粧をあまりしてない様子で肌がつやつやとピンク色。やはり高貴なお方は違うと思ったことだった。島の様子を聞かれ、緊張しながら答えていると、ご主人は傍らでニコニコするばかりで一言二言言葉を挟まれるくらいであった。

少し気持ちが落ち着いてきてお話がはずんでくると、史枝は澄んだ声で上品だが、意思ははっきりされているようで、新島へ行った時の話になると

「あのときは、小さな船に豚と一緒でした。おどろきましたわ」

と、思い出したように少しいやな顔をされた。それは、最初に新島に行ったときの話で昭和二十七年七月四日のことである。よほど印象が強かったのだろうか。

その後三十九年にも来島したが当時もまだ港が出来ていなかった。その後大型船が接岸出来るようになった事、観光客で賑わっている現状を伝えると、懐かしそうな眼差しで聞いていた。そのとき私は、皇室に縁のある方は、もっと、ゆったりとお上品な言葉遣いのように、先入観を持っていた。ところがさらっとしていて、わかりやすい。むしろ気さくで庶民的な話し方でありほっとして話をすることができた。

また、成人してから初めて会うのになにかお土産をと考えたが思い当たらない。手土産といえば、父はどなた様でも新島名物くさやの干物をお土産にしていた。両親によると、山岸夫妻は好き嫌いを仰らずなんでも召し上がり決して残されないと聞いていた。くさやもお好きなようだった。今、施設でお過ごしではくさやは迷惑のことであろう。さりとて、手ぶらというわけにもいかない。当時私は手作りパンに凝っていた。そこで、内心「どうかしら」と心配しながら、材料に十分気をつけ、自分でもいちばん好きなクロワッサン風のパンを作り、心をこめて焼き、洒落た箱に並べ、ラッピングした。時間を逆算して出来たてを持参した。

焼きたてパンの箱を夫妻のテーブルの前に差し出すと、

「ご自分で焼かれたのですか」

と驚いた顔をされた。

「はい。お好きでいらっしゃいますか」

「ええ、パンは大好きですわ」

その目の輝きから純真な心が伝わってきて、一安心した。

その後も話はスムーズに進んで、内容も身近なことであった。お子様はと聞かれ、娘が二人いてと話していると「お受験で大変ですね」と、現実の厳しさもよくご存じであった。またその日は門前仲町の古事記勉強会は最後で、お会いすることもないかもしれないということで残念に思った。そのとき古事記の意義については何の知識も持たなかったがなぜか、古事記とはどのような関係があるのだろうか、という疑問は離れなかった。それから何度かお手紙をいただいた。

彼女の手紙の中に、ご自分の父は、閑院宮載仁親王、母は醍醐しま子と書かれていた。また、恵まれたおおらかな環境と想像していたが、高貴な周りの人々の中には彼女に対しての厳しい一面がうかがえた。一見穏やかな中に強い意思が見え隠れしている。また、激動の時代に翻弄され、数奇な人生を歩んでこられたことは、昭和の歴史を繙いていくうちに驚きを持って受け止めたことである。

「ベルジー武尊（ほたか）」にて

門前仲町で山岸夫妻と会ってから十年の歳月が過ぎ、平成の世に変わった。平成三年の秋のことである。電話帳を整理していると気になる「山岸史枝」という人の名前が目に止まった。あのお方今どうされておられるだろうか。そう考えるといてもたってもいられず電話をすると、

「こちらにはおりませんが、どういうご関係ですか」

そう言われても説明しにくいことであり、それで、父との関係を伝えようと考え、

「父は伊豆の新島の宮司をしておりまして、長いあいだお付き合いをしていましたが、高齢になり、御無沙汰しているうちに、住所がわからなくなってしまいまして・・・」

「そうですか、そういう方でしたら住所をお教えしますので」

若い女性はハキハキと電話番号を教えてくれた。ことのついでに直ぐに電話をすると、誠実そうな男性の声がした。

場所は群馬の福祉ホームだという。

「ご主人の山岸敬明様は平成元年四月に亡くなりました。その年の六月に山岸史枝様がこちらの施設にお入りになりました」

「お見舞いに伺ってもよろしいでしょうか」

「それは構いませんが、面会できるかどうか、保証はできませんよ」

係りの女性の返事だった。私はとにかく、元気な姿に一目お会いしたいと告げ、その日時を約束していた。

平成三年十月十二日、早速ベルジー武尊（ほたか）という施設を訪ねた。群馬県の上毛高原駅で電車を降りタクシーで向かう。そこは、山に囲まれた静かな人里離れたところで、施設は病院施設も整って、終の住処であった。中に入るとお花が生けられ明るい色彩で思ったより暗いイメージはなく、係の若い女性が笑顔で迎えてくれた。ところが、

「嫌いな人がお見舞いにくると毛布を被って顔を出さないこともあるのですよ」

女性は困った顔をした。

「しばらくお待ちください」

はたして会っていただけるかどうか心配であった。まもなく女性がにこにこしながら、

「お会いしますとおっしゃっています」

とまた部屋に戻って行った。

車椅子に乗せられた女性は、白髪で、顔は色白で頬がピンク色に染まっていた。薄紫色のアンゴラのカーデイガンを羽織っていた。八十歳は越えているだろうが、お歳の割りに若く、一目で庶民の老人とは違うことを感じた。十年前にお会いした時とお顔はそれほど変わりはない。が、無表情のことが気にかかる。

「こんにちは」

挨拶をして自分の名前を名乗ると、しっかりと目と目を合わせてくれた。遠い昔を思い出すような優しい目であったが、それに対して答えはなかった。

その先、なにをどう話していいかわからない。戸惑っていた。

すると係の女性が、静かで人の目につかない場所に案内してくれた。大きなテーブルを前にゆったりとした位置で二人だけで対話することになった。窓の外に山の景色が広がっていた。けれども一言も口を開かれない。私は夢中で父のことを話した。返事はない。沈黙が続いた。

傍らの女性もやはりという顔を向けた。

「お口は利かれないのですか」

と尋ねていた。

「そうではないのですが、ご自分の過去を決して口外してはいけない何かを持っていられるようで」

という。他人を警戒しているようだ。

人の好き嫌いが激しいらしい。それで、この若い女性は気に入られ、この人は特別にお世話の係になったのだということは電話で聞いていた。彼女の傍らで一生懸命にお世話する姿は優しく、また私に対しても親切であった。それに若くきれいな女性だがごく自然体でお話の仕方が丁寧である。その様子にわかるような気がした
当時はまだ施設が整っていない時代であった。それにいざとなると、自分の親は施設には入れたくないそんな思いも残っていた。老後の介護施設はどんなところか私自身初めて訪れた。

他人の噂ではいろいろあり試行錯誤の時代でもあった。

史枝がその後どのような人生を歩んできたか私は知らない。ただ父との関係であり、それが信頼関係であり、私自身門前仲町で会って以来山岸史枝という人のことを両親から聞いているだけで、他に親族、知人といった関わりのある方がおられるかどうかも深くは知らない。父もご夫妻以外、他の人との関わりは聞いていないようだ。父とのお約束も極秘のこととしている。

それでも私は何か貴重な一言でも言われるかと待っていた。

車椅子に乗っていても手先は動くようで、ときどき膝の上に合わせた手を動かしている。笑うでもなく怒った風でもなく姿勢を崩さず、じっとしている。そのことがいっそう孤独さを感じる。一般に施設への入居の条件として、まず資金の問題が大きい。それによって、部屋や待遇が異なるのは当然のことであった。最初二人部屋で暮らしを共にしていたという。ところが、環境と暮らしの違う者同志の四六時中一緒の暮らしは何かとちぐはぐなことが起きる。

相手の女性は田舎育ちのお年寄りだった。史枝は仮にもおばあさんと呼ばれることはなかったであろう。最初から互いに違和感を感じていたようだ。相部屋の女性はお口が達者であった。史枝のことを「ばあさん」と呼んだ。そして返事のないことをいいことに、洋服の色が派手だ、気取っているということから始まり、言葉に遠慮がなくなって行ったようだ。それでも、史枝は沈黙を守って口を開かなかった。ところが、ある日、事務所に行って、その一部始終を淡々と告げ、部屋を変えて欲しいと訴えたというのである

「お口が利けるお方だわ」

職員一同びっくりして、以後部屋割りについて、工面することになったということであった。私は今さら余計なことは聞くまいと思っていた。それにしても目の前の人は口を閉ざしたままだった。私は手帳を出して島の父の名前と住所を書いた。それから島の話をし、父や母も元気なことを伝えると微かな微笑みを浮かべ私の顔を改めて眺めている。それでも黙っているだけだったが、耳は聞こえ理解しているようだった。

「喫茶室はないのですか」

女性にお茶をご一緒したいと申し出ると、案内してくれた。

「何かお好きなものは」

と尋ねた。すると女性が、

「アイスクリームがお好きのようです」

やはりと思った。そのことは母から聞いたことがあったから。

その喫茶室はあの銀座の千疋屋と同じように懐かしい銀のカップのアイスクリームが出てきた。向かい合ってアイスクリームを食べていると、女性が

「アイスクリームがお好きですよね、良かったですね」

と話しかけると、スプーンを持った手を止めて、じっと私の顔をみつめた。

「どなたか分かりますか」

女性がときどき聞いてくれる。

分かったとも分からないとも返事はない。女性がわざわざ訪ねてくれたことを告げると、あ

りがとうという言葉こそないが、私を受け入れてくれたという心を感じ、温かいものが流れていく。ただ、アイスクリームを一緒に食べている。それがいかほどの意味があるのか、そのとき、私は何も考えてはいなかった。何も考えてもいないが、私はふっと、彼女は自分のことを決して忘れたわけではないような気がした。そして、嫌われていないことを確信した。

アイスクリームを上品に口に運ばれ、やがて食べ終わると

「ごちそうさま」というように私の方を向いて、平たいスプーンを丁寧に置いた。

私は再び手帳を出して、

「ここにサインをお願いできますか」

不躾けなお願いをして、鉛筆を出した。すると女性が

「お名前を書いていただけますかと言われていますが」

と、取り次いでくれた。すると鉛筆を持つ仕種をされたので、私は、その手に鉛筆を握らせ、手帳を広げた。すると、父の住所、氏名の下に優しい字でしっかりと『山岸史枝』と横文字で書き終わると、鉛筆の元の方を私に向けて返された。

「ありがとうございます」

私は鉛筆を受け取りながら、その手に握手を求めると、躊躇うことなく握手してくれた。白く温かくわりあいしっかりした手であった。それから、帰り際玄関で写真をと所望すると快くカメラに一緒におさまってくれたのだった。

これで住所が確認できてお元気な様子もわかって安心した。ところでここに至るまでにいっ

たいどういう道のりがあったのだろうか。お見舞いに見えているという方はどういう方で、お会いしたいと願ったら自分を受け入れてくれるだろうか。史枝はなぜここにいるのだろうか。いったいあのお約束はどうしたことだろう。どうして皇室に縁のあるというお方が・・・世が世なら、なんと寂しい晩年のことだろう。

「お身内はおられるのですか」

女性にそっと尋ねた。

「いいえ、越水様という方がすべてをご存じです」

と、簡単な経緯を説明してくれ、意外な答えであった。別れの挨拶をすると玄関先で手を振ってくれた。それは後髪を引かれるような寂しい思いであった。

真福寺の一隅にて

その年、平成三年十月二十七日、横浜市鶴見区の真福寺の境内の一角にある越水様宅に向かった。天台宗のこのお寺は階段を上り詰めたところにあって、高齢の父には歩くのが少々きつかったようだが、父は疲れた様子も見せず、緊張した面持ちだった。もともと寡黙な父だがその日の様子は今までとは異なって、神聖で隙いることのできない雰囲気であった

越水様宅に着くと、夫妻は初対面にもかかわらず、とても温かく迎えてくださり、なんの違和感もなく旧知の間柄のような錯覚さえ覚えたことだった。奥の間に通され緊張した父は徐々に落ち着きを取り戻していった。そして、一通りの挨拶が済むと、

「どうぞ、お参りを」

と奥まった部屋に案内された。そこには大きな神棚が祀られ、昭和天皇の御真影も飾られている。その傍らには菩提寺の仏壇もあった。父は丁寧にお参りし母と私も続いてお参りさせていただいた。

再び奥の間に落ち着くと、奥様が、

「まあ、遠いところようこそお越しを・・・そんなご縁がおありの方がいらしたとは、存じませんでしたわ」

と丁寧で澄んだ声で口火を切られた。私はその声はどこかで聞いたような気がしたが黙った。

やがてお話を上手に引き出して下さり、父はそれに誘われるように次々に話し出した。

夫妻は「越水宣行」、「紀久子」と名乗り、共に教職にあり、ご主人は書道家であり、夫人は茶道や俳句など趣味の広い方で明るく社交的な方のようだった。

父の目的は個人的な事情や過去のことを知ることでもなかった。新島の十三社神社で預かった神様をどうしたものかということの思いが強かったようである。

越水夫妻と山岸敬明との出会いは昭和三十年代に、山岸敬明が、名前を見て生命判断をするという事で先輩に紹介されて今の名前に改名したのがご縁であるという。それ以来のお付き合いである。山岸敬明は『古事記略解』の著書を発表し、門前仲町で勉強会を始めた時に事務長になったという。父は神様の話から、山岸夫妻との付き合いなどおおよその話を説明すると、彼は

「そうですか、私どもよりずっと古いご縁なのですね」

と応じた。

いずれにしても、山岸夫妻は、平たく言えば、越水家にも前田家にも共に元来縁もゆかりも無い家柄ということになる。

父は山岸史枝の出自は詳しくは知らないようだったが、そういうことを高貴なお方にお聞きしては失礼と心得ていたようで、「陛下のお遣い」ということの、絶大な信頼関係でお付き合いさせていただいていた。

すると、

「わが家でも山岸家でお守りしている神様をお預かりしておりますが・・・」

「そうですか」

父が驚いた顔をし、一同沈黙が続いた。

父はおもむろに大切に持参した鞄を開いた。それから先は私の知るところではないが、二人が神聖な部屋に入って行き、お互いの神様を確認し合い、

「間違いありませんね」

ということになった。両家では神様のお名前は「天火明命」（あまのほあかりのみこと）とお伺いしていた。

では、どうしたものか、いま史枝は群馬の地で晩年を静かに過ごしている。あえて過去を聞き出すのは酷なことであると、父はお会いすることはしない旨を伝えた。以下、そのときの会話である。

越水「私共は最初は神様をお預かりすることをたいそう重荷に思いましたが、数名の候補者の中から、お守りするよう山岸様より申されましたので、名誉のことと承知いたしました。その事は、息子や娘にも伝えてありますので次の世代までも守ってくれると思っております。」

父「宮内庁にお話してもおそらく存ぜぬの事でしょうからね。神社庁に話したこともありますが、解決の糸口は見つからず今日になってしまいました」

越水「山岸様からお聞きしたところによりますと、陛下（昭和天皇）は日本の神様を隅から隅まで良くご存じなご様子だったそうです。どこそこは海と山の神様が間違って祀られているのでなおすようにとのこともおありになったようです。また陛下の思し召しによって、全国を代参されておられました。ただ、新島の十三社神社のことについては一切申されませんでしたね。よほど大切なことなのでしょうか・・・」
父「そうですか。山岸様は大切にされている山や神社の話をされていませんでしたか」
越水「私共は山岸様から古事記のお話を勉強しておりましたが、そのようなお話は・・」
父「いや、実は、陛下のお遣いは、他にどこにこのような形で残されていたのか気になっておりましたが、お聞きしておりませんでした。それであるとき、なぜ新島を選ばれたのですかと山岸様にお尋ねしたことがあるのです。そうしましたら山岸様が陛下にお尋ねになり、陛下の申されますには『日本の形は弓形になっていてその矢の先に新島の十三社神社がある』というようなことで大事な位置にあるということをお聞きしたことがあるのです。そこで他はどこにあり、分かれば訪ねて見たいとも思ったのですが・・」
越水「それも存じませんでした」
父「いつか時期がくるまで・・・それがどういう意味なのか気になりましてね。陛下は重要な神々は危ないと、そこで国づくりの神を守ること、そのようなことを戦前から考えておられたようで・・大山、赤城神社、妙高山、須弥山（しゅみせん）などとお聞きしたことを覚えているのですが、何しろ私自身高齢になり、記憶も定かでなくなりました」

越水「山岸史枝様はとても神様、皇室のことを思われているお方ですが、残念なことに宮内庁では認められていないようですね。こちらもどうしたものかとそのことを考えておりますが今となりましては・・・、個人として神様をお預かりしております。それに、私共が皇室のお話をしましても信じてもらえませんね、越水の大ぼらとか言われ、笑われましてね・・・」
父「実は私も黙って時の来るのを待っていたのですが、このことを私の他に知っている島の人はもう誰もいませんし、何の手掛かりもないまま消えてしまうのは残念に思っておりました。この度は不思議なご縁でこうして一つの疑問が解けましてほっとしております」
越水「ほんとうにこれも何かのお導きかも知れませんね」
父「それで、今後どうしたものかと思っているのですが・・・」
越水「私共は息子や娘にお守りするようにと伝えてありますが、前田様は宮司の家柄でいらっしゃいますからそのまま時がくるまでお祀りされたらいかがでしょうか」

そのような越水夫妻との話の中で、父の安堵の様子が伺えた。父にとっては長く重い責任の道のりであったに違いない。山岸夫妻との真実の出来事であっても自分の亡き後どうなることか、やがて消えてしまうようになることは残念の事と思われていた。父にとって、山岸夫妻の身内同様の深い縁の人に出会うことができ、その日の一日は父の歴史の中でも大きな節目であったようである。

それ以来、越水家との交流が始まり、そして、お預かりしている神様は変わることなく今も静かに島の十三社神社の本殿の奥に鎮座している。

そして平成四年八月一日　山岸史枝様は亡くなり、真福寺の一隅に、山岸敬明様と一緒のお墓に眠っている。八十五歳であった。

十七回忌法要

その後山岸夫妻のことについては父は何も言わなかった。父なりに神様をお祀りしていたようだった。

私は越水家とはなにかと行き来し、神様にも、お墓にもお参りさせていただいている。平成二十年七月三十日の十七回忌の法要があるとのことでお招きいただいた。私はそれほど近しい身ではないが、いままでの経緯から父のことそしてその年の三月に亡くなった母のことも報告したく参列した。そしてもう一つ父が亡くなって以来何か大きな物を失ったような気がした。それはよくわからなかったが、日本の為に何か大切なことであるような気がしていた。それは何かの形で残すことであることに気がついたのである。

そのことを越水様は素早く察していてくださっていたようだ。その為には順番があることに気付かれ、その場を設定してくださったのだ。

七月の三十日は暑い日だった。

鶴見の真福寺にはゆかりの方が集まったが、私にとっては越水夫妻以外は初対面の方ばかりであった。真福寺は浅草の浅草寺とのご縁があり、史枝は皇室にゆかりのある方ということで浅草寺の門跡となられていた。その関係であるという。

史枝が亡くなってすでに十六年の歳月が過ぎていたから、暗い雰囲気はなくむしろ思い出話に花が咲き明るく愉快な秘話も出て、話題は尽きず延々と続いた。無事法要も済み、墓参りも終わって清めの席でも話はつきない。

史枝にまつわる話は私が微かに記憶に残っていることに接点のあることにも気がついた。両親が会って話していたこと、なぜそうなのかという疑問の一つ一つが解き明かされていって、まるで人生のドラマのような出会いであった。

一つには十七回忌に集まった方は皆身内でも親戚でもなく、ごく普通の人々であり、他人であった。そして親子の縁を結びながらもまた他人となりながら、変わることなく「お母様」と呼び、また下町に住んで踊りを教えられその道では師弟の関係にあった方でもあった。しかし、十七回忌の法要のご招待に馳せ参じた方々である。

そして、話題はまるで今を語っているようなひとときであった。私はここで史枝の本物の姿を教えてもらった気がしてきた。

この中の一人、細川千光さんは八十一歳になられ今なお現役で踊りの師匠をされている。戦後間もなく、山岸夫妻がタクシーを始めたころ事務の手伝いをしたのがご縁という。以来のお付き合いと言う。その後母親の後をついで板東流の踊りを教えていた間柄で、後に古事記の会が発足することになり、尽力された方でもあった。

下町の話し方は切れが良くはっきり物を言われ、すっきりする。止むことがない。そういうところが史枝と馬が合って影響を受けたような気がする。

「『私下町が好きよ』と史枝様はおっしゃっていましたよ」

と言われるが、人情に厚い下町気質の人柄は初対面の私にも感ずるものが多かった。

ここに集まった方はいったいどういう方かよく分からなかった。中華料理の席もたけなわのころ越水夫人が、私のことを改めて紹介してくださり、

「ここで、古事記の会の皆様には小山様が山岸様のことをお書きになりたいということですのでご了解をと思って・・・私どももいつか書かなくてはと思っておりましたが小山様がお書きになりたいということをお聞きしました。私共は賛成したことは、新島の十三社神社の娘で以前お父様とお会いしたことがありますが、その神社に山岸様が神様をお届けになられたというご縁でした。古事記の会の最後の日に山岸様をお尋ねくださったのがご縁でベルジー武尊に行ってくださり、私どもとのご縁が繋がったのです」

「そういうことだったのですか」

細川千光はびっくりしたようだった。

「世の中ご縁というものは不思議ですね、どこかでつながっているんですね」

「それで、私どもが納得したのは『なによりも日本のこと皇室のことをお守りしたい・・』とおっしゃられたので、これではお断りする理由はないと思いました。そこで皆様にお図りをと思いまして・・・」

思いがけない越水夫人の計らいであった。

しかし、そのとき一瞬冷たい空気が走った。

けれどもその変化は早かった。

「まあ、そういうことでありましたら、反対する理由もありません、どうぞ、どうぞ、お書きになってください」

法事のお清めの席にまた笑いが出てきた。

「ほんとうは史枝様は私に書くようにおっしゃったのですが、なにしろ、私には文才がないもんですから今になってしまって、ちょうど良かったですわ、そういうように書いてくださる方が出て、良かったら資料はなんでもお出ししますから使ってください」

快い返事に変わって一安心だった。しかし、養女になった方が、一度書かせて欲しいとお願いしたところ「あなたはいいのよ、細川さんにお願いするから」ということを本人の前で言われたことがあったようだった。

そして私にも

「どういう方かわからないのに、言っていいものやら、見せていいものやら・・・」

納得のいかない様子であった。

私はその通りだと思って黙った。

しかし、大方は私がとりあえず書いてもかまわないということで許可を得た。が新参者でしかも一番若い者がという雰囲気でもなく一安心していると、

「あなた新島ですって」

「はい」

「あそこのくさやおいしいですね、友達が昔いてよく送ってくれましたよ、だけど臭くてね、ほんとうに困りましたよ、でも、味は本場でおいしいですね」

「それがね細川先生」

越水夫人が話題を受け取って、

「山岸様にくさやが届くと決まってわが家に持ってこられて、家で焼いてビンにつめてお届けしていたんですよ、それが小山様のご実家から送られていたとは知りませんでしたわ。家でしたらお寺の境内ですから誰にも迷惑になりませんものね、それでお相伴していたんですよ」

「まあ、」

くさやの取り持つご縁で一挙に明るい兆しが見えてきた。

そして私が「お住まいはどちらですか」と尋ねると、

「古石場といって江東区の門前仲町の駅の近くですよ」

「そうですか、私は江東区の越中島に十八年住んでいまして、娘達はそこで育ちましたからお隣りでしたね」

「え、越中島は何丁目ですか」

「一丁目の商船大学の前でした」

「あらまあ」

ということになった。

こうしてこの一日が何十年の知己のような間柄で次の出会いへとつながっていく。

いずれにしてもここにゆかりの方々が集まって話し合うのは良い供養になるということだった。

山岸史枝がどういう方か追々分かってきたが、決して幸せな晩年ではなかったであろうと見受けられる。私が晩年ベルジー武尊でお目にかかったときは、その事情を知らなかった。お子様がいらっしゃらなかったから結局は施設の方がと思っていた。

けれども、桐生の施設のころ両親が訪ねた頃はお元気で幸せそうであった。なぜ、お一人になってから、そこをお出になったのかという思いであった。

「それがね、ご主人が亡くなると即刻出て行くようにとのことだったのですよ」

戦後の荒波を乗り越えてきたのは、誰でも同じであったが、とりわけ、戦前に史枝は宮家のお子様としての暮らしであった。決して贅沢でなくても、庶民の苦労とは程遠かったであろう。戦後タクシー会社を経営して生計をたてていた。その間陛下のお遣いで全国の神社を代参されていた。その間すべてご自分たちの力でなされていたこの苦労を思うとき頭の下がる思いがする。しかし、世渡りは決して上手ではなかった。他人に騙されることもあり終の住処と思っていたところを追われた史枝のことを思うとき、十七回忌に集まった庶民の方々がご主人亡き後、守って来てくださっていることを知った。

遠い親戚より近くの他人ということが脳裏に浮かぶ。

考えてみれば、戦後、元宮家のつながりを持ちながらも、史枝への冷たい視線は変わらなかったのかもしれない。晩年に誰一人血の繋がりのある方が現れなかったことはそれを物語っている。

けれども、亡くなるとき身から離さなかったのはお守りと、母の写真であったという。それは品格を備えた彼女によく似たお顔の方だった。

父は閑院宮載仁親王殿下、母は上鴨神社の醍醐しま子で、西本願寺の大谷尊由師のところで育ち九条武子が養育係であった。明治四十一年当時二歳だったあやこ姫は明治天皇の膝に抱かれたことを母から聞かされ、その御心を大切にされていたという。

しかし、結婚したときの戸籍をみると父親も母親も知らない人だった。

こうして一つ一つが少しずつ明かされていった。おりしも七月三十日は私にとっては母のいない母の誕生日でもあり、また、その年の三月三十日に母は亡くなっている。

「そうですか、これも不思議ですね」

と一同驚く。しかし、それは明治天皇の崩御された日でもあった。そのことは私は後に知ったことである。


夕闇が迫るころようやくお開きとなった。今日の日を忘れまい。これからなにができるか、人間にはそれぞれに与えられたなにかの使命があるという。これが私に与えられた使命であったら光栄であり、全力投球をして成し遂げて見たいと思ったことである。

第１章　萬里小路操子姫の生涯

第二章　炎の女

最初の結婚

華族とは明治二年（一八六九年）皇族の下、士族の上に置かれた族称。明治十六年、華族令により維新の功臣のちには実業家にも適用された。五等爵（公爵、侯爵、伯爵、子爵、男爵）の称号を授けられて、特権を伴う社会的身分となった。この制度は、昭和二十二年（一九四七年）新憲法施行により廃止されている。

萬里小路操子（までのこうじあやこ）は閑院宮の外宮であり宮家の一員として育っており、当時は華族の娘であれば一応結婚には困らない。少々不器量であろうが、聡明でなくともかえって都合がよい。いわゆる政略結婚のようなもの、家と家との関係で特に身分を大事にする家柄では形だけを整えるためでもあった。身分を越えた恋愛はタブーである。けれども皇族にも側室が認められ、庶民でも甲斐性のある男性は妾宅に通うことも咎められることもなく、その影で女性たちが不愉快な思いをした時代でもあった。

操子はどこかで誰かが決めた結婚をした。

婆やと爺やは操子の結婚にほっとした様子であった。操子は知らないところで決められた結婚を好まなかった。三三九度をしていながら、いつ家を飛び出すか考えていた。

自由奔放に育った操子には、なにからなにまで気にいらない。嫁ぎ先の小笠原家は箸の上げ下ろしは言うに及ばず、立ち居振る舞いまで厳しいというお作法の宗家の家柄である。

操子はその作法が気にいらないのではない。

厳しい婆やたちに育てられた操子はむしろ、お作法の宗家といいながら、家庭の中では裏表があったからである。大きな家には使用人がいて、操子は何もすることがない。結婚といっても旦那様の心はこちらを向いてはくださらない。

「なんなのでしょう。私の立場は？」

それでも、無垢な娘をしっかり受け止めてくれたら操子の気持ちは納まっていたのかも知れない。

第六感の鋭い操子を引き止めるものは見つからない。悶々と過ごす日々、自由奔放に育った娘の嫁ぎ先がよりによって礼儀作法の宗家の家柄であった。操子が礼儀を知らないで育ったというわけではない。

操子を育ててくれた公家の出の婆やは厳しい人であったが、それでも、躾のためと心得ていたから芯から不愉快ではなかった。

ところがこの家はなんだかお作法の宗家といいながらどこか違うのである。なぜか分からない。

一緒にお食事をしていたときのことである。

「義母様の品のないこと、なにが礼儀作法ですか」

義母の人を見下すような視線が気になった。確かに形は整っているかも知れないが人に対する温かい心根が伝わってこない。それは嫁の立場、身内だという意識かも知れないが・・・。

　操子は少なくとも「私の立場」を理解していない人と直観したのだ。そしてその家のことで、何かしようものなら
「姫様、それは私が」

と取り上げられてしまう。操子は家庭の仕事はなんでもできるのだが、そういう女中の声さえも下品で、背筋が寒くなる。

　操子は結婚するまで恵まれた人の中で育っていることに気がついたのだ。質素な生活ではあったがどこか心が豊かであった。しかし、この家は寒々とした空気が流れている。

　一同集まって食事をするかと思えば、閑散として誰がどこへ行っているのか分からない。家庭というより、寄り集まりの家である。

　操子はだれにも邪魔されない夫婦二人の暮らしをして見たいと思っていた。

「ご自由になさいまし」

と、ほっとすることがあったなら・・・いや自分が必要とされている役目があったなら・・操子が目が覚めてから何をすればいいのか、いつも女中がついていた。

　なにか手を出そうとすると、

「姫様、それは私の仕事です」

　これでは自由を奪われたのも同然、何故自分がここにお嫁にきたのだろうか。

　うすうす感じないわけではないが証拠がない。

旦那様は容姿端麗の落ちついた人柄であり、昼間は礼法の宗家としてあちこち行かれているようだ。夜になれば、どこでも普通にあるように男女睦まじく床を並べている。操子は肌が白くふっくらと丸みのある体は殿方を魔性のように引きつける何かを持っていた。

宗家との相性もよく互いに離れがたくなっていく。この一時だけが二人の世界なのである。けれどもまた朝が来る。操子は、

「朝が嫌いなのです」

と呟く。

朝の早い宗家は操子が目を覚ますともう空である。朝に弱いのを理由に、

「ゆっくりしてから起きなさい」

宗家は優しい言葉を残し出掛けることが多いのだ。操子はその優しさがその日の安定剤となって決心が一日延ばしになっている。

操子は気だるい顔を見せまいと素早く身支度をしていると、女中が、

「お目覚めですか」

と、不敵な笑いが部屋に広がる。

「朝食ができておりますが・・・」

広い食事をする部屋にはだれもいない。家には使用人が何人もいて、集まりがあると弟子の出入りが多い、家のことに興味のない操子は人の顔を覚えようとはしない。家の者か外部の人か迷うこともある。

夫婦といっても宗家は公人として仕事をすることが多いようだが、衣服の手入れも支度もいつも間に誰かが付いているようできちんと着物を着ている。

夜になると遅くなっても帰ってくる。夕食は一緒のときもあり、済ませてくるときもあるけれども、夫は夜になって「いたす」ことは忘れなかった。その肌の触れ合いが、操子にとっては救いになっている。

互いに若い。夜の静寂の中で一時の至福の時を持っていた。

「宗家が光源氏としたら私はさしずめ誰かしら、嫉妬深い女よ・・・」

夢の中は雅びな平安の世界へと誘われるのであった。

「なんでもいいわ、素敵な旦那さまは私のものよ」

蜜月の日々は半年が過ぎた。

夕食を別にすることが多くなり、夜更けになっても帰らない。操子の不吉な予感が現実に変わるのにそう時間はかからなかった。

「知らぬは私ばかりか」

操子の怒りは納まらない。

「なんと紳士に無垢なこの身を捧げたのに・・・決まった方がいらしたとは」

女中がおろおろし、何事が起こるかとまつわりついている。

「・・・・・・」

「はっきりおっしゃい、側にいながら」

「はあ・・・」

「はあではありません」

「どちらのお方」

「男爵の娘・・・」

「なぜ、それを早く教えないの、分かりました」

「なによ、私に愛情を持たれたのではなく、利用しようとなさって」

「私はどこかのいいなりさんの姫とは違います」


操子は近くのお便所のスリッパを持ってくると旦那様の頭を三度殴ると急いで身支度をし、

「こんな家のお義母様の指図は受けません」

この時代父が閑院宮載仁親王であればその家柄を必要とする家柄は多い、あまりお利口さんでない方が都合がいい。ところがよりによって操子は聡明な女性であった。聡明というより、オーラを放った勘の鋭い娘でともすると予知能力を備え、その鋭い考えは嫌われることもあったが、操子をよく知る婆やは、

「このお方は大事な使命を背負っている姫様ですよ」

と助け船を出してはわが子のように慈しむのであった。これといって理由があったわけではないが、そういって慰めるのである。

少なくとも、宮家からのお輿入れである。嫁入り道具のタンス、長持ちにはたくさんの着物

や帯付属品など、たとうし紙に包まれたままになっている。

操子姫は花嫁道具には見向きもせず渋谷の婆やの許に、帰ってしまったのであった。

「いいのですか」

婆やはおろおろするばかりであった。

孤独

操子は婆やの元に帰ったが、だれもどこからも非難の声は聞こえてこなかった。

母上にこれ以上苦労がかけられない、遠慮があった。病気になって母の里でやっかいになったことがある。母はやさしく看病してくれたが病いはなかなか直らなかった。そのとき観音さまの信仰をするようになって、滝で修行していると、病いが平癒したことがあった。母はそのとき操子に易を教えた。

母上はどうされているでしょうか。

けれどもこれ以上迷惑をかけたくないと心に決めた。それにしても
「ター叔母様はお気の毒なこと、無理されたのだわ」

こんなとき相談に乗ってくれるのは九条武子であった。操子はそれでは自分に何ができるのだろうか。厳しく育てられ、女学校も出たがなにができるのだろう。

華やかな暮らしを逃れた操子の人生はここで大きく軌道を外れていく。それも十分に承知であった。

ロメオとジュリエットのように素敵なロマンを夢見ている。ふっと海軍の制服を着た恰好良い青年を銀座当たりで目にするようになる。

「ロマンチックな恋」

やはり築地小劇場で見た青春を思い出している。

「思い出に浸るくらいなら罪になりませんね」

独り言を楽しんでいる。

そして、操子は　ター叔母様の思い出に浸っている。

「ター叔母様はお気の毒」

と操子は思っている。口にこそ出さないが操子には耐えられないのだ。周りの事情を考えると耐えることが美徳のようだが、九条武子は西本願寺で同じような環境で育っている。結婚によって二人の運命は大きく変わっていく。

操子は親子ほど年の差があったから聞いた話である。西本願寺は大きな財力があり、武子は西本願寺法主大谷光尊の次女として九条良致と結婚した。九条家は公家と婚姻が行ったり来たりの間柄で、皇室とも姻戚関係にあり聡明な武子は良縁といわれ、傍らからみればなんの不足は見当たらない、幸せそうである。

「ヨーロッパをご旅行されたんですね」

操子にとっては羨ましい話である。イタリア、パリ、ロンドンはどんなところでしょう。ところが、ター叔母様にとってはそんな景色もごちそうも興味はなかったという。新婚旅行でありながら別室で休み、あげくの果てには夫から先に日本に帰るようにと放り出された。それから十年、ター叔母様はなにもおっしゃらなかったがイギリスでの夫の生活は女性と一緒に住み、子供までいたと聞いていたとき、

「日本の女性ですか」

「いいえ、あちらの方ですよ」

「ですから何がおありになったか十年もですよ、よく辛抱されましたね」

それで日本にお帰りになったら知らぬ顔の半兵衛で、

「よくご一緒に暮らせますね。」

と聞くと、

「でも、その辛抱したことを歌にお詠みになって世に広められていますからね、いまさら実は、家庭崩壊であるとは美談になりませんね。それで通すより、仕方がなかったのではないでしょうか。ですから、歌はもちろんですが、震災の時には一身に診療所でご奉仕されていましたね。人の為に尽くしたいという思いはご立派でしたね。」

　操子は愛情のない結婚がどれほど不幸なことであるかター叔母様を見て感じとっていた。そして、わが身を振り返ってみて、世間から「贅沢な身分」と見られる自分の立場を操子は、ふっと叔母様に重ねるのであった。

「私に何が出来るのでしょう。私の生きている使命があるのでしょうか」

　ター叔母様は夫のことをお許しになった。いや、許した振りをなさっていたのかも、・・・

　愛情のない結婚を操子は許せなかったのだ。そして、それが当たり前の世界で、自分は利用されたと憤慨し、なんの未練もなく嫁ぎ先を飛び出してきて、これからどんな人生になるのか考える余裕などなかったが、それでも、次の結婚相手はないことはないが、操子は

「もし今度結婚するときがあったら、自分の思いを寄せた人と一緒になりたい、情熱を傾ける人に出会いたい。たとえ一夜の契りでも人として生きた甲斐があるというものだわ」

と考えていた。。操子はだれに相談するわけではなかった。

「そうだ、学校の先生になりましょう」

一人で自由に生きるためにはそれなりの何かを持っていなくてはいけない。いつまでも爺やと婆やと一緒では独り立ちできない。

少し暗い顔が明るくなってきたようだった。

「あや様」

婆やが食事の後で優しく声をかけてきた。

「ご心配いりませんよ、ここで気の済むようにしていたらいいのですよ、そのように父上様から言われておりますから」

操子はどきっとした。自分の心の内を見透かされているようだった。

まだまだ世間の経験の浅い操子だが年齢からするともう子供の一人や二人いてもおかしくない年になっている。

とりあえず、自分の好きなものはなんでしょう。お稽古事に精を出して気を紛らわせることにした。仕舞い、薙刀、乗馬、などをまた始めて、交際を広めて行った。

この時代、秩父宮、近衛文麿、賀陽宮、徳川家の親戚、従兄弟たちとの再会がある。

昭和になって裕仁皇太子は、昭和天皇となられた。

銀座・千疋屋　運命の出会い

銀座並木の柳の枝が芽吹き、風もないのに揺れている。

銀座八丁目、千疋屋の二階のパーラーは、萬里小路操子（までのこうじあやこ）にとってお気に入りであった。昭和七年のある春の昼下がり、操子は婆やといつものフルーツポンチを食べていた。

長い足の丸いグラスに、炭酸水や甘い洋酒をまぜたカクテルに、季節の果物をのせるフルーツポンチは当時洒落た食べ物で操子にとって大好物であった。

操子は大きな赤い花模様の着物を着て髪にはいつもヘアーバンドをしている。姿勢が良く、肌の色がどこまでも白く、面長できりっとしていて目の奥まで澄んで、人を一瞬に見極め、真っ直ぐに言葉を発した。宮家の人たちのオットリとした性格とはおよそ異にしているが、庶民とはどこか違う品格を備え、大人の雰囲気を漂わせている。

パーラーの二階から新緑の柳の街並みの間を行き来する人の動きを眺めていた。そのときに一人の白い海軍の制服姿の青年に目が入った。背が高くがっちりし、整った目鼻立ち、「制服のなんとお似合いのこと」

その青年が、コツコツと階段を上がってくる靴音が響く。操子はあわてて食べかけのフルーツポンチのスプーンをお皿の上に乗せ、傍目も構わず、その入口の方向に目をやる。

「おやめなさい」

婆やが「はしたない」と制止したが、その時すでに操子は女店員を呼んでなにやら注文していた。青年たちの服装は海軍であり、肩章を見て中尉であることは直ぐにわかった。ただそれだけではなく、操子はその青年となにかの縁を直感した。三人の青年たちが、隅のテーブルで話し合っているのを操子はときどき目をやってはぼおーっと眺めている。

「そろそろ・・・」

婆やが帰りを促したが、操子には届かない。

やがて小一時間過ぎ、青年たちは席を立ち、その中尉が操子の方に歩み寄ってくると、

「先程はどうも」と礼をいう。

「名前は？」と聞いてきた。

「萬里小路操子でございます」

操子は、よそいきの声を出した。傍らの婆やが「なんとしおらしいこと」と口許に手を当てている。

「ふざけるんじゃない」

中尉は操子の顔をまじまじと眺めながら言った。

「ほんとうでございますよ」

婆やはあわてて、

「だから言っているではありませんか、庶民にやたらと声をかけてはなりませぬ」

とでもいうように操子の顔を睨んでいる。

海軍中尉はびっくりし、引っ込みがつかない様子であったのを操子は見て取って、

「中尉殿のお名前は」

と、今度は宮様風の振る舞いと声で尋ねた。

一緒の仲間が一瞬困った様子をちらつかせ、そのまま立ち去ろうとすると、先に行くよう目で促し、中尉は白い海軍の制服のポケットから手帳を出し、挟んである鉛筆で、なにやら記すと、その頁を破いて、そっとテーブルの上に伏せて置き、黙礼すると、急ぎ足でパーラーを出て行った。

操子はその海軍中尉を一目見た瞬間閃光が走った。

中尉からのメモには「海軍中尉山岸宏」に続いて住所も書かれていた。操子はその名をじっと見つめている。目はつり上がり、唇がピリッと引き締まった。こうなると誰にも止めることはできない。操子はこれからは自分の選んだ道を歩いて生きたい。そのとき強いものが吹き出した。婆やは心細そうに、

「あや様、あの人たちは田舎者でございますよ」

「そのようですね」

「です故、関わりなさらないように、父君様が嘆かれます」

操子は聞いているのか、ぼんやりとしている。身の回りのお世話をしている婆やは、無垢な娘心を傷つけられ、離婚した操子の今の状態はお気の毒に思っているが、

「まだお若い、きっとまたどなたかが相応しい方をお世話下さるもの」

と考えているようだ。

「あぶない橋はお渡りになりませんように」

父君様からお預かりしている身であれば当然のことであった。自分から飛び込んで行ってしまっては申し開きがたたない。婆やの心中は穏やかではない。

閑院宮載仁（ことひと）親王はそのとき陸軍の参謀総長である。

操子にとっては知らないところで決められた結婚に従ってみたものの、不本意なものであった。再び婆やの所で暮らすようになったが、婆やはなにも言わず温かく迎えてくれた。それでも操子にしてみたら悶々と満たされない日々を送っていた。

当時、閑院宮家との家柄のご縁を望む結婚は引く手あまたと想像できる。もともと気性の激しい操子であったが、周囲の環境は厳しい中にもプライドがあった。しかし、嫁ぎ先の操子への扱いはただのお飾りであったことに気がついたのである。愛情というかけらもない結婚に憤慨し、

「お便所のスリッパで頭を三度叩いて出てきてしまいましたわ」

と後々までその怒りはおさまらないようである。

しかし、飛び出して再び自由を掴んだといっても、これまた、昭和の初期の時代は身分の差というものがあった。宮家、華族の女性にとってはそれ相応ということが無難な結婚で、激しい恋愛は許されない。操子も「相応」ということにあえて反対しているわけではなかったが、

人が人を好きになるということは理屈ではない、現実にぶつかっている。それから操子の心はこの白い制服の青年のことで埋めつくされ、月日が経っていった。

そして、ほぼ二か月後、昭和七年五月十五日、世に知られる五・一五事件が起き、操子は黙って新聞を握りしめていた。

時の首相犬養毅を襲撃した一人が山岸宏海軍中尉その人であった。

銀座の千疋屋で青年将校と出会ったあの日、操子はゆめゆめ、青年達がこのような事件の相談をしていたとは、知る由もなかった。それにしても、不運な出会いであった。

ところが、これで操子は諦めたわけではない。その後、山岸宏との接点を求め、手紙のやり取りをするようになる。


「わたしは炎の女よ」


と操子の心はかえって情熱を滾らせ周囲を困らせることになる。

山岸宏という一人の青年に出会った操子は、その後、何事も恐れず我が道を突き進んでいくのであった。そのことによって数奇な女性の人生が始まったが、誰も止めることはできなかった。

五・一五事件

五・一五事件とはどんな事件であったのか、諸説あるが、ここでは本人山岸宏の考えに一番近いと思われる資料と、本人の寄稿文と関係者への取材による。

昭和七年、当時国の政情に不満が鬱憤し、とくに農村の疲弊、金解禁以後の度重なる経済不況などが交錯して混乱の極みにあった社会背景のもとで、国の前途を憂い、国家革新を計画する青年将校を中心として事件は起こった。三十数名の一団が決起して、三班に分かれ、首相官邸、内大臣邸、警視庁、日本銀行、変電所等を襲撃して、手榴弾を投じ、拳銃を乱射した。

首相官邸を襲撃して、時の首相、政友会総裁木堂犬養毅を殺害した一班は九名であった。その中に海軍中尉山岸宏はいた。

その日、五月十五日の午後五時ごろ、密かに靖国神社の境内に集合した。各自、軍服を着用し、手榴弾、拳銃を携え、「日本国民に檄す」と題する檄文数百枚を持参していた。その内容は、後に様々な形の文になっているが・・。

手元の資料によると

『日本国民に激す！日本国民よ！　刻下の祖国日本を直視せよ、政治、外交、経済、教育、思想、軍事、いずこに皇国日本の姿ありや。政権党利に盲いたる政党と、之に結託して民衆の膏血を搾る財閥と、更にこれを擁護して圧制日ごとに長ずる官憲と、軟弱外交と堕落せる教育と、腐敗せる軍部と、悪化せる思想と塗炭に苦しむ農民労働者階級と、而して群居する口舌の徒と！日本は今や、かくの如き錯綜せる堕落の淵に既に死なんとしている。革新の時機、今にして起たずんば、日本は亡滅せんのみ。

（中略）

農民よ、労働者よ、全国民よ、祖国日本を守れ。すべての現存する醜悪な制度をぶち壊せ！偉大なる建設の前には徹底的な破壊を要す。吾等は、日本の現状を哭してあえて、世に魁けて諸君と共に、昭和維新の炬火を点ぜんとするもの、素より現存する右傾、左傾のいずれの団体にも属せぬ。

日本の興亡は吾等（国民前衛隊）決行の成否に非ずして、吾等の精神を持して続起する国民諸君の実行力如何にかかわる。

起て！　起って真の日本を建設せよ！

昭和七年五月十五日

陸海軍青年将校

農　民　同　志

という文になっている。

この事件の首謀者とされる人物は海軍中尉藤井斉であったと言われている。

彼は海軍兵学校卒業後、霞ヶ浦海軍航空飛行学生のころ、井上日召を知り、その思想に共鳴して、国家革新を企て、着々とその準備を進めていた。その実行のため、佐賀県出身の藤井は同級生や同県出身の同志の獲得につとめていた。海軍中尉山岸宏は藤井斉との出会いによって後五・一五事件へと向かっていく。

昭和三年、藤井は第一艦隊の戦艦「扶桑」に乗り込んでいた。そのころ、将来日本の海軍を背負って立つような優秀な士官が多く、分隊長の神重徳大尉が、その一人であった藤井少尉を呼んで話をしていた。神大尉が藤井少尉に

「最後にたずねるが、君は皇室のことをどう思っているか」

と尋ねた。藤井は

「私は皇室中心主義です」

ときっぱりと答えていた。それを聞いて神大尉は、

「それで安心した」

と言って後甲板を立ち去った。このころからすでに五・一五事件の温床ができつつあった・・・そして、昭和七年、五・一五事件が起こった。（藤井斉は五・一五事件の起きる前二月上海で死亡している）

事件の起こる直前、山岸中尉は海軍当局から注意人物として、横須賀鎮守府付きを命じられその身柄を横須賀海兵団にあずけられていた。

そのとき、山岸の木札は黒字の木札で在団している事を示していたが、どこにも見当たらな

かったのでその旨報告された。

いないはずである。

海軍中尉の山岸宏は、五月十五日午後五時半、海軍中尉三上卓を中心とする第一班に加わり、永田町の首相官邸へ上がり込んだ。犬養首相は
「君たちは何だ、靴ぐらい脱いだらどうだ」

という厳しい叱責の言葉を発した。それに対して山岸中尉は
「問答無用、撃て、撃て!」

と叫んだ。

首相は「話せばわかる」と左手を後ろにつき、右手を三上卓中尉の方へあげてこの言葉を発したが、首相の声と同時に黒岩少尉が発砲し、倒れるところを三上中尉がさらにピストルを撃ち込んだ。首相の右のこめかみから鮮血が流れ、前のめりに倒れた。山岸中尉は血の海を見てとっさに「引き揚げろ!」と叫んで、全員が裏門へ向かった。わずか三、四分であった。山岸中尉の銃には「止め」を刺さなかったから実弾は残っていた。このことは後にいろいろ憶測を呼んでいる。

その夜全員自首して一応事は収まった。この事件について詳しく述べることはここでは止めておく。

この檄文と、山岸宏のその日の前後の様子と影響について『昭和維新の炬火を点ぜん　五・一五

事件の青年将校群像』の中の、当時海軍大尉で、横須賀海兵団、新兵分隊長の小冊子より一部引用した。

五・一五事件のその後

萬里小路操子（後の山岸史枝）はこの事件を知りどう思ったのだろうか。翌朝の新聞で山岸宏（後の山岸敬明）の名前を見て驚きはしたものの、自分の信念がこれで変わったわけではない。婆やに言わせると

「あの人達は平民の田舎者ですよ。とても操様のお相手ではありません」

と心配を露にしていたことだったから「そら、ごらんなさい」と、これで一件落着のようであった。ところが、心が変わるどころか、山岸宏への思いはますます燃え上がって行った。これから操子の苦労が始まる。まず名前をいろいろに使いわけていた。そして密かに自立の道を歩き始める。

一方山岸宏は、萬里小路操子との出会いは互いに何かを感ずる強い物があったものの、それが成就する考えなど毛頭なかった。手紙のやり取りをしたものの、宏の思いは届かなかった。そして今事をなし遂げた以上未来があることも考えにはなかった。事件の後、静かに事の重大さと罪の重さを受け止めていた。

ところが、意外にも国民から多くの嘆願書が寄せられ、判決もなぜか軽い量刑であった。では、山岸宏とはどういう人物であったのだろうか。

略年譜によると、

明治四十一年、新潟県高田市に生まれる。
大正十年、新潟県立高田中学入学
大正十四年、海軍兵学校入学
昭和三年、海軍兵学校卒業（第五十六期生）士官候補生となる。
昭和四年、海軍少尉に任官、第六潜水隊伊号五十八潜水艦に配属、後に鎮海要港部附警備駆
隧艦蓮乗組に転属
昭和六年、十月事件のため上京
　　　十二月海軍中尉に進級
昭和七年四月　横須賀鎮守府付に転属
昭和七年五月十五日　五・一五事件に参加、首相官邸に犬養毅首相を襲撃。後、憲兵隊に自首。
昭和八年七月二十四日　横須賀鎮守府軍法会議法廷において、高須判士長の下に軍法会議開廷
昭和八年十一月九日　軍法会議において禁錮十年の判決下る

そして、山岸宏は小菅刑務所に服役の身になった。

操子は初めて知りあって以来互いに手紙のやり取りをしていたが、手紙は封筒の上書きしか見ることができなかった。そして事件が起き、その後の事件についての情報は新聞で知る限りである。ましてや、それ以後は互いに手紙のやり取りなど周囲の実情から許されなかった。た

だ日夜神仏に念じるのみであった。

操子は、事件の真相はわからないものの、宏さんの、天子様の御為、御国のため以外に何物もない至誠一貫のお心をどこまでも信じていた。

けれども周囲の迫害からついに思い余って死を覚悟したことが何回もあり、そのとき、尊敬師事していた能の批評家の阪元雪鳥氏に励まされ生きる勇気をいただいたという。

それから、京都の母方に身を寄せたり、長野の善光寺の門跡、従姉妹にあたる一条智光に世話になりながらひたすらお許しの日を待っていた。

操子は自分のこの思いは念ずれば通じると信じて疑わなかった。そして、ときには明治神宮に百日の願かけに参拝した。けれども山岸宏の躰は神様にゆだねられているので、減刑を願い出たわけではなく、健康であるようにと願い、そして、ときには心を和歌に寄せ奉書にしたため大切にしていた。

捧ぐ宏様
ひたむきに　御国を思ふ君は今　囹圄の御身となり給ひける
灼熱のこの暑き日を君は今　獄舎の中にいかにますらむ
真心を玉串として祈るかな　君が至誠のあらはるる日を
我こそは大和をみなよここたくの　辛さに堪えて国を守らむ
さりながら我もをみなよ　病みぬれば　狂ほしきまで　君の戀しき

こうして山岸宏への操子の切々の気持ちが表されている。

そして囹圄の身の山岸宏は、公判のとき判士長の問いに答えて歌を詠んでいる。

神かけてただひたすらに祈るらむ　國の栄を彌栄をば
おもふことただ一筋にあづさ弓　巌をも通せ大和魂

互いに逢うこともなく離れた身でありながら、この和歌の中には二人の思いが込められているようだ。


元海軍中尉山岸宏は軍法会議の判決に従い、禁固十年の刑で小菅刑務所に囹圄の身になっていたが、恩典に浴し、昭和十三年二月仮出所となった。

そのころ操子は信州の善光寺に預けられていた。

ある寒い夕暮れ時であった。

善光寺の境内に玉砂利を歩く靴音がした。すると操子の全身に直感が走った。

「山岸様だ、お許しが出たのですわ」

着物の裾を捲くり廊下を音を立てて、玄関に向かい走り出した。

「何事ですか」

周囲の驚きも耳に入らず目を輝かせていた。辺りは静寂に包まれている。善光寺の操子の住んでいるところは、山門から左手にあたる奥まった庵である。境内の隅には雪が残り参詣の人の姿もない。

夕闇の迫った庵での操子の突然の行動は周りの人々にとっては

「あや様のまた奇行ですか」

と迷惑な空気が流れている。

そんなことはお構いなしである。操子は回廊を駆け抜け山門へ向かった。その姿に

「やはり山岸様だ。」

操子は

「お待ちしておりましたの」

とその懐に飛び込んで行った。二人の影はやがて一つになりいつまでも離れなかった。まさに念ずれば通じるという二人の奇跡の、そして運命の再会であった。

その夜一条智光の仲人で形式的な結婚式をあげ夫婦の契りを結んだ。その後、二人は四月十日、頭山満翁夫妻の媒酌で、渋谷常磐松の川野長成氏邸で、華燭の典をあげ新しい人生の第一歩を歩み出した。その記事と写真が「婦人倶楽部」昭和十三年六月号に掲載され、世に知られることとなり、操子にとってはまた試練が始まったのである。

そして婚姻届けを出すことになった。山岸宏は五・一五事件で刑を受けて仮出所してきた身である。そこでまず名前を「宏」から「敬明」に変更した。

萬里小路操子姫で通っていた操子は、戸籍謄本の中には、

明治参拾九年六月拾五日出生同月弐拾二日届出入籍
昭和拾参年四月二拾壱日山岸宏（敬明と改名）と婚姻届出
同月二拾五日　東京都渋谷区長から送付
同区南平台町参拾七番地　高畑操戸籍から入籍　父高畑運助　母しず

とあった。自分の名前は操となっている。自分の出生の秘密を書類で目にしたのは初めてのことである。

一枚の書類の中には見たことも聞いたこともない父母がいる。これからは平民として、書類一枚で動いていくのである。しかしながらこうして仮りにも宮様の身から庶民、平民となったのである。そして「山岸史枝」と名を変えた。

史枝にとっての五・一五事件

ところで操子は五・一五事件をどのように受け止めたのだろうか。操子は事件を知っても顔には出さず平然としていた。しかし、そのようなことに関わりがあることが知れると、特攻から何かと目を付けかねられない。操子は密かに自立の道を考えひたすら待つことを決めた。

五・一五事件とはどんな事件だったのだろうか。なぜ戦後、その資料は少ないのだろうか。封印している部分もあるが、事件に連座した一人の山岸敬明、そして妻となった史枝の人生はその後どうなったのだろうか。その後について語る人は少ないが、文春文庫の司馬遼太郎対談集『日本人を考える』（昭和四十四年十二月）の中で犬養道子は、カトリックになぜ入ったかというと、祖父犬養毅の殺害が契機になったという。小学生のころ五・一五事件で祖父が殺された。あの事件の影響は大きい。いったいどういうことなんだろうと子供心に考え、女学校から専門学校へいくにつれ、自分なりの考えを組み立てていった。なぜ暗殺に加わった軍人たちは死刑にならなかったのか。過去とかにとらわれない絶対のものはないのかと一方で考えるようになった。

「2＋2は万古不易（不易流行）でしょう。（略）。目にはみえないけれども、なにかあらゆる存在がそこからつくりだされるような、そういう存在のもとみたいなものがあるはずじゃないか。」そこらへんから宗教に入っていったという。

山岸史枝の考え

萬里小路操子こと山岸史枝（あやえ）は自分の人生について難しく考えてはいない。むしろなすがまま受け入れ行動し、話している。が、時には他者から受け入れられない場合もあるが、恐れることなく怯むこともない。それは気性の激しい女性、強い干支のせいだともいわれる。どちらも当たっているだろうと、むしろそれを自分の長所であり強い運命として受け入れて反発してはいない。起きたことは受け入れ前へ進む。

銀座の千疋屋で山岸中尉と出会ったときそれを運命と受け止めた。言葉は後からのこと、一瞬の閃光に迷うことはなく突き進んだ。それは決して楽な道でも、幸せの為でもない。追い続け、ひたすら待ち、そしていつかはそれが成就するように耐えていた。そして、自分なりの幸せの時を自分の手で掴んでいった。

また、たまたまである。その人が五・一五事件で時の首相犬養毅暗殺犯であったという。当時の萬里小路操子(後の山岸史枝)は知る由もない。少なくとも宮様の娘である。庶民感覚でいくと、嫁の貰い手は降るほどあった。あえて苦労の道を選ぶこともなかろうに・・・誰もが思うところである。

ところが、史枝はそれが自分の運命だと受け止めていた。

そして、苦難を乗り越え結婚し、また命を掛けて引き受けた秘密の命に従い、その使命を全うした。その苦痛は死よりも辛い日々であったというが、そのことを愚痴ったこともない。が戦後自由を得た時、再び山岸敬明と再会し生活を共にする。

自分達に与えられた使命と思って死をも覚悟していたから、悔いはなかった。その時代を読み、暮らすことになった。

史枝は敬明と結婚したことについても後悔はしていない。ただ敬明との間に子供が授からなかったことについては、

「人を殺めた人だから・・・神様がそうさせたとのだろうかとも・・・」

不運なことであると一人呟いたこともある。

その不幸の事件を忘れたことも、許すこともできない。ただ、起きてしまったことを消すことはできない。

史枝は、浅草寺の門跡になって以来、五月十五日には必ず供養をするようになった。あるとき遺族の方に連絡したところ、あっさりお断りであった。許しては貰えなかった。

史枝は、その後ずっと供養を続けていた。

犬養毅の墓は青山墓地の一角にあり、いまでも香華を手向ける人は絶えない。平成五年五月十五日、法要が営まれていて参列したことがあるが、穏やかで、山岸敬明の縁者に対して冷たい待遇はなく受け入れてくれていた。その後木堂会によって法要は続けられている。

第三章　日本の生きる道

第二皇居を探す

閑院宮載仁親王が陸軍参謀総長を務めている時、昭和十四年のことである。

「どうも諜報員が潜んでいるらしい」

戦局が怪しい雲行きになり始めていた。そのことについては軍の力や皇室の考えにも隔たりのあることとも感じていた。そこで閑院宮参謀総長は娘の山岸史枝を秘書とすることにした。

史枝は喜んで父の仕事のお手伝いをすることになった。

史枝は子供のころより自由奔放で、宮家の娘としては少々じゃじゃ馬であった。けれどもその英俊さは女性というより強い何かを併せ持っていたようだ。それが、あちこちで衝突をしかねない。外宮様だけにいっそう邪険に扱われることもあったが、史枝は、

「なぜでしょう」

不服を胸に納めて成長している。

そのことを一番父閑院宮が気にかけていた。

一緒にお仕事が出来ることを喜んで毎日通うことになった。

史枝は幼いころより迪宮様（後の昭和天皇）と親しく信頼があり、昭和天皇と閑院宮載仁親王との関係も深く、大正十一年の欧州旅行の際には、載仁親王はお付きとして半年を共にされた。

また教育係としても支えていた。また時代の流れの中で戦局の厳しさが増す日々の中、時には孤独であられた昭和天皇をお助けしていた。

万一のとき皇居を守ることとそれが閑院宮は使命と感じでいた。しかし、軍部との意見もずれがあり、日増しに不穏の動きに日本の行く末を案じていた。それに自分の体力の衰えを感じていたようだった。ある日のことである。

山岸夫妻を呼んだ。

「私も体力の限界を感じるようになった。お前たちは命の無き者と心に決め万一のときは陛下のお心をよく含んで従うように、それから第二皇居の場所を準備したい。あくまでも内密のことである。それを二人でやってほしい」

二人は躊躇うこともなく、むしろ大事な使命と心得、

「父上様の命に従います。どうぞお体を大切にしてください」

史枝はそれから全国を奔走することになる。

このことは現在疑問符のところもある。

長野にみなかみ山というところがあり、山岸夫妻は第二皇居の候補地を、その裾野に決定する。古事記で方角も調べた。夫妻は隠密にことを運んでいた。当時史枝の母校実践女学校関係に長野市長の妻になっていた人がいた。その人の力を借りた。天皇がこの地に見えるというこ

とで農家の方々の協力もあり陛下の御座所が完成した。戦局は厳しく農家でも食料が貴重になっていた時節、善光寺の一条智光に願い出ても、陛下の為のお米さえ手に入れることは難しいと断られた。そんな中でいつまでたっても陛下は見えないということになり、

「これは嘘であろう」

と秘密をばらされてしまった。

またそこには苦労して集めた絹布の布団の端が押入れから覗いていて咎められた。天皇を理由にこのような高級な布団を隠してあるとは怪しからん、不敬罪であり、隠匿物資横領であると訴えられ、投獄されることになった。

観音様の信仰

萬里小路操子（後の山岸史枝）は生まれた時から観音様のお導きがあったと信じている。

昭和十七年隠匿物資横領の罪で群馬で服役していたときのことである。独房での操子は自分を責めもせず、恨みもせず、反省することもない。なぜということもない。ただ自分には自分の使命がある。

畳四畳ほどの部屋には格子のある高窓が一つ。群馬の高崎の郊外で、遠くに鳥の鳴く声が聞こえる。人の顔といえば監視が日に何度か来る。

「あの人はどうしているかしら」

同じ所なのであろうか。それさえ知る術もない。

板の間に正座し、淡々と日々を送る。寒い冬の光りが差してくる。今日も命があった。独房といっても他の囚人と違い内部と接触するような機会はなく、特別扱いであった。

婆やが差し入れにやってきてはあれこれ御用をお聞きしていた。さすが宮家の姫様ということで着物は普通の人の着ている木綿の着物と違い、絹の御召や縮緬の柔らかい素材であった。やがて戦局が厳しくなると、史枝にしては地味な物を身につけるようになっていた。それでも看守にしてみると贅沢に見える。

「襦袢にしろ」

史枝はそのことは女性として譲歩できない。そこでなんとか自前のもので地味なものを着る約束で婆やに頼んでいた。

「姫様にそのような・・・」

婆やはあれやこれやと看守に運んでは自前の着物でそちら様にはご負担かけません故、ということで史枝は私服で通していた。

それにしても戦争はどうなっているのだろうか。皇居は大丈夫だろうか。陛下はどうされているだろうか。

閑院宮載仁親王は参謀総長としてお飾りとの御立場と一部で言われることもあり軍部が強気になっていくことを懸念していたが、とうとう開戦となり、やがて病気がちになっていった。

「お前たちは命の無きものと思って・・・」

誰にも頼めない中で娘の自分がこの使命に選ばれたのである。夫は命を捨てる思いで事件を起こした張本人である。

「私の命は無きも当然、喜んで命を受けます」

二人は結ばれるべくして結ばれた運命に後悔などない。どんなに試練を受けようとも操子は恐れるものはなかった。

なぜそのように思えるのだろうか。

(「私の使命は皇室をお守りすること」)

そのことがむしろ強い生きる力となっていく。

牢獄の一汁一菜の塩けのない味付けの食事、看守の罵倒、厳しい寒さ、しかし、史枝はその試練を悔いたことはない。神が自分に与えた使命と考えている。

どん底の中で生きるとはどういうことか日に日に体力が衰えていく。そしてなによりも外部と遮断された孤独の中で、

「これからの日本はどうなっていくのでしょう」

そしてこの戦争で皇居や陛下に万一の事があったとき、日本は大変なことになる。そして、病の父上はどうされているのでしょうか。

母上は・・・会いたい。

しかし、牢獄に入って以来、載仁親王から、父であることを否定されると、待遇の大きな変化が史枝の身に降りかかった。味気ない食事はいっそう粗末になり、看守の態度が一変した。が、史枝の本心は、

「そんなことではないのです」

どんなに辛い仕打ちであっても殺しはしまい。けれども人間として生まれてきて、自分を

「娘ではありません」

と、父に言われ、閑院宮家からは

「そういう人物とはもう何十年も付き合っておりません」

ははては、宮内省より「知らぬ存ぜぬ」では、「私はいったい誰なのでしょう。」

「まさか」

(私は自分自身で進んでやったことではありません、頼まれてやったことなのです。なぜ私が首謀なのでしょうか。そして私を助けてくれるはずの身内や宮内省の冷たさに身が凍る思いがするのです。自分が世の中から無視され必要でないとはこういうことなのでしょうか)

格子戸の外は月明かりが見え、虫の音が聞こえる。これから寒い冬に向かう。史枝は膝を立て外の光の先を眺めている。強気の心がふっと萎え涙がとめどもなく頬をつたう。

「でもあの人がここのどこかにいる」

けれども今となってはどんな力がありましょうや。

独房は男女別で会うこともできない。手紙もやりとりすることもできず。毎日することもない。いやこの場所にいるかどうかさえ知らされてはいない。

人間の性

独房の中で楽しみと言えば食べること。しかし、差し入れさえ厳しい。一汁一菜といっても味の薄い味噌汁、沢庵と麦の入ったごはんだけ。「ほら、食え」とまるで犬猫に餌を与えるようだ、いや、飼い猫や犬にはそんな態度もないだろう。

あるとき婆やはなんとかしてと内緒で食事を運んできた。どこから手にいれたのか小田原のかまぼこや鮎の塩焼き、アサリの佃煮、野菜の煮付け、まるでおせち料理のようだ。

史枝は夢中で箸をつけた、ゆっくり食べればいいのにいつの間に荒れた仕種になっていた。久しぶりの御馳走は美味しかった。婆やに感謝し手を合わせている。やがて、次々に口に運んだものの、粗食になれた胃はそう受け付けない。ところが、目はまだまだ欲しい、心が満たされないのだ。無理やり口に押し込んだ。

その夜突然お腹が痛くなり激しい下痢をし苦しんだ。天罰か、史枝は看守の手を借りることは出来ないことを知ってただ我慢し、側の便所に通った。早朝ようやく少し楽になった。するとまたその御馳走に懲りずに手をつけている。また下痢をする。その繰返しである。この苦しさの中でも、飢えた心を満たすことは出来ない。目が欲しい。口が求めるのだ。しかし、胃は受け付けない。それでも懲りない貧しい心は人間の性というものだろうか、と思う気持ちは人としてまだ救いがあった。どん底に落ちて初めて知るこの惨めさ、史枝の目に涙が滲んでいる。

やせ細った史枝の姿に流石の看守は驚きはしたが、慰めも労りもなく、介抱の手さえ差し伸べてはくれなかった。

史枝はそれでも内緒のことが見つからなかっただけ幸いだったと、自分の愚かさを慰めていた。

婆やは史枝にとっては外界との命の綱でもある。心配はかけまいと無理をして笑顔で「ありがとう、おいしゅうございましたよ」と再会するのであった。

そんなある日のことである。お経を写そうと決心した。頼みになるのは婆や一人である。それでもなにかと差し入れてくれて救われる。

なにをどう百日で・・・。どうしても書けなかった。一行も手が動かない。そんなとき差し入れの風呂敷包みの中に観音様の御札が入っていた。有り難く手を合わせていると体の中に温かいものが流れていった。それから心が洗われるように爽やかになり、目標の経伝をあっという間に書き上げていた。そして、その日から史枝にとって大きな変化が現れた。暗い独房の中に明るい光が差し込んできたように、胸の支えが軽くなっていく。

史枝に観音様がついたのだろう。そのときから大きな変化が起きた。

ある日食事を運んできた看守に言った。

「階段をお気を付けなさいね」

「なに言ってんでえ、余計なお世話だ、皇室だかなんだしんねえが・・・・」

看守は邪険な言葉を投げかけた。

すると、間もなく階段を転がり落ちる音が独房中に響いた。

また、ある時、看守の顔を見て、

「あなた、お子様のことで悩んでいませんか」

「うるせえ、あんたに聞きたくねえ」

「そうですか、進学のことで悩んでいませんか」

「なんでわかるんでえ・・・」

看守は不思議な顔をした。

「どこを受けるのですか」

「ううん？どこを受けようが勝手じゃねえか、こことここの三つだ。おめえにわかるか」

「そうですか、ではここを一つになされたら、三つはいろいろ大変でしょ」

「うるせえ、ばばあ」

看守は捨てぜりふを言うと出て行った。

史枝は観音様のお助け以来自分の心が優しく慈悲深くなっていることを気がついてはいないが、顔が優しい面立ちになったようだ。肌の色は日に当たらず透けるように白さを増している。顔にも肌にも染み一つない。

細面の顔立ちに口許がきりっと引き締まっている。誰にも真っ直ぐ目を合わせて話すところはその辺の年寄りとは違う。話しながら手を擦ったり、髪に手をやったり、口許に手をやったりとしない。手はいつでも左手上にして膝に乗せ、姿勢よくいつまでも座っている。

看守は自分のはしたない言動に気が付きはしないが、史枝がいつもと変って、おだやかな表情と言葉になにやら変化を感じたようだ。

「あの女は何者だ」

件の看守は史枝の忠告も無視し、三つの学校を受けたら、二つ落ちて史枝の勧めた学校が受かったという。

史枝は次第に噂の女になっていく。


やがて、ここにも戦禍が襲ってきて空襲となった。焼夷弾が落ちてくれば、監獄にいる身といっても人間である。その時ばかりその場を逃げるよう命令があった。

史枝もまた火の中を逃げ惑う。すると前方に観音様のお姿が浮かぶ、その方向に進んだ。また前方にお姿がこうして観音様のお立ちの方向へと逃げていく。

「さあ、こちらへ」

史枝は皆も一緒にと勧めるが、

「うるせえや、あんたに構ってなんかいられるか」

右に左に右往左往する中でそれぞれの思いで逃げまどった。史枝が力尽きてふっと後ろを振り向くと火の海になって人の姿が消えていた。

我に返った史枝は、夫山岸敬明は今どこでどうしているだろうかと思う。

昭和天皇とマッカーサー元帥との出会い

昭和二十年八月十五日、昭和天皇のご聖断により大東亜戦争は終結した。皇居を見下ろす第一生命ビルに入ったＧＨＱの総司令部は、皇居のお掘端にあった。戦後、マッカーサー元帥はここで執務し、赤坂のアメリカ大使館を住まいとしていた。

八月三十一日に厚木の基地に降りたって以来、関係者はマッカーサー元帥と昭和天皇との面会を希望し内々に打ち合わせを重ねていたようだった。本来ならば日本国に於いては、天皇とお会いすることを拝謁といい、相手国から参内するのが常であろうところ、敗戦という立場から天皇自ら面会に向かわれようとしている。しかも敗戦によって戦勝国が天皇をどういう扱いにするのか皆目わからない現状で、適地に赴くことを憂慮していた。

そういう中で九月二十七日の面会となった。

その時の様子を、後に山岸史枝はぽろっと漏らしたことがある。場所は赤坂のアメリカ大使館で昭和天皇とマッカーサー元帥と並んで写っている写真が有名である。昭和天皇のお言葉は後にマッカーサー元帥が発表したことにより国民が内容を知るところとなったが、陛下は昭和五十二年のテレビの記者会見の折り、記者にお二人の会見の内容を聞かれ

「男子の一言で語ることはできません」

とご返答されていた。昭和天皇とはそういうお方であるようだ。また風呂敷包みを持たれ云々・・・

とあるのは、疑問が残り、たとえそうであっても発表するのはいかがなものかとも・・・。

気になることは、お二方の会見には通訳一人と言われているが、すべての状況を通訳が把握していたかどうか、これまた疑問のところがあるようだ。また、通訳をした人物にも問題を孕んでいるとの説もあり、気になるところでもある。その会見のようすを側近より聞いている山岸史枝よりさらに聞きし人によると、陛下はマッカーサー元帥や米国という国に対してもなにも恐れることなく、御心のまま、住まいの大使館に向かわれたという。大使館に陛下が着かれてもマッカーサーは出迎えれられなかったようだ。陛下は案内された部屋に入るとつかつかと応接セットの椅子に座られたという。その様子に驚いたマッカーサーは天皇陛下の前に進み出たようだ。どちらから声をかけられたかは定かでないが、マッカーサーは初めて日本の天皇の姿に接し、目と目があったとき、異様な様子だったという。このとき、何が起きたのか、この一瞬の出来事は両国の歴史の中には現れていない。これも後の推測である。

二千年も続いてきた日本の天皇と世界の大国とはいえ歴史の浅い米国の元帥との対面である。しかし、立場は勝者の国の元帥と敗者の国の天皇である。そのとき勝者はどんな気持ちで受け入れたのだろうか。天皇とはどういう立場で、どうしようと考えたのであろうか。異様な状況とはどういうことなのだろうか。

大和魂

厚木のマッカーサー元帥の写真から想像するに、あのときは、勝者の顔であり、勝てば官軍の態度である。日本国民の多くはムッとするものを持ちながら、堪えた。しかしながら、その勝者の元帥に向かって昭和天皇は動じなかったのである。

昭和天皇の御心とは、日本国の天皇であり、私心がない。神に最も近い存在である。そのときの顔とは人間を越えた神々しい顔、姿ではなかっただろうか・・・と、天皇には国民の前に出ている顔と、神聖な神事をする顔と持ち合わせているのでは、と。

その姿をかいま見ることはできないが、そういう環境に生まれ育ち、また信仰心の篤いそして、霊感の鋭い山岸史枝にはピンとくるものがあったのではないだろうか。天皇陛下は自然体であっても、マッカーサー元帥にとっては、それは恐れ多い何かを受け止めたのかも知れない。何か信じがたい奇跡でも起きたのかもしれない。

しかし、残念なことに戦前戦後、陛下をお守りする周りの人々の中で、信仰心の篤く、勘の鋭い人がどれほどいたのだろうか。昭和天皇はそういう点で孤独であられたと言われる所以でもあろう。

山岸史枝は後によく「陛下は良い方だがお付きが悪い」と言われていた。その言葉が脳裏を過る。陛下はそんな中でも、毅然とご自分の意思を通されてもおられた。米国は力では勝利したが、このとき精神で日本は負けてはいなかったのではないだろうか。戦後、日本人は自ら敗戦、敗戦と言っているが、その意味では国破れても日本は国体護持し、三種の神器を守った。日本人は大和魂は失ってはいなかったのだ。

そのことを昭和天皇はどれほど喜ばれたことか想像に余りある。しかし、国体護持の本当の意味をマッカーサー元帥はご存じであっただろうか。日本人魂を理解できただろうか。

昭和天皇はあの対面のとき、国を思い国民を思う気持ちで向かわれたと解釈すると、マッカーサー元帥は日本の神様に心を見透かされたのだろうか。この神がかりの状況は今となればとても理解しやすい。

勝てば官軍の心境のマッカーサーは、天皇に対面し、この時、言葉を交わす以前に一瞬で、自分が、天皇への畏怖を感じたのではないだろうか。やがて、冷静になると、畏怖から畏敬の念へと変わったのではないかと推察するのである。陛下のお言葉はその後のことである。そして、マッカーサーはその自分自身の心の内は黙して語ることはない。

時が過ぎ陛下のお言葉を発表しているが、陛下のお言葉はそれほど驚くことではなく、それが天皇のお立場であるという。ただ、すべての天皇がそうであるとは限らないだろうし、昭和天皇のお人柄によるところ大である。また、ここでマッカーサーの人柄にもよるような気がする。それは相性というか、また陛下の堂々とした態度に、おそれ多い事ではあるが、もしそのときマッカーサーが「気にいらぬ」と感じ取られたとしたら、あるいは不利になったかもしれない。そうならなかったのは、天皇の行動が善意に受け取られたというマッカーサーの人柄でもある。

そして、昭和天皇を気に入ったのだと解釈する。

それはどういうことだろうか。

山岸史枝は常に「陛下は正直な御方」と言われているが、後に細川日記（細川護貞）によると、マッカーサー元帥は「陛下の御性格の正直にあらせられる点を最も高く評価し、たとえ御躬ら退位をお申し出あるも、自分は是をお止め申し上げる」と陸奥伯より又聞きではあるが・・と記している。

それは昭和天皇への最高のお褒め言葉ではないだろうか。

そして、それが日本の神、大和魂「伊勢神宮の八咫の鏡」の意味であることを果してマッカーサーはご存じだったろうか。いや、知らなくとも人類共通のことであろう。さらに、マッカーサーは初対面にもかかわらず、昭和天皇が自分を信じて恐れていないことを悟り嬉しかったのではないだろうか。

　少なくともお互いに戦争をした敵国の立場である。マッカーサーは寧ろ複雑な心境で天皇を迎えたのではないだろうか。やがて昭和天皇の後に残された有名なお言葉の中に、お人柄の誠実さに触れ、その後、陛下への態度、が明らかに変化していったようである。

日本の神様

米国は日本に勝利はしたものの、本国からは、この小さな国の日本国民という人種はなかなか強く、思うようにならない、と苦慮していたようだ。武器や弾薬ましてや原爆を投入してもまだ、不気味なほどの内面的な強い力に、なんとか二度と立ち上がれないほどに根絶せよとの絶対命令が出ていたようだ。そして、また、未知の存在の日本国の天皇の扱いにも苦慮していたのだろうが、戦争は終わり、日本は敗戦したのである。

今、こうして年月が過ぎ、その場面を考察するに、日本には日本の神様が存在し、守られているということではないだろうか。天皇が神であるという意味とは違う。長い歴史を見ていると庶民には想像できないことが起きる。ときには神風といわれる奇跡が起きることは決して不思議な現象ではないような気がしてくる。しかし、これも後の世の結果論であるが、繰り返すようだが、対面のとき、マッカーサーは陛下からいままでに経験のない神々しい何かを感じ取ったのではないだろうか。これは決して言葉では言い表せない物ではないだろうか・・・。その場に居合わせたのは通訳だけだと言われているが、通訳は言葉を直訳しただけであり、状況やその場の雰囲気など正しく伝えているだろうか。またどこまで侍従など側近がついていたのかもわからないが、山岸史枝によると側近から聞いたようである。

会見後、この大きな変化はマッカーサーが玄関まできて見送ったと言われることで現れている。また、両国にとって互いに緊張した出会いであったが、厚木の飛行場に降り立った、厳しい威厳に満ちた態度と、赤坂の記念写真のマッカーサーと比べると、天皇は小柄であっても堂々とされているが、マッカーサーは手のやり場のない少し遠慮がちに見受けられる。天皇への尊敬の念さえ感じとれる。ましてや、天皇への厳しい制裁を与えるようには見受けられない。こうして、今、聞きし事を繋げてみると天皇とマッカーサーとの会見は日本国にとって重大な意味があったことが推察できるが、それを日本国民はどれほど理解しているだろうか。

戦後ＧＨＱは、日本国民の為に食料を直ぐに放出してくれ、どこにこのような食料があったのかと思われる程の缶詰などが出回ったという。敗戦国なのに戦後の米国の扱いに感謝する日本人は多い。日本を統治するトップの一声がどれほど大きいことか、混乱の歴史の中で見えない出来事もある。

山岸夫妻釈放

昭和二十年の秋、山岸夫妻が釈放された。マッカーサーの一言によるようだ。詳しいことを知る人はすでにいない。

「不敬罪である」という判決、それはあり得ないことでもあるとの判断でもあるようだ。二人はなぜ、自分たちが牢獄に入れられたか、罪を被ったことへの賠償をもとめたことはない。

「訴えなさいよ」

そう同情する人もいる。史枝の心は一時揺れた。しかし、史枝にとって言いたいことはたくさんあってもマッカーサーによって助けてもらったという思いがある。この事件の経緯について不服に思っても、なぜかという歴史の裏のことを史枝は外部に漏らしたことはない。そしてなによりも、陛下への思いも、国を思う気持ちも変わってはいない。この戦争においての責任についての云々は史枝にはわからない。が日本国の国体護持、三種の神器を守って、皇室が辛うじて守れたことに安堵していた。

しかし、若い頃親戚の一人として親しくしていた近衛文麿が自害したことについて、史枝は驚きであった。近衛文麿については、元総理大臣の立場であり、歴史上の人物であるから資料を調べればわかる。が、ここでは史枝との接点にかかわることと、なぜだろうという疑問について触れておきたい。

立場上の責任については本人が一番知っていることだろうが、資料によると、マッカーサー元帥とは何度も会っているようで、これからは新しい民主主義のリーダーとなって国民を導くように激励され、憲法草案を依頼されたという、ところがやがて憲法草案を頼んだ覚えはない、と変わっていく。そして、さらに戦犯指名へと変わっていった。

昭和二十年十二月十五日の夜（明日ＧＨＱから近衛逮捕令が出ると知った夜近衛は近しい人と晩餐している）周りはなぜか、やはり公家というプライドか・・・。最も天皇家に近い家柄で年下の陛下に対しても遠慮なく足を崩したり、幼いころから大人びた口をきく子供でもあったという、周りの人々はそういう気難しい近衛の心境を慮っていた。そして、仲間たちが荻外荘に集まって、巣鴨に行ってほしいと願っていたのだ。おそらく最悪にはならないだろうという憶測があったのだろう、と。

史枝は省みて、自分は黙って刑に服した。しかしながらその時は庶民となっていたが、父親である閑院宮載仁親王は天皇に近い宮家であり、陛下の養育係でもあって、また欧州の旅にもご一緒されている、そのことを思うときご迷惑はかけられないことが一番に脳裏に浮かんだ。そして、自分が長野に第二皇居を作るにあたり奔走したおり、宮家でも協力してくれたのだ。

ところが、近衛文麿は、事態が変わり、史枝が不敬罪に問われ、裁判沙汰となり、法廷に立つ身になると、なぜ「この女天一坊めが・・・」などと罵倒したのだろうか。少なくとも一番

頼りに出来た兄とも慕っていた人がそのような言葉を投げかけたのだ。さらには「そんな人間は一族にはいない」、
と知らぬ、存ぜぬを通し、

「いやしくも宮家の娘と名乗るはもっての他」

と激怒したのである。

確かに皇族で刑務所などに入れられることは恥であろう。だからこそ、父閑院宮載仁親王を「私の娘ではありません」と促させられたのだろう。

そのことに耐えて服役していたのは山岸史枝である。


近衛文麿はすべて承知のことであろうが（その後長野には大本営によって第二皇居は作られていた）自分を守ろうとした立場上であろうとも、もっと他に言い方はなかったのだろうか。史枝はその鷹揚な態度が自身の身の上に降りかかってきたのではないだろうか、また国を動かす立場への影響がなかったのだろうかと気になるのである。そのことは歴史のほんの小さなことかも知れないから、気がつく人がいただろうか。

「だから、あんなことになって・・・」

史枝は　胸に納めていた。


自分が正しいと思って行ったことが認められなくとも、それが恥であろうか。むしろ勇気が

いることである。死を選ぶならどんなことも耐えられると史枝はいう。史枝は世の中に自由に行動できる身になった幸せを噛みしめながら、誰を恨むでもない。

文麿の自害は史枝にとっては残念なことであった。法廷での罵倒は史枝にとって忘れることができない。けれど、二人の仲違いなど時が解決するであろうに、国の為に堂々と向かってほしかった。後に近衛は陛下をお守りするための犠牲という説もあるが、昭和天皇とマッカーサー元帥の対面によって、陛下への処遇はそのとき既に良い方向へと向かっていたと想像される。近衛の犠牲云々・・・はいかがであろうかとも、史枝は後に漏らしていた。

日本の文化、伝統

天皇陛下と会って以来マッカーサーの態度は変わったと、山岸史枝はその後の様子で理解している。日本の伝統や文化は歴史の浅いアメリカにとってはとても興味深いことであった。占領軍の入っている第一生命保険会社のビルには多くの日本人や来客があったようだ。あるとき、山岸史枝は、そのビルを訪問しマッカーサー元帥の前で仕舞「紅葉狩」を舞うことになった。緊張しながらも、何も知らずに訪問すると、大勢の背の高い軍服姿の青い目の人が待ち構え史枝はびっくりする。度胸は座っているはずが違った外国人に真近で接するのは初めてであった。

簡単に設えた舞台で謡い方と「紅葉狩」を舞い始めた。

紫の紋付き、これには父君の載仁親王から戴いた閑院宮家の菊の御紋の下に一のついた史枝の紋がついていた。それに紺の袴姿に、仕舞用の金色に輝く松模様扇、どれもこれも外国人にとっては珍しいのだろうか、その視線を強く感じていた。その内にふっと間違え飛ばしてしまった。さすがの史枝もあがってしまったのか、あわてて誤魔化してしまった。

ところが、それを目敏く見つけられ、そのことを後に通訳から聞いたという。

「日本の古典芸能のことについてよく調べてあることに驚きましたわ」と史枝は語っている。

司令部の関係者は、能や歌舞伎は何百年も前から続いている伝統である芸能と知って、日本の文化について、勉強していたようだった。そして、その後も何度か呼ばれ舞っている。女性の少ない司令部の中にあって、史枝のこうした訪問はとかく暗い時代に明るい兆候となったようだ。それと同時に高貴な日本女性としての魅力溢れる山岸史枝は歓迎されたようだ。普通皇室に関わりのあるお方は庶民とは気軽にお付き合いすることはできないが、その点史枝はすでに自由な庶民であった。しかしながら庶民と違った血が流れていた。

史枝はとにかく色白で肌が綺麗であった。お化粧は薄化粧か目立たない、背は高く姿勢がよく、決して人前で足を動かしたり、髪に手を当てたり、口元に手をやったりはしない。正座したまま足を崩さないなどの立ち居振る舞いで

「やはり、高貴なお方」

と直ぐにわかる女性だ。そのうえ聡明で物事ははっきりしている。おそらくアメリカ人にとってはたいへん興味があり魅力的に思われたようだ。

徐々に交流が深まって、史枝は、自分が犯したという国を思う罪に対して、マッカーサー元帥は理解されているということを、暗黙であったが察知したという。そのとき自分が我慢していたものを公にすることによって、いままでの苦労が水の泡となることになるからと改めて自分自身に言い聞かせ沈黙を守っていたようだ。

ではは何故、両国の関係が良い方向に向かったのか、そのことも史枝は口外したことはない。

しかし、これもまた人間の相性のような心と心の琴線に触れる出来事があったのではなかったろうか。

今、いろいろ知った後に他者が考察することであり、当時の両国の関係など、関係者でもない者に何もわかってのことではない。見聞きし、積み重なった考えがここに至るまでにも戦後七十数年の年月が経ち、当時を　知る人も少なくなった。

戦後の生きかた

運命とは人との出会いでもあり、相性とは歴史を変え人生をも変えてしまう。

山岸史枝は戦後直ぐに釈放され、夫敬明と再会し新しい人生を歩むことになった。この戦争は誰に責任があるのか、なぜ戦争を起こしたのか。なぜもっと早く終結出来なかったのか、みな結果論である。そのとき、日本人はそれぞれの立場で生き、開戦も終戦もよくわからないまま、戦後を迎え長い伝統の中で培ってきたもろもろを捨て今日を迎えている。

マッカーサー元帥は昭和二十五年に解任され、急遽日本を離れることとなり、慌ただしい中、昭和天皇は赤坂大使館までマッカーサーを見送られたという。

昭和二十六年九月、サンフランシスコ平和条約に調印し、昭和二十七年九月十七日、第一生命ビルは、六年十カ月にわたる接収が解除される。

ここに、日本の主権が回復したのである。

平成五年、第一生命館の改修の折りマッカーサー元帥の執務室は、当時のまま残され、平成二十四年七月一般公開された。机、椅子は第三代社長石坂泰三が使用したものをそのまま使用し、部屋にはヨットの絵が飾ってあり、座右の銘とした、青春（サミュエル、ウルマン）の詩の記念碑が設置してある。想像していた豪華さはなく、とても質素であった。生活も毎日住まいから執務室に通われる他、外部に出歩くことも余りなく、誕生日やクリスマスも忘れるほど、毎日夜は遅くまで執務していたという。いままでのイメージからして、意外な一面であり、サングラスをはずし執務している姿の写真は大国の威圧する顔と異なり、ごく普通のアメリカ人の好々爺のような優しささえ醸し出している。

因みに第一生命ビルから皇居を見下ろす云々といわれているが、マッカーサーの執務室からは皇居は見える位置にはなかった。決して見下ろししているようすではないが、戦後あのビルの前を通過するときはそっぽを向くという人もいたという。

戦後のどさくさの中で今に生きる日本の人々は皆少なくとも、自分、両親、祖父母を含め戦争という時代を過ぎ今がある。良くも悪くも日本人として日本の国に生活している

戦後、米国は日本を大きく変える事の一つに皇室を潰すことはしなかったものの、この世界に稀にみる長い歴史の天皇制を崩壊させ、キリスト教を普及させることがあったともいわれている。それは米国の絶対命令であったとも聞く。宮家は直系を除き、十一宮家すべて皇籍離脱し平民となった。

しかし、一気に皇室滅亡への道は国民感情からして許されない国民であることに配慮したのだろう。むしろ、逆に利用しやがては衰弱していく方策として考えたのではと憶測されている。

宮家によっては御家断絶を申しつけられたと同じこと。が、それが敗戦ということである。反発しても却って残された皇族にとって迷惑になる。それぞれの思いを持って去ることになった。

閑院宮家はいち早く宮家を降家して閑院となった。山岸史枝の父君閑院宮載仁親王は、昭和二十年五月二十日に亡くなられている。戦禍の中、昭和天皇から国葬を賜り、葬儀は豊が岡でしめやかに執り行われている。その様子は後に、長男閑院純仁氏が「閑院宮家」の中に記されている。

獄中にあった史枝は知る由もなかった。そんな中で山岸史枝は、裸同然で出所したものの、もともと平民のところに嫁ぎ降嫁されていたから、庶民としての生きる力があった。

戦後の混沌とした世で、山岸史枝は我が身に起きた不幸を乗り越え、日本人の魂を失わず、国を愛し守ることを決して忘れてはいなかった。

「あの苦労を思ったらなんでもできます」

そういう芯があった。

戦後の足取り

戦後日本人はそれぞれの地域、立場、職業の違いこそあれ、皆一様に貧しい時代であった。戦後のお金の価値観の変化、農地法による地主撤廃で小作が息をつき地主が裸にされた。大きな財閥も解体し、華族制度もなくなった。しかし、ようやく庶民が自由と平等になったと喜んだ。そして家族制度が崩壊し、米国に憧れ、個人主義となった。これが自由だ、平等だと・・・良きに付け、悪しきにつけその付けが現在に至っている。

人々は食べるのに一生懸命な時代であった。敗戦という忌まわしい経験をしたが、それでも平和のお陰で人々はほっとしていた。しかし、心は腑抜けになっていた。そんな時代の中で日本人の中から日本を崩壊しようという輩が増えていった。そのことにいかほどの人が気がついていただろうか。

人々は衣食足りて礼節を失い、そして日本人の魂が消えかけていた。だれも声を大にして言わなかった。教えなかった。黙秘した。

山岸史枝は釈放とともに夫敬明と同じ屋根の下で暮らすことになった。

波瀾万丈の生きかたをした史枝にとっては敵対関係にある人が多かったが、徐々にその関係も戦後修復されていった。

ある宮家とは親しくし、その方が会長となられタクシー会社を設立された。当時山岸夫妻が住んでいたところに、元航空学校長の娘がいて、二度目の養女にし、家事を手伝っていた。その女性によると、毎月決まった日にその元宮家のお屋敷に給料を届けたという。当時にしては破格の金額だったといわれる。それだけに宮家の恩恵にまだ浴していた時代でもあった。

タクシーは最初は木炭の車であったのがガソリン車となり一台二台と増やして行った。夫妻に気にいられて養女になったものの、家事万端は厳しく、慎ましい生活であったという。また元宮家との付き合い方も堅苦しいものがあった。やはりプライドは失われていないようだ。新人に会うと、まず

「お里はどちら」

と何処の宮家との繋がりか詮索し、その宮家でも位置関係を誇示し合うという、女の一面があった。

あるとき「お里は」と聞かれた折りに養女が「母は何々の宮様の乳母をしておりました」と付け加えると、掌を返したような見え透いた態度をとったという。

このようなことをきっかけに養女は心の病になった。彼女の家柄も決して元宮家の人々との釣合いが取れないわけではないという自負があったが、そのことを全面に出したことはなかった。しかし元宮家の人々にとっては戦後の待遇は苦労が多かった。庶民の立場からすると、戦前は宮家としての暮らし向きと待遇はまさに雲の上の存在であった。しかし、その雲の上から落っこちたという。そのショックはこれまた庶民には考えの及ばないところである。そのことを戦後、一部不満に思う種が生まれたようだ。とくに華やかな女性にとっては一層辛く思われ

たようだった。

しかし、史枝は厳しい環境の中で生き長らえた強い生命力があり、また一時でも社会との隔絶の中で信仰心が芽生えていく。もともと霊感の強い性質で、人より先を読む能力があったようで、そのことを教えると、喜ばれる人もあったが、中には信じない人もあったという。特に名前について知識があり名前を変えるよう勧められ、変えた身近な人や有名人もいる。反対に「輪禍に合いますよ、暴漢に合いますよ」

という忠告を無視し、亡くなった人もいるという。

浅草寺

戦後浅草はいち早く復興した。境内の大きな銀杏に焼夷弾が落ち黒こげになって火を吹いたにもかかわらず、その後から芽が出て生き延びている。人々は生きる力を教えられ、浅草寺は徐々に賑やかさを取り戻し、仲見世に人々は集まってきた。

そんな中、山岸史枝は浅草寺の門跡となった。皇室に縁のある人がお寺の門跡として迎えられることは昔からあった。戦後山岸史枝の身分は平民であっても、閑院宮様の娘に変わりはなく、そういう境遇で育っている。戦後、宮家も昭和天皇の兄弟だけの直系の宮家だけとなり、他の宮家も平民となり、華族制度も無くなった。しかしながら経済的な力により、それぞれに元宮家としての体裁とプライドを持っていた。昭和天皇は皇籍離脱され平民となった旧宮家に対して、いつでも何かあったら集まり仲良く親睦を図ることを願っておられ「菊栄親睦会」が作られ、今に続いている。陛下は宮家が皇籍離脱しても、いつかは復籍をと願われておられたのではないだろうか。万世一系の皇統を守る為にも宮家は必要であった。ただ戦前のような皇族には史枝自身思うことがあったようだ。史枝は昔のような集まりは肌に合わず好むところではなく遠慮することが多かった。

閑院宮家は宮家の中でも天皇家に近しい宮家であった。浅草の浅草寺は天台宗の大きなお寺であっても、位からいくとあまり高い位ではなく、皇室に縁のある方を門跡にと望んでいたところ、山岸史枝は閑院宮家の娘ということで、願ってもない人であった。その後は浅草寺の清水谷恭順大僧正の仏弟子となり、有髪の尼、山岸恭栄、門跡という立場で浅草寺に出入りしている。お会式の時には紫の衣をつけて参道を巡行すると、とても喜ばれ、皇室との繋がりに敬いの礼を持って接していた。そして浅草は浅草寺を中心に一層盛んな門前町として復興をなし遂げたのである。

そのころ落ちつき始めると、史枝は浅草寺の庫裏で仕舞いを習っていた。昔から習い事は数多く見たり聞いたり、自分でも嗜むこともあった。日本の文化に深く係わっていた。

史枝は激しい性格の女性であったが、一方女性として魅力的な面を持ち合わせ、殿方の心を揺り動かした面もあったやに伝わっている。浅草寺の大僧正、猊下様にはことのほか気に入られ周りの人々をやきもきさせたりしても、その点、やはり庶民感覚から離れた遠い源氏物語の世界の中の一遍であるかの如き振る舞いで煙に巻いてしまう。なんとも摩訶不思議な一面をもっていたようだ。養女はそんな山岸史枝をお義母様と呼びどこまでもついて行き、言われたことを素直に受け行動していて、決して質問をしたり、反抗することはならぬ事と心得ていたようで、後々まで口外することなく、また共に暮らしながら、プライバシーについては触れないように心がけていたという。それが高貴な人に仕える大事なことのようだった。

山岸史枝は山岸敬明と結婚したことには後悔していないというが、夫の犯した大きな罪については悲しみの気持ちを忘れず、五月十五日の犬養首相の命日には浅草寺で長く供養を続けていたという。

下町の人情

山岸史枝は下町が気に入り、創設した会社も永代橋の近く新大橋という所であった。

「私下町が好きよ」

さっぱりした気性が下町の江戸っ子気質とよく馴染んだようだった。ところが、ときには違った乱暴な言葉遣いになり周りの人をひゃっとさせることもあったという。

タクシー会社は初め木炭車からスタートしたが戦後まだ車の発展の遅れていた時代で、需要が多くやがてガソリン車となり、横浜、埼玉など近郊にも支店をつくり順調に業績をのばして行った。そこの事務員になっていた下町育ちの女性によると、平民になられたといっても元は戦前の宮家の姫さまで、平民の生活や新しい事業をすることは大変なことであった。世間知らずで時には騙されることもあった。

彼女は、史枝が平民となって、平等だの自由だのといっても、気配りをし、尊敬の念を持って接していたようだった。それは、自分を卑下しているわけではないが、史枝は、黙っていても自然に頭の下がるような立ち居振る舞いがあり、下町に馴染もうとし、下町言葉の中にもお里が知れる何かを醸し出していたという。またはっきりした物言いや考えもどこか似ていたようだ。

史枝はそんな江戸っ子気質の女性と気が合った。また可愛がっていた照宮様と同じ照子という名前で照ちゃんといって、いっそう親しみを持っていたようだ。

戦後照宮様とは行き来されていたようで、食料の乏しい時代貴重な牛肉が手に入ったと届けてくれたこともあったという。元閑院宮家の娘として、また戦前の交流を深めて行った。

一方、事務員の照子は下町気質で良く気が利いていて積極的に会社の為に尽くしてくれている。新しい時代の先を読んで、サービス業は人で決まると思った照子は、会社員の運転手を大切にした。労いの言葉を忘れず、また季節の変り目には給料の一部で、車にお花の造花を届け、当時珍しいお花は、車内に潤いを与え、和やかになり、人気があったという、そんな心配りをしていた。

下町といえば戦時中の東京空襲がある。照子の住んでいた門前仲町の深川界隈は焼け野原になり、東京は十万人の被害者が出た。照子もまたその地獄絵のような人々の中で辛うじて難を逃れ助かったという。けれども、親や子を失い親類縁者を亡くし途方にくれながらもやはり下町が忘れられず、そこに戻ってきた人が多い。照子もその一人である。皆少なからず被害は被っている。

しかしながら、戦争を恨み陛下の責任を問うたり、補償、補償という人などいない。もともと門前仲町界隈は深川八幡宮を中心に栄えた門前町で下町情緒の溢れた町でもあった。昔、庶民は小さな長屋住まいの人々の集まりであった。

その名残の強いこの町では子供たちは親がいなければ、近所の家でご飯を食べ、一つの物を分け合い、寝泊まりさえする親しみを持っていたようだ。貧しくとも、隣り近所で助け合って、肩寄せ合って暮らし、戦後の荒れた町を復興していった。

下町人情に溢れ、また挫けない明るい心意気があった。

そういう中での山岸史枝、と事務員としての照子との出会いであったが、戦後の苦しい中での事業は簡単ではなく、時には人に騙されたり、恨まれたりで思うように業績は伸ばせなかったようだ。それでも時代の流れで車の必要と経済の発展によって、やがてタクシー会社は徐々に業績が良くなり、東京近県にも営業所を作れるようになっていった。

日本舞踊

日本舞踊はどちらかというと庶民の踊りであったようで、皇室にゆかりのある宮家では能、狂言、仕舞いを嗜むことが多かった。史枝は仕舞いを習っていたが、下町に暮らすようになって日本舞踊に興味を持つようになった。幸いなことに会社の事務をしている照子の母親は日本舞踊の師匠であったので、習うことになり、富岡八幡様の近くの古石場の稽古場に通うようになる。やがて照子が細川流民族舞踊研究会の二代目を継ぎ今に至っているが、当時史枝は時間前に稽古場に着き板の間にきちんと正座して待っていた。座布団を出しても決して座ろうとはされなかったといい、教わる時は師弟の関係を守られていたようだ。照子の方が支度に間に合わないこともあったようだ。この修業はとても真似できないほどきちんとしていて、今でも強く印象に残っているという。

日本舞踊を習うことによってより下町の人々との交流が深められ、史枝の知らない世界が広がっていった。やがて史枝は会長という名誉のお役目も心よく引受け協力を惜しまなかった。会の人々もとても喜ばれ、お陰で格調の高い雰囲気になったという。

史枝はなぜか日本舞踊の黒田節を気に入っていた。

世の中が徐々に落ちついてきて史枝は、皇居に参内し、両陛下にもお会いできるようになり、下町のニュースをお土産に持参されたようだ。ところが、昭和二十年代は、当時は陛下へのお耳に入れたくないとの心配か、史枝の参内を面白くない関係者もいたやに聞いている。普通、皇居への参内は厳しい決まりがあるようだったが、史枝によると、皇居への参内にはキチンとした証明が求められる。ところが父君の載仁親王から頂いたという、菊のご紋の下に一の入った印の紫のお被布を着ていくと無事に坂下門を通過できたという。昔の通行手形のようで、これでは門衛はお断りできなかったようである。ご門を通過できたときの史枝の得意な姿が目に浮かぶようである。また、両陛下とのお話もご自由にでき、身内のような親しみの時を過ごされていたという。

両陛下や宮様方からのお土産は、事務員の照子のところにもしばしば届けられた。

お正月に参内すると決まって照子の所へ寄られ、

「これは陛下からいただいた葛湯ですよ」

と大切に持ちかえった。また、ある時は

「清宮様の手作りのピーナッツですよ」

などと大切そうに持ち帰られたお土産を照子はおしいただいて弟子たちと分かち合ったこともある。それは昭和二十年代後半から三十年代にかけてのことである。

昭和二十七年七月に新島の十三社神社に山岸夫妻が見えた。

それから平成二年までの三十七年間、私の両親は山岸夫妻の縁の方々とはお会いすることはなかった。両親はすべて秘密理に守っていた。いったいどういう人物であるか、詳しいことは詮索しなかったようだが、ただなんどもお会いし、いろいろお話をしていたようで、前出の話の中には共通していたことがあった。

山岸夫妻はそれぞれの立場でのお付き合いであったようで、お互いにどういうお付き合いであるかは知らされず、多くの秘密のことを持ちながら、皇室に縁のあることを大切にそれぞれ守っていたようだった。

エピソード（一）

飛騨一宮に戦争中みつるぎが疎開したこと（密かに日本を守った人）

平成十九年而今の会の熱田神宮大会でのことである。神職が「熱田神宮には三種の神器の一つであるくさなぎのみつるぎが祀られているが、戦争中一時飛騨の一宮水無神社に疎開されたたことがある」とご講義の中で話され、そのような話は聞いたことがなかったのでとても興味深かった。そのうえ飛騨の一宮水無神社のある高山は、娘の嫁ぎ先であったので私は、早速、平成二十三年六月二十六日飛騨高山へ向かった。

この神社は歴代朝廷の崇敬厚く、ご即位、改元などの都度霊山の一位の木の材で、御用の笏を献上している。また水無神社名は閑院宮載仁親王の揮毫であり、皇室と縁のある神社である。明治維新のとき、国幣小社に列し、旧来より飛騨一宮として国中の総社となる。

この神社の大住宮司の時、熱田神宮（小串宮司）から三種の神器を昭和二十年八月三十一日から九月十九日まで預かったと伝えられている。それは水無神社にとっては一大事のことであった。

平成二十四年七月三十一日、飛騨一宮の宮司より電話をいただいた。

三種の神器の疎開のことについては熱田神宮ばかりでなく、戦禍が本土に及ぶようになった昭和二十年八月五日に伊勢神宮と防衛庁の一五三部隊の人が調べに見えたという。

日本はこのころ負け戦になることを知りつつも、ばらばらの考えで本当になにが大切か、統一の取れないまま、それぞれの立場で出来ることをしていたのかもしれない。良かれとやったことが不運にも逆なこともある。

当時、陸軍省　井田正孝少佐は、昭和十九年一月に発案し、富永恭次次官に計画書を提出し、大本営部会の承認を得た後、鉄道省の現地調査が行われた。

なぜそこを選んだのか

1、本州の陸地の最も幅の広い飛行場に近いこと
2、硬い岩盤で掘削に適し、十トン爆弾に耐える
3、山に囲まれ、地下工事するのに十分な面積広い平野である
4、長野の労働力豊かである。
5、長野の人は心が純朴で秘密が守れる
6、信州は信州に通じ品格もある

こうして大本営は長野の松代に第二皇居を準備することになったといわれ、本土決戦を企て、

一億玉砕をも目的であったとするが、ここで疑問に思うことは、すでに山岸夫妻は華族や宮家の協力によって何箇所かの疎開場所を求めみなかみ山に準備していた。それは父君の閑院宮載仁親王から命を受け内密で命懸けで実行したことである。

エピソード（二）

昭和五十八年五月十九日付け「桐生タイムス」の夕刊より

「岩手から感謝のたより　長年、善意の図書購入費　白滝荘の山岸夫妻」

「寄付は全国六校へ　いまは静かな第二の人生」


という新聞記事がある。

そのようなニュースも話も聞いたことはなかったが、越水さんより新聞をもらって知った。

昭和五十八年といえば、山岸夫妻が桐生の白滝荘へ引っ越してからの話になるが、昭和五十六年、門前仲町でお二方とお会いしてから直ぐのことのようだ。

昭和五十七年四月とあるが、夫妻は厚生年金施設、桐生白滝荘（桐生市境野町四丁目一〇六五）に移った。その後まで、九州や四国などの全国小学校五校にも図書購入費を送り続けてきた。

全国の英霊の追悼をするため各地を回っていたが、人間教育の基礎となる図書の予算がどの町村でも少ないのを見かねて寄付をしてきたという。

記事に寄れば、岩手の一関市本寺中には、昭和二十九年、配志和神社を訪れた際、火事で消失したことを知り、昭和三十六年以来送り続けてきたという。

同校の泉田校長は、

「昨年赴任してきたが、二十一年間のご厚志を聞きお礼に上がりたく思っています。こどもたちは本好きで、学業、スポーツ、生活面で頑張っています。生徒の作文、勤労体験学習で作ったシイタケなどを持って今年はぜひ伺いたい」と話しているという。山岸夫妻はそれに対し、

「恩を売るつもりはなく、活用してさえくれればいいので、無理はしなくてもいいですが、うれしいですね」

と言い、

「私たちはみじめな養老院に入れられたのではなく、静かな環境を選んで入り、楽しくやっています。まだまだ若夫婦ですよ」

子どもはおらず、現在夫は古事記の研究をまとめて執筆に専念、史枝はマンドリンをならしている毎日、四国の小学生卒業生から

「不良の仲間に入りかけたとき、おじさん、おばさんの本を読んだことを思い出し、申し訳なく思って立ち直りました」

との便りをもらったこともあるという。

桐生に移るにあたり、これまでの生活に区切りをつけるとともに、寄付も打ち切ったが、その長年の善意に感謝されていることに二人の顔はおだやかにほころんでいる。・・・と載っていた。

この話について聞いたことは誰も知らない。

エピソード（三）

山岸史枝様の生涯を、而今（にこん）の会の同人誌『而今』に掲載し始めたのは平成二十二年の四月十六日である。それから題名のないまま気の向くまま四年間掲載していただいた。「而今の会」主宰の中村勝範氏の懐の大きさと読者の辛抱強さに感謝している。「而今」とは今を一生懸命生きるという意味である。この会は昭和三十三年、慶応大学名誉教授中村勝範氏を中心に「若芝の会」として発足し、「若芝・而今誌」通して、平成二十七年六月で六百二十二号となった。

萬里小路操子こと山岸史枝の数奇な人生を『而今』に書いている時、お役に立つのならと元養女であった方から手紙と写真が届けられたことがあった。

手紙の一部を抜粋して『萬里小路操子姫の生涯』の筆を置くこととする。

皆様御元気ですか。恩師の愛弟子さん方と二ヵ月南から北は北海道稚内までゆるゆると大名旅行にも似た贅沢な神学研究の旅路についております。北上するに従って桜に出会い、今年は六回の花見に良い気持ちになって六月中旬やっと帰宅できました・・。

同封ご覧に入れたように参拝記念碑（実にデッカク立派で晴れがましい事おびただしく）を

建立してくださった方々から、ぜひ自叙伝をと懇願あり、後の世に残さんため執筆することになり、北海道の知人のご好意によりこのひと夏をその知人の山荘にこもってあら筋をたてる事になったので・・・

小説ならやさしいけれども、後世に明治、大正、昭和に至る裏歴史とでもいうものを残さんとの願いをもちて忠実にとなると、チイットばかり大変で。大変なる故にファイトがリンリン。私が忠実になる自叙伝を作成すると知った過去につれなかりし一門の誰彼今更お世辞つかって大童、だから人間自分が得意だからとひとにつれなくしておくと、いつどこで敵を取られるか分からぬから、私の敵とか仇とか、そんなけちな事ならず、とにかく自分の経てきた日々の歩みを唯、その後の後世に残すだけ、所謂史枝日記ということになりませう。明治、大正、昭和の三代を生き通した史枝と言う一老婆の史実が後の世の良い参考書になる時ができたら、墓場の下で「フフフフ」と満足げな笑いをその世代の世の中に送っている事でせう。とっても張り合いのある人生となってこの婆さんははりきっています。いずれ秋北海道は千歳の山荘からもどったらまたご連絡いたします・・・。

かしこ

昭和四十年七月　　史枝

政代ちゃま

第二部　掌編小説集

「而今」という言葉がある。「今この瞬間を精一杯生きる」

という意味である。「今」の連続が「今」となり、「今」を
生き続けることで、未来が「今」になる。

「今、生まれ故郷は?」「今、日本は?」「今、世界は?」

そして「今、私は?」・・・

おせち料理のドラマ―不易流行

長女の出産予定日は暮れの三十日だった。初めての出産で早めにお節料理を作って正月準備も整っていた。田舎のことだったが、実家の母も近くにいて安心の面もあった。

ところが、突然異変が起きて直ぐに入院ということになったが、以後変化なくまた広世は家に戻り、大晦日となった。年越し蕎麦を食べ、氏神様に二年参りをして家路に着いた。元旦の早朝、無事女の子を出産、時刻は日の出の七時何分ということで愛でたい誕生日となった。それから毎年、元旦は百田家にとっては愛でたい日となった。

誕生日と元旦が一緒でお正月の膳は一年で一番の御馳走日である。

そんなことからも、お節料理に力が入った。

あちこち引っ越し、転勤の多い人生だった。やがて二女も生まれ家族が増えたが、何事がおきても一家揃って正月を迎えることが幸福のバロメーターであった。

ある年、師走の冷たい風が身に凍みるころ、夫が救急車で病院に運ばれたと職場から連絡があった。直ぐに飛んでいくと病室の夫は元気だった。

「どこが悪いの」

「わからん、が今まで苦しんでいたんだよ、あんな痛い思いは初めてだったよ」

だが、なんだか信じられないように何事もなかったような顔をしている。救急の大学病院は都心の住宅から遠い場所にあって、電車で二時間近くもかかってしまう。その後医師の説明は曖昧で歯切れが悪い。

夫は別に苦しむ事はなかったが、しばらくすると、便秘気味になった。すると、毎日見舞いに通う広世に「アロエ持ってきてくれないか」という

「アロエってあなた、ここ病院でしょ、先生に治療していただいたらどうなの」

広世は不機嫌であった。そして、夫のわがままが始まったと苛立ち始めていた。

「いいから、こんなに苦しいだよ、さっきも研修医がぞろぞろ来て浣腸をして行ったがちっとも効果がない・・・」

その顔はやはり尋常ではない。看護婦に言うと

「処置は医師に従ってやっていますから」

冷たく聞こえる対応だった。広世は直ぐに家に飛んで帰り、いつものアロエの青汁を届けた。

「いいの?・・・」

「内緒で飲むから大丈夫だ、これ以上苦しんだら死んじゃうよ」

お腹にはガスも溜まり、膨らんでいる。

(どうしてもっとしっかりした処置をしてくれないの。)

広世はまだ結果を医師から聞いていないから、その言葉を飲み込んだ。

田舎ではアロエのことを「医者要らず、医者泣かせ」ともいわれて、薬が自由に手に入らな

い時代から、庭の隅に植え、下痢、腹痛の胃腸薬として、火傷や切り傷など何かと困ったときに役立てていた。夫も愛好者であったが、あまり飲みすぎると骨が弱くなると言われてから困ったときの薬草として使用していた。

「どうなったかしら」

広世は夜もろくに眠れなくなった。次の日の朝、何時もより早めに娘達を学校に送り出すと、病院へ向かった。夫は開口一番、

「すっきりしたよ」

それはいままでに見たこともないような爽やかで幸福な顔をしていた。

「良かったわね」

と答えたもののこれで病気が全快し退院出来る見通しが出来たわけではない。一件落着といったところだ。そして痛みもとれ、トイレに行ったとき小さな石が何個か出たという。

「なんだ、尿管結石ではないだろうか」

勝手に判断し安心していた。ところが医師に呼ばれると、

「実は腎臓が悪く手術が必要です」

「どんな病気ですか」

「腎臓ガンで難しい病気です」

体から血の気が引いて行くのがわかった。それから直ぐに職場にも連絡が行ったのだろう。長期休職ということになった。

職場の給料日は十五日だった。その日、広世は初めて夫の職場に向かった。職場で何方が上司で誰が部下だとか一切聞かされていない。夫は殆どの人が給料は振込の時代になっていたが、手渡しで、広世にも封を切らずに渡していた。結局こうなると貰いにいくことになり挨拶方々夫の勤務している職場に向かった。

するど、案内の同僚が

「良かったですね、ガンが見つかって・・・」

その言葉が胸を突いた。

冷静になれば早く見つかって、手遅れにならなくて・・・という配慮はそのとき本人には通じないのだろう。

そんな気持ちで職場の部屋の奥を歩いていると、シーンと静まりかえった部屋の同僚の冷めた空気が伝わってきて、まるで、二度と職場には戻れないだろうという雰囲気が漂っていた。

毎日病院に通っていても、夫は元気でどこが悪いかのようであった。

ただ、三十年も前、ガンといえば不治の病が強く、本人に告知はしないことが多かったから、夫には内緒の道を選んだ。だれに相談することもできない現状で広世一人の判断だった。

暮れも押し迫ってきたある日、医師に呼ばれた。

小さな部屋に入ると白衣を着た医師が五人座っていた。今の病状を担当医の上司が説明した。広世は黙って聞いていた。やがて

「そういう事で」

と、腎臓の手術を担当する医師を紹介した。

広世は承諾した覚えもないと心が揺れ動いている。その並んでいる医師に不足と言うわけでも知識があるわけではない。ただ、なんとなく納得がいかないのだ。それで
「あの、今の主人のガンの病状は一から五までとしたら、幾つぐらいの段階でしょうか」

すると上司の医師が、ちょっと顔色を変え
「そうですね、三・五から四ぐらいです」

とやな顔で答えた。

沈黙が続く。

「それで、腎臓手術は片方でしょうか、」

「いや、両方です」

「えっ」

と思わず口に出た。

(それでは、人口透析になるのですか)

と聞きたいところをやめ、

「もし、手術をしなかったらどのくらいの余命でしょうか」

「それは、あと、半年ということです」

そのはっきりした口調に広世には一つの決心があった。

その間上司以外の医師は黙って下を向くばかりだった。

「あの、主人はいつも掛かっている近くの病院へ転院したいと希望しています。私もここまで毎日通うのは大変ですので、そうしていただけたらありがたいのですが・・」

「断るということですか」

「まあ・・・」

曖昧になった。

「暮れになったらどこの病院も休みになりますよ、一日遅れたら手遅れになるかも知れませんが・・・」

「しかたがありません」

今度は、きっぱりと決心を告げた。こういうときは「よろしくお願いします」と頭を下げれば良かったのだろうが、すると
「しょうがないよな、こういうこともあるんだよ、よく覚えておけ・・」

上司は執刀担当医にドスの効いた言葉を吐いた。聞こえる広世を無視した言葉だった。

このとき、なぜか、前へ進められるような気がした。

そして、運命を分ける時がきた。

クリスマスも過ぎお節料理の支度をする頃となったが、それどころではない。早速、何時もの掛かりつけの共済病院に飛んで行った。

「急に言われましてもね・・・」

「暮れで病室も満室ですし、直ぐに手術をというわけにはいきませんよ、その病院でもう準備が整っているんですよねえ、困りましたね」

入院手続きの掛かりの中年の男性職員は言い
「無理ですね、病院を今の状態では変えない方がいいんではないですか」

「どうにかなりませんか」

そして、口籠もると
「連れて来てしまえば、どうにかなるんですがね」

私はそれはダメだ、許可がなかったら、この暮れに路頭に迷ってしまう、ましてや、夫には病名は告げていないのだ。もしもの事があったら・・・こういうときはどうしたらいいのだろうか。誰の力も借りたくない。それよりも病名を誰にも知られたくなかったのだ。もちろん夫にはどうしても隠しておきたかった。そしてなんとか助けてやりたい・・・。

「連れてきたらどうにかなる・・・」

その言葉は広世をいっそう迷わせた。

「しかたがない・・・」

ドアを閉め玄関に向かっていた。するとその姿をみていた、受け付けの女性が自分の方に向かって来て
「あなた、ちょっといらっしゃい」

と別の部屋へ案内すると、広世の胸の内を吐き出させ、

「そう、そうだったの」

と聞いてくれたのだった。

それだけで広世はなんだかすっきりしてきた。

「それで、あなたはどう希望しているのですか」

「私はこの病院でいつもお世話になっています。この病院でもう一度検査していただいて良い治療を受けさせたいのです。結果は覚悟していますが、あの病院では今のままでは後悔しそうなのです・・・」

「わかりました、一寸待ってくださいね」

そう言うと事務方の人を連れてくると、

「ここに署名して、直ぐにあちらの病院の退院手続きをしてご主人を連れてきなさい」

と言われたのだ。

「ありがとうございます」

広世はいつまでも頭を垂れていると、

「大丈夫ですよ、元気出して」

と肩をやさしくたたいた。


夫を迎えに大学病院に向かう。

「そうか、できたらそうしてほしいと思っていたところだよ」

決まると早い。さっさと会計を済ませるとせめて主治医の先生に挨拶をと思ったら、生憎仕事でと断られた。

「まあ、いいか」

広世も開き直っている。

帰りの途中検査室の横を通ると、窓越しに執刀医の一人である医師がいたので、部屋に入り、礼を言った。その医師は顕微鏡でなにやら石らしい物をつつきながら

「これは、ガンではないと思うのですが・・・」

そういうと、

「意見が別れましてね、もし、転院して、また元のところに戻りたいと言ったらいつでも引き受けますからね」

と言ってくれたのだ。どういう理由にしろ、それはうれしいことであった。病名はまだ確定ではない、まだ希望があるとそのとき微かな望みを持つことができた。

暮れも二十八日で御用納めだ、大急ぎで正月の支度がはじまった。

夫は新しい病院に入院することができて検査中であったが結論はでなかった。正月は家に帰り、正月過ぎたら再入院することになった。

娘たちにも内緒、夫も知らない、親戚も知らない。ただ父親だけに伝えてあった。広世は日頃丈夫であった。家族もみな丈夫で病気について知識が足りなかったことは確かだった。都会に暮らしていても核家族時代ばらばらの暮らしで、込み入ったことはそれぞれの家庭で解決していた、親に心配かけたくない一心だった。

たまたま、伊豆諸島の島の一つの宮司であった広世の父が伊勢神宮へ用事があって出かける途中わが家に寄ったところ事情を話したのだった。

「それで病気はなんなのだ」

「それが、腎臓ガンで余命半年って言われてね」

「それは大変だ」

広世が説明すると

「まだ早すぎないか、その結論出すの・・・」

と言ったのだ。

広世にとって

「その結論早すぎないか・・・」

という父の言葉がなぜか気になっていたのだ。そのことが大きなヒントになっていた。

むしろ、「初期ですよ」と言われたら案外疑問に思わなかっただろう。が、もし、末期としたらあれほど元気があるだろうか。体力があるだろうか。そんなことは夫婦でなければわからないこともある。医者がそこまでは知らないだろう。広世は日頃の夫との生活を思い出している。

そうはいっても、半年の余命を手術をしたとしてもどれだけの命の時間があるのか見当はつかない。とにかく良い医師の元で手術を成功して少しでも長く生きて貰いたいというのが本音であったのだ。

そして、自分の腎臓を提供しても良いと考えている。そのとき、合う合わないなどの考えはなかった。

その年の暮れのお節料理は涙の料理であった。きんとんを練っているとつぎつぎに不安が過ってくる。弱火でゆっくり仕上げに時間をかけ艶を出していくのだが、集中していないのだ。心が入っていないようだ、少しも艶がでない、銅のなべの底がすこし見え始めると、鍋の傍から離れられない。広世は鍋をただじっと眺め、木べらをまわしていた。そのタイミングが大事なところ、

「お母さん、こげ臭いわよ」

はっと我に返った。

「あら、きんとんが、やに固まってへらが動かなかった」

「どうしたの」

娘が広世の顔を覗いていた。

「ごめんなさい、ぼんやりしていて」

　おせちの一番人気で皆が楽しみにしている栗きんとんだった。

「まあ、いいか命に別状があるわけでなし・・・」

　一人言い訳している。

　心はどこへやら、夫は自分の病気について聞かなかったのが幸いだった。

　病院を希望のところに替えてもらい、正月はこうして自宅に帰れた、痛い、苦しいこともない。病人にしたら、問題はなかった。

　広世はいつ困った質問をされるか、それがどきどきであった。忙しさに紛れて夫に接近しないよう話題をそらし正月を迎え、いつもと変わらない正月を迎えた。


　正月の三が日も無事過ごし、夫は病院へ向かった。

「タクシーで行きましょう」

と心つもりをしていたが
「いや、いつものように地下鉄で行く」

「大丈夫なの」

「検査に行くだけだ、悪いところなどない」

と、言い張った。

確かにお正月は何時もと変わらず、お雑煮を食べ、お屠蘇をいただき、おせち料理も食べた。近所の八幡様にも家族揃って初詣した。

夫婦で久しぶりに体を温め合った。

「この人が余命半年だろうか」

夫にはあくまでも、検査入院で通っている。日頃繊細な夫がもしやと自分の病名に疑問を持ったときは、白を切ることができるだろうか。

本人への告知は絶対いけないと考えている。

「そのときは今度はしっかりと医師に相談しよう」

前の病院では当然のように本人には告知しないで家族へのみ伝え、判断を任されていたから、あれよ、あれよという間に事が進んでいた。が、それが良かったか、悪かったか、どんな結論が出るだろうか。信頼しているといっても不安は尽きなかった。

それから二週間、検査検査の日々が続いた。

広世はなぜか担当医の顔を見ると安心している。たとえどんな結果であっても、これ以上の条件はない。お任せしますという覚悟ができていた。いや頼りにしていた。そして、これ以外に道はないと、迷うことはなかったからだ。

看護婦に呼ばれ担当医のところに行った。すると医師がカルテや検査結果の書類を見ながら、

「黒を白と証明することはできますが、白を白と証明することは難しいです」

新しい病院の担当医の結論であった。

「では腎臓ガンの末期ではないのでしょうか」

「それが、前の病院で病理細胞の検査結果を見せてくださいとお願いしてあるのですが、外部には見せていただけません。それを見れば判ることもあるのですがね・・。うちの病院で最初から検査した結果は白ですから、証明のしようがないのですよ」

「その後何事もなければ白ということになりますが」

「それはどのくらいですか」

「まあ、一年後ですかね」

担当医は笑みさえ浮かべている、そして
「では、病名はなんだったんでしょうか」

「それもあちらの病院でのことで、こちらではなんでもありませんから」

「本人はお腹が痛くて死にそうだったと救急車で行って、大騒ぎしたようですが、病気ではないのでしょうか」

広世はそれも納得がいかないのだ。

石が出たというから尿管結石ではないだろうか。石が出てしまうとけろっとするということを聞いたことがあるが、素人判断なので黙った。

そして、あの病院で医師達が意見が別れていたことも石をガンだとする意見があったなどとも耳にすると、疑問を持った。

「まあ、腎臓が悪かったということは間違いないでしょうが、こちらの検査は問題ありませんということです」

と繰り返した。

「ご主人、良い体していますよ、ご心配ないとは思いますがね・・・」

広世はやっと悪夢からさめたように
「では余命半年ではないのですね」

と確認している。

「大丈夫ですよ、この病気に限っては白ですから」

広世の目から止めどなく涙が溢れていた。

「問題はないですから、退院して職場に復帰してもかまいませんよ」

広世は張り詰めていた緊張から急に力が抜けていくようだった。

そして、うれしかった。

「まるで、一千万円の宝くじでも当たったようにうれしかったわ」

広世はそう例えていた。そのころ夫は働き盛りでこれから、家を買って、娘を教育する大事な働き手だったのだ。広世にとってそれを絶たれる現実が先になっていたようだ。

とにかく平穏が訪れ健康を取り戻した。結局、病名は男性によくある尿管結石で石が落ちて一件落着ということであった。以後再発もない・・・。

それからほっとして安心した反面どうも納得がいかなくて、悶々とした日々を過ごしていた。

そして、数カ月したある日、近所の開業医にことの重大さを告げていた。

「それは大変でしたね」

と言う。

「だけどね、ご主人助かったんでしょ、あなたの悔しい気持ちは分かりますよ」

広世は誤診されたことを訴えたいと相談したのだった。

「どうせ、負けるんだし、いやな思いをするだけですよ」

素人が訴えたって勝つわけないシステムだと言わんばかりだった。

「やはり、医者は医者同志同業者に味方をするのだろうか」

広世は黙った。すると
「私も若いころを思い出しますよ。一人前の医者になるには四人は殺していますね・・・いや誤診ということですよ」

広世はドキッとした。

「許しておやりなさい、ご主人助かったのでしょ」

と繰り返した。

「そう、助かったのだ」

それはそれでうれしかったが、なぜか、内心許せなかった。それはなんなのだろうか。

ある日新聞を読んでいた。

三面記事の「ある病院で」という記事に目をやった。するとその大学病院では、腎臓の病気で来る患者をすぐに腎臓が悪いといって、手術して移植に使っていたという。あの医師に見覚えがあった。どうもあの医師が全体を牛耳っていて部下はその言いなりになっていたようだ。

「やはり」と思ったがこれ以上係わらない方が良いと判断した。広世にとって病院のトラブルは初めてであったが、最初から今一つ信頼関係が持てず、医師との疎通がうまくとれなかった。もともとこういう関係で、人の命を預けることは難しかったのだ。

自分の判断というより、人はピンチになったとき、後ろ楯になってくれる人がいるといないでは運命は別れてしまうかもしれない。

広世もなんどもピンチになったとき、ヒントがあった。いい人の出会いがあった。がむしゃらに一人で向かって行っても良い方向にいくとは限らない。

冷静にいつもと変わらない芯のある生活が、動揺を抑えてくれた。いつもと変わらず、平穏にお正月を迎え神仏に感謝することができた。

そうだ、人を恨むより、夫が助かったのは神仏のご加護のお陰と感謝することだと広世の心は落ちついたことだった。

あれから三十数年が過ぎ、広世も七十を越えた。

栗きんとんを作っていると、いまでもその手が思い出させるのだ。

今年も変わらず、来年もそして百歳になったときも、お節料理を作り家族が一緒にお正月を迎えられたらどんなにいいだろうか・・・

しかし、その夫は今はいない。

人生はぶっつけ本番

『泥棒二十年、盗み盗んで「マイホーム」購入』

ある日の新聞の三面記事の見出しである。

容疑者は二十年間、泥棒稼業をして、土地を買い、家を建て、盗んだ現金を生活費や貯蓄にあて貴重品は換金しないで収集して優雅な生活をしていたという。

そうかと思うと、「泥棒」と叫ばれ、逮捕後、急死、ところがその中年男性は「誤認逮捕だった」というニュースが流れている。

それでは泥棒稼業とはち合わせしたらどうするだろうか。

その日、吉沢章子は買い物のついでに寄った本屋で立ち読みに耽ってしまった。

立春を過ぎると陽がのび、五時過ぎても、郊外の駅の陸橋から眺める丹沢の山々の稜線がクッキリと映え、茜の空が徐々にその色合いを落としていた。

駅から歩いて十三分、一戸建ての団地が立ち並んでいる。そのタウンの一隅に章子の家はあった。

二十数年前に出来た四百棟ほどある団地は同じような家が建ち並んでいる。間取りや庭の作りも似てはいるが、良く見ると一つ一つに個性があり、手入れに差も出てきた。ぼつぼつ力のある家は立替えやリフォームをしたりで、工事中の家が目立つようになっている。

団地の中を通りながら、見るとはなしにわが家と比較し、そろそろわが家でも生け垣の剪定をした方がいいのでは、などと考えながら家路を急いでいた。

章子は家に着くと必ず、最初に向かう先は二階のトイレ、荷物も玄関先に置いたまま駆け上がることもある。

ところが、その日は南に面した一階のリビングに先に入った。レースのカーテン越しにまだ庭の紅梅の花色がはっきり識別ができていた。

「夕方電気をつけたら雨戸を閉めた方がいい、外から丸見えだ」

夫の決まり文句が頭をかすめる。

章子はこの時刻、先に雨戸を閉めるべきか、部屋の明かりが先か迷ったあげく、電灯のスイッチを入れた。急いで、出窓の厚いカーテンを引き、二ヶ所ある雨戸を一ヶ所閉めたとき、二階に人の声がした。

「あら、夫は先に帰っていたんだわ」

よくあることだった。誰もいないと思いこんでいるところに夫がすうっと立っていてビックリすることがある。気にもとめず、むしろ安心して、雨戸に手をかけたとき、階段をドタドタと降りてくる重い足音が重なって聞こえた。

夫の足音とは違うようだ。

階段を降りると、章子は夫でない他人の気配に気がつき、リビングの二つ目の雨戸を閉めるのをやめ、四角いガラスのはめ込まれたドア越しに階段の方に目をやった。すると、工事人のようなブルーの作業服姿が見えた。最近、下水工事や電気工事、リフオームの下見や、電話工事などといっては家の中に人がいることがある。

(うちでも留守中になにか工事でも頼んだのかしら)

不自然な足音に気を取られていると、目の前の和室を男がすうっと通り過ぎる。リビングに明かりがついているのに、家の人に黙って真っ直ぐ前を向き、まるで家の中というより通行人のような歩幅で歩いて行った。

(何の工事の人かしら)

ふっと異変を感じ、和室を覗きに行った。

神棚と床の間がある部屋は、活気もなく冷え冷えとしていてなんの変化もない。ところが、いるべきはずの作業員の姿はどこかに消え、障子が開いて外の景色が丸見えである。

(どういうことだろうか)

まさかの不安が頭を過る。章子はその次に自分がどんな行動をとったか記憶は曖昧である。声を出した覚えもない。後を追う勇気もない。気がつくと閉めたはずの雨戸を開け、男物のサンダルを突っ掛けて庭に出ている。

和室の様子を外から見ると、障子は破かれ、サッシの鍵の所が三角に切られガラスの破片が濡れ縁まで飛び散っていた。

（空き巣に違いない）

章子は夢中で二階の自分の部屋に駆け上がった。部屋の様子から「やはり」という思いが全身を凍らせた。タンスの引き出しが開けられ引っかき回され、中身が放り出されている。

（こういうときにはどうすればいいのだろう）

携帯電話がコートのポケットに入っているのも忘れ、一階にもどり、ハンドバッグから老眼鏡を取り出し、結婚して近所に住んでいる娘の電話番号を押した。

「やっちゃん、空き巣に入られたの」

声を振り絞った。落ち着いて、落ち着いてと呪文のように唱えながら、現状をかい摘んで話し、

「どうすればいい」

と繰り返している。

「とにかく、警察に連絡し、カードを止めることね」

「何番に回せばいいの」

頭は混乱し、一一〇番も出てこない。

ようやく、ダイヤルを押すと、いきなり、

「ハイ、こちら一一〇番、事件ですか、事故ですか」

警察官の声にびっくりして言葉が詰まった。

「泥棒です、ピッキングです」

「それでは、マンションですか」

「いいえ一戸建ての団地です」

「では、住所からどうぞ」

淡々と機械的に必要事項を聞かれたが、自分の住所さえ直ぐに出ないものである。

「警察官を行かせますから、現場をさわらないでください」

と電話が切れた。電話の向こうは次々掛かるらしく、声が入り交じって聞こえてきた

それから五、六分後、巡回中の警察官と近所の交番の警察官がやって来た。

「それで、男は何人でしたか」

中年の大柄な警察官は質問を調書に書き込んでいる。

「何人か確認できませんが、話し声が聞こえたので一人ではないと思います」

「顔を見ましたか」

「いいえ」

「体格は、服装は」

「中肉中背、ブルー系の作業服だと思います」

「何歳位ですか、顔を見ていないからわからないよな、被害はどこですか」

「二階です」

そのとき夫が帰宅し、異常なようすに顔色を変えた。

「空き巣に・・」

と言いかけると、もう自分の部屋に飛んで行った。互いに自分のことが先に頭に浮かぶようだ。

「今、鑑識の係が来ますから、現場をさわらないように」

　その背に警察官が注意した。

「キャッシュカードを早く止めないと」

　章子が焦りの気持ちを表すと、

「暗唱番号は人に分かる番号ですか、電話番号、住所、生年月日とか」

「いいえ、だれにも分からない番号です」

「というと、二人だけが知っている。実質的な結婚とか」

と冗談めいた口調になり、含み笑いをした。

　章子は答えなかった。

「それでは引き出せないでしょう、もう銀行も閉まっていますから、通帳と印鑑が盗られていても今日は大丈夫でしょう」

　そう言われ、ひとまず安心する。しばらくすると鑑識係の警察官が来て、白い粉を振りつけ、指紋を取ったり、足跡を探したり、黙々と仕事を始めた。

「取りあえず、何が無くなったか確認してください」

　警察官は自分のはめている綿の手袋をはずして章子の前に出した。白いというより灰色に汚れているのでちょっとためらうが、そんな場合ではないと、生ぬるい手袋をはめ、自分のタンスの中の点検を始める。

部屋にタンスは四つある。一番目立つ位置の黒い洋風のタンスだけを素早くかき回している。まずいことにそこは貴重品のところだ。震える手でバッグを開く、

「ありました」

思わず嬉しく声が出た。これが一番大事なカードである。

「他に無くなったものありませんか」

調書に書きながら言った。

いつの間に娘が傍に立っている。

「通帳、印鑑、パスポートは」

娘が助言する。

「そう、近頃パスポートも持っていきますよ」

「このタンスのどこかにあるのですが」

どこに入れたか自分でもわからなくなっている。

「現金は盗られていませんか」

「それは大丈夫です」

章子が即答した。これだけは間違いない。今朝、買い物に行くとき、現金は全額他の財布に入れ換えたばかりである。

このタンスには財布や小さなバッグがいくつもあったが現金は入っていない。ようするにわが家には現金はなかったのだが、ありそうなバッグや財布の類がたくさんあって、どれもが開き、

金具まで壊して現金を探していたようすだ。

章子は案外物持ちがいい。

娘の結婚式のご祝儀袋も捨てがたく、記念にと、丁寧に風呂敷に包んであったがこれも空、文学賞の立派な目録と副賞の祝儀袋もあった。こういう祝儀袋は二重になって中身がわかりにくく、また上質の和紙でなかなか破けない、さらには水引がかかっていて手間どったらしい。むいても、むいても中身のない祝儀袋にさすがに苛立ったのだろうか、意外と遠くの位置まで投げ散らかしてある。

「他に貴重品は盗られていませんか」

「ダイヤは」

娘に言われはっとする。一番上にはダイヤモンドの婚約指輪とプチネックレスが入れてあるはずだ。すでにケースは開いている。それでもケースの隅まで覗いてみた。

「やっぱり、ないわ」

「どんな形の指輪ですか」

警察官は絵を描きながら、

「いくらぐらいしますか」

「さあ、昔主人から貰いましたからわかりません」

「ネックレスはいくら位ですか」

これは自分で買ったがもうはっきりは覚えていない。

「良く覚えていないんですが」

「大体でいいですよ」

「そういえば、鑑定書があるのですが、どこか今わかりません」

章子は本物のダイヤだということを強調したかったのだ。

「なければいいですよ」

「指輪にはなにか名前は書いてないですかね」

婚約指輪にはイニシャルを入れるものかどうかすっかり忘れてしまっている。

「曖昧なら書かない方がいいです。他に無くなったものはありませんか」

頭の中がパニック状態で何が無くなっているかがわからない。

「わかったらまた追加してください」

結局、キャッシュカード、通帳、印鑑も盗まれていないとわかった。それならば、へそくりの明細を教えることもない。下着のタンスの中身を放り出されて恥をかかなくても済んでほっとしていると、

「奥さん、ここは奥さんの部屋ですか。何か仕事をしてますか」

警察官は章子が盗難品を確認している間、部屋の様子を観察していたようだ。

パソコン、ワープロ、主婦の割りに本が多く、机の周りに本や書類が積み重ねてある。

壁やタンスの上には写真がやたらと飾ってある。

警察官は立派な楯や受賞写真に目をやって、「これは」と言いかけたので、

「ちょっと物を書いています。売れない物書きです」

と気楽に答えた。すると、

「あっそう、じゃあ、主婦にしておきましょう、主婦に、面倒だから」

と、大声で言った。傍では、鑑識の警察官が黙ってドアの把手の指紋を取っている。

一瞬、章子の顔が曇ると、急にトーンを下げて、

「どんな小説を書いているんですか。わたしは時代物が好きでね」

興味深げに質問したが、章子は答える気分になれなかった。すると、

「他に被害はありませんか」

すぐに、職務に忠実な質問に変わった。

（こんな事件に会いあたふたしているときに、ずいぶん調べがなれなれしい警察官のことだ。それより、しっかり犯人を捕まえてくださいね）

と言いたかったが、胸に納めた。

結局、章子の盗まれたものはダイヤの指輪とネックレスであり、夫は小遣い程度の旧千円札と百円札の現金だけで事が済んだ。

かれこれ、三時間、夕食時も過ぎ、九時はとうに回っていた。

ではこれで、と帰りがけ、

「奥さん、声を出さないのが正解でしたね」

警察官が言った。

「犯人とはち合わせして大騒ぎしたり、罵ったりして、怒らせたり、顔を見られたら、護身用の何かで・・・最近多いんですよ、居直り強盗が・・・」

そこまで言われてもまだ章子にはぴんとくるものがない。頭の中は盗まれたダイヤのことで一杯である。

章子にとっては大切な婚約指輪と、自分の力でやっと手に入れた1・5カラットのダイヤのネックレスであった。がらくたのアクセサリーには見向きもしていないところも腹立たしい。

「もう、二度と手に入れることが出来ないわたしのお宝が・・・」

と嘆いていると、

「それより、無事で良かったじゃない、携帯に電話しても出なかったから、救急車のことも考えていたのよ」

心配して飛んできてくれた娘が安堵の顔を向けた。

「あら、そういえば携帯電話はどこかしら」

大事なときにすっかり忘れていたのである。

後に、冷静になると、「どろぼー」と叫ばれ、無実の自分が誤認逮捕されたら、日頃丈夫な章子の心臓もどうなるかわからない。

反対に、泥棒家業とはち合わせしたとき、警察官が言われたように、章子の態度如何によっては、犯人が牙をむき出したかもしれない。

物騒な世の中になったものだ。三分に一件の割合で空き巣事件が発生しているという。

章子は「命さえあれば」

とようやく納得はして、落ち着いた。

が、なぜか、消えたダイヤが夢枕に立つのである。

ぬくもり――夫の信頼

小雪の舞ってる冷たい朝だった。

老女の家のねこあんかを囲むように先客が二人いた。

「ばあさん、泣いても知らんよ、他人様に家屋敷の権利をやってしまうなんて」

「この方は、あんたたちのように悪ではありませんよ」

「やってしまえば人は変わるのよ」

「それならそれでいい、自分で決めたことです。もう遅いわ」

「ばあさん、もう親戚でも姪でもないからね、ほら好きな水戸納豆も届けてやらないよ」

手土産の藁に包んだ納豆が三本座卓の上に置いてある。

「納豆ぐらい自分で買えますよ」

老女は動じない、眉間に皺をよせ二人と対峙している。あまり器量に恵まれた人ではないが、ふっくらとした体つきで、年の割りに声が高く澄んではっきりしている。客の一人の姪は声が小さく華奢な体をしていて、色白でやさしい面立ちをしている。ところが言葉の中味に毒を含んでいる。業を煮やすように

「それから、死んでも実家の墓には入れてやらないからね」

老女が一瞬黙った。一呼吸おくと睨むように言った。

「そんなことを言っても、現にじいさんが入っているでしょうが・・・」

私はただあきれて聞いている。

傍らの若い弁護士は黙って下をむいている。私がちらっと見ると弁護士の顔がピクッと引きつった。すると姪が、

「ばあさんとはもう金輪際付き合わないからね」

私に挨拶をするでもなく、それだけいうと玄関のドアを大きな音を立てて帰って行った。

私はなんでこんな目に自分が会わなくてはならないのだろうと思う。

バブルといわれる時代、昭和四十八年のことだった。

横浜の郊外の新興住宅街、次々新しい駅が出来る予定で、街が大きく変わろうとしている。

官舎の目の前の土手に昇ると眼下に広がる平地の先にも駅ができかけていて驚いたことである。

私の夫は、公務員の転勤族であり北海道から引っ越したばかりであった。

幼稚園入園前の娘二人とそれなりの平凡な暮らしをしていた。

ある日、私の知らない老女が突然訪ねてきたのが事の始まりである。

次の日曜日、早速、家族揃って老女の家を訪ねることにした。

この地域一帯は東京から一時間半程の通勤距離で、やがてサラリーマンが都心に通う街として大きな都市計画がされている。老女の家は新しく駅ができると、私の家からは、次の駅という位置になるが、いつのことか分からない。バスでいくと二回乗換えそこから歩くから小一時間はかかる。バスから下りると田園風景が広がり、昔は開けていない田舎であろうことが想像

される。すでに開発が始まり、事務所ができていて、測量の印があちこちに目立っている。その中に、欅や栗などの古木の森がこんもりと取り残され、数軒の家が立ち退きを迫られているようだ。牛を飼っている農舎も見える。

舗装されていない細い道を歩いていると老女の姿が庭先にあった。びっくりしたようにこちらを向く。

「小山田さん」

懐かしそうな声の響きである。勧められるまま家に上がった。二間に台所がついた粗末な木造住宅にはこれといった家財道具もなく、電気製品も揃っていない。

昭和三十年代、三種の神器といわれる電気製品は全国に広まってからすでに十年以上経っている。世はまさにバブル、バブルで浮かれているのに、電話もなく、古いラジオがタンスの上に載っているだけで、文明の利器らしい品は見つからない。

「東京の三鷹の家を売って実家のここにやってきたのですが、じいさんも亡くなりましてね」

夫に親しみをこめて話し始めたのだ。

突然現れたあの日には詳しい事情を私には話さなかった。寡黙な夫は家では何一つ話すこともなく私も夫の過去を知ろうともしない。それで用が足りていた。

老女は何を言いたいのだろう。私には少々じれったい思いがある。老女はお茶とお菓子を勧めるとまた話し始めた。

何を言いたいんだろう。話すことばは至って丁寧で教養が滲みでているが、内容は現実的で人間として生活の基本のことである。

「それは大変でしたね」

　夫が熱心に聞いている。

「実は弁護士を連れてきては、この土地を姪の息子に名義変更したらどうかと言っているのですよ、ろくに面倒もみてくれないのに」

「それは困りましたね」

「それでわたしは死んで土地を持っていけるわけではなし、そんなとき小山田さんが北海道から近くに越されたことを知り、あんなやつにやるんだったら小山田さんに差し上げたいと考えるようになったのです」

「それは、よく考えた方がいいですよ」

「わたしは十分考えた末のことです。ご迷惑でなかったら貰ってください」

　私は夫の顔をチラッと眺める。老女のことばに無表情の顔が一瞬引きつったのだ。

「それにしても、書類はどうなっているのですか」

　すると茶封筒に入った書類を持ってきて、座敷の丸い座卓に置いた。

　夫はその書類に目を通すと、

「これは契約書で印鑑を押したら成立しますよ」

「そうですか。印鑑だけは押すまいとは思ってました。やはり、あいつらのやりそうなことです」

「本当に姪の方のいいなりになりたくないのでしたら、御薗さんの名義で事を運んだらどうですか。それから先のことは考えればいいのですよ」

老婆はすっかり夫を信じている様子が伺える。

私は二人のやり取りは実際どう思い考えているのか理解できなかった。その日、話はここまでにして御薗家を後にした。

それにしても、夫と老婆とはどんな関係なのだろうか。もしかして生さぬ仲では・・・。

サラリーマンにとってマイホームは夢である。次男の夫には財産はなに一つない。田舎から出るとき夫は布団と枕を持って三畳一間からスタートをしたと聞かされている。これから自分の家を考える年代になった。他人が家をくれるというなら願ってもない話である。

私も家のことにはこだわって小さな家でもいい、一日も早く手に入れたいし、土地はだんだん値上がりするだろうと考えている。が、私は無料ほど怖いものはないと承知している。それに、何故夫にそのようなことをするのだろうか。そのことが不可解であった。

「あの女性はだれですか」

家に帰ると早速聞いた。

「話してなかったかな」

「ぜんぜん聞いてません」

「そうか、学生時代下宿していた家でね。貧しい時代だったがちゃんと弁当まで作ってくれてね、やっかいになった女性だ。ところが、俺のことが気に入ったらしい。養子になってほしい話がでて、あわてて下宿を変えたのさ。それ以来手紙のやり取りだけはしていたんだよ」

「そういうことだったのですか」

　私がほっとしたような声を出した。

「どういうことと思ったんだ」

「いえ、あなた人が良いから・・・・・・。」

「俺の田舎では、米ぬか三升あったら養子に行くなといわれているんだよ、なんで俺が」

　夫は珍しくむきになっている。

　それにしてもそれから何年経ったのかしら、執念深い女性だと私は気が滅入った。

　それからというもの、夫は老女にすっかり頼りにされてしまったのだ。


　老女は、明治生まれで御薗ヨシといった。あの時代女学校を出ている。この地域の地主の出で昔は裕福であったらしい。戦後の農地開放で損をした立場の層である。「昔はよかった」という人の一人のようだ。

　夫は宮内庁の獣医をしていたというからこれもまた良い家柄だった。最初の結婚で子供に恵まれなかった。当時子無きは去るで離婚し、御薗という人とは再婚であった。戦後貨幣価値が変わり恩給もわずかであった。女学校出の老婆は事務的な仕事ができたから、働いて家計を助けていたが七十歳過ぎると出来なくなった。

　やがて一人身になり実家を頼り、近くに引っ越したらこの態だ。という。

　夫は日曜日ごとに御薗家の相談ごとで通うようになった。私は昔夫が世話になった人だと聞けばほっておくわけにはいかなかった。なにかと生活の足しになるものを届けるようになり、そこで姪とは鉢合わせすることもあったのだ。

「国の世話になりたくない、実家の世話にもなりたくない。土地と家だけはある」

いろいろ考えた末のことである。ある日、夫と一緒に行ったときのことである。

「どうでしょう、贈与というより売買契約を結んで買ったことにしましょう」

夫は切り出した。

「それでは申し訳ありませんわ」

「でも、贈与されても税金がかかりますからね、そのかわり親と思って大事にしますよ」

「えっ」

私はどんどん事が進んでいくのに驚いた。

親と思ってといっても病気になったら誰が面倒見るのですか。月々生活費を払うといっても、家計を預かっているのは私である。家や土地をくれるといっても亡くなった後の話である。その日がいつであるか確約もできない。その日まで普通に住んで、しかも生活費から老後の面倒も見るという話である。

確かに死んで家屋敷を持って行けるわけではないが、最後は主婦である私の負担になってくる。まったく上手いことを考えたものである。これでは老女の思う壺ではないですか。

他に方法がないというわけでもない。民生委員が勧める国からの援助を受ければ誰にも世話にならないでかえって遠慮がなくていいのではないかと、私は思う。喉元まで出た言葉をまた呑み込んだ。ここで口を挟んで後々後悔したら責任が持てない。私は学歴もなく、美貌に恵まれたわけでもない。ただ夫とのなれそめは、夫は人伝に調べて、田舎者だが古い家柄で家庭的なことは躾けてあるからと伴侶の条件で明子を選んだらしい。はっきりしたことはわからないが・・・そのころ好きな男性がいたが、育ちが違うと遠回しに断られ、ひどくショックに思っていたときだった。

そんなとき、写真を見て真面目そうだからと、一度会って見るよう無理やり勧められた。明子は一目で背が高く目の大きな男性の虜になった。こんなチャンスは二度とないかもしれないと思い一生添い遂げようと決心した。

夫は口にこそ出さないが「俺についてこい」というタイプであった。逆らい捨てられることは怖かった。それに反対する自信もない。結局夫の意見に従うことにしたのだった

まあ、実家にしてみたら当てにしていた土地を他人に贈与するということである。怒るのも当然であろう。私も土地が貰えるならまんざらでもないが、先のことをよく考えてみると、自分もまた当てにされているのである。

その後、老女は近くの代替地に三ＤＫの家を建ててもらい引っ越した。

住宅街の一角のその家は高台で見晴らしがよく、松が一本形よく生えていた。裏には、梅、柿、栗の木を前の家から運んで植え替えてあって、落ちついた家構えである。

実家の家付きの姪は相変わらず時々やってきては、まだ名義変更してない土地をなんとか引っ繰り返そうとやっきになっている。

「ばあさん、いいんだね病気になっても見てやらないよ」

「あんたの世話にはなりませんよ」

私と鉢合わせしても姪は無視して遠慮のない会話が続いている。そのとき、姪が
「死に水だって取ってやらないからね」

私の胸に冷たいものが走った。

「ふん、あの馬鹿どもが」

ヨシは吐き捨てるように追い返した。

そこまでして他人の家庭の中に入り込んで良いのだろうか。私は逃げたい思いにかられた。

その後も御薗ヨシと夫の気持ちは変わらなかった。そこで二人の間で土地と家を売買契約を結び、夫は名義変更し、名実ともに土地と家を手に入れた。

「おれは信用されたんだ」

そういう誇らしさが夫のどこかに見え隠れしていた。

確かに夫の信頼は大変なことだ。が、この二人の関係はなんなのだろうか。私には読み取ることはできない。ただ、これからの明子の苦労は計算に入っているのだろうか。死ぬまで親と思って生活費の面倒をみるとは、養子とどこが違うのだろう。

夫と結婚したとき彼の両親はすでに高齢で亡くなっていた。

「親孝行したかったわ」

私は素直な気持ちで言った。ところが、

「無理すんなよ」

夫は無愛想に言った。その言葉がなぜか私の心に残っていたが、反抗はしなかった。

私は家についていては固執している。結婚したらまずマイホームを建てようと考えていたから、家のない次男と結婚した私は家探しから始まった。ところが、夫はそんな金はない、と今一歩積極性がなかった。

「住宅ローンがあるでしょ」

私は友人から教わって早くから住宅ローンということを知っていた。

「おれは借金は嫌いだ」

とうとう平行線で、チャンスを逃していた。これでは一生自分の家など持てないと思っていた矢先のことだった。

「家屋敷を差し上げます」

そんな奇特な人があらわれたのだ。夫にとっては願ってもない話である。

私にとっては、思えば、夫の両親との同居の煩わしさも介護もしなかったことは、ありがたいことであったのだ。それを今になって、同居はしないものの気難しそうな老人の世話という大きな負担が被さったのである。あのとき

「無理すんなよと言ったのを忘れたわけではないでしょうね」

自分の家は自分の力で持ちたいそれが私の持論であった。

そう思いつつ私は流れに従うことにした。

公務員の夫は月給が毎月十五日に出ると必ず封も切らずに渡してくれる。私は決まって老人の家へ向かって行った。そして約束の現金を老婆ヨシの前へ差し出すと、

「そんなことをされると困ってしまいますわ」

封筒に入れたお金をなかなか素直に受けとらないのだ。何度か遠慮することばを繰り返しているが、私がいつものノート式の受取書を出し、ボールペンも用意し書くばかりに手渡す。すると、自分が請求したわけではないが、という思いを含ませながら封筒を覗き現金を確認する。それから達筆の字でいつものように、

「受け取りました」

とさらさら書き、間違いなく金額と日付も入れた。受取書とボールペンを揃え私に返すが、白い封筒はその場で受け取らずテーブルに置いたまま手つかずなのである。

「こんなにしていただいて、これっきりにしてくださいませね」

というのだ。そんなに遠慮するならば、国の援助を申請した方がどんなに良いだろう。

私は行くたびに同じことを思わされ、不愉快の思いにもなる。

ところが、夫の亡き母もヨシという名前であり、私をことのほか可愛がってくれた亡き祖母も　同じ世代のヨシという名前であった。受取書に書かれたヨシという名前を見ると、ふっと

できなかった親孝行の思いが重なり、老婆ヨシの遠慮の言葉を善意に解釈するようになっていく。

それからまもなく、勤めに近い都心に引っ越すことになり、私は二時間ほどかけて月に何回も通うことになる。

家が遠く離れ、気掛かりのこともあった。あれ以来、本当に実家の姪は来ていないのだろうか。老女におそるおそる聞いてみた。

「姪御さんはその後見えますか」

「あのばか、来やしませんよ、薄情で」

急に声を荒立て眉間に皺を寄せた。

「そうですか、迷惑をかけているわけでもないのにね」

「そうですよ、こちらさまのお陰で暮らしているんですから、感謝しても怒られる筋合いではありませんよ」

私は行くたびに手土産を持ち、ときには季節の衣服を買い揃え訪ねている。都心に引っ越してからは朝八時になると必ず電話をし、安否を確認している。それでも寝たきりの老人を介護している訳ではないから苦労とも思わず、それが自分の人生であり、ご縁だと考えていた。そして、いつかは自分の家になる。それがやり甲斐であり働きであると考えるようになった。

ヨシは糖尿病と高血圧の持病があった。そう長生きはしないだろうという目算もないわけではない。

一方こうきつい女性は長生きしそうだな、明日のことはわからない。当てにしない方がいいとも、一人呟く。

あるとき、糖尿病で甘い物を食べないと承知していたが手土産に迷った末和菓子を持って行ったときのことである。

「わたしは甘い物は食べられません、これからは手ぶらでおいでくださいましね」

という。少しぐらい食べてもいいのではないの。

私は喉元まで出でかかった。が、

「早く死んだ方がいいんでしょ」

などと誤解されたらいけない。私は言葉を選びながら、

「これは甘味を抑えた和菓子なんですよ」

そう言って弁解した。すると、

「今はなんでも甘味を抑え羊羹など美味しくありませんね」

私の考えをどうとらえているのだろうか。

ヨシはお客に出しても茶菓子に自分は手を出すことはない。人前では決して口をつけないから実際のところどんなお菓子を食べているのかわからないが、目の前には甘いカステラが出してくれてある。私はこういうときにどう答えていいのか迷う。

自分の一言で機嫌を損ね、約束事が水の泡になったら元も子もない。そのことが脳裏を過る。

私はそういうときは決まって、今朝読んだ新聞記事に話題を変え、質問することにするのだ。

政治、経済から、国際問題までなんでも答えてくれ、目がいきいきとしてきて時を忘れるほど楽しく過ごすことができるのである。

こうして毎月毎月老女のところに通い続けて、十年の歳月が経った。

庭に植えた栗、梅、柿も大きくなり、秋には柿の実がたわわになった。バラやれんぎょう、ツツジ、桔梗など咲くたびに、都会にはない季節の移ろいを感じさせてくれる。

ヨシも精神的に落ちついていて契約について愚痴を言ったことは一度もなく生活も一応安定している。娘たちはおばあちゃんといって親しんでいる。親子ではないのに家族のような感情が芽生えていたのは確かである。

けれども世間の目は厳しい。あるとき、

「どうせ、財産目当てでしょ」

近所の人の立ち話が私の耳に届いたことがある。

ひだまりの濡れ縁で、ヨシの膝の上で猫が眠っている。皺のあるその手が自然に頭や背中を撫でている。

「猫を飼ったのですか」

「いいえ野良ですよ、夕方にならないと帰らないんですよ」

私はふっとヨシに老いと孤独の影を感じ取っていた。

置き床の上に藁に包んだ納豆が三本無造作に置いたままである。

もしかして納豆のことが気にかかるが黙っている。

ヨシは誕生日を迎えたばかりで、八十五歳になった。

本当に親戚は見放したのだろうか。


そんなある朝、老女の近所の人から電話があって病院へ駆けつけた。

その日ヨシは新しい畳に入替えようとした。その取り外した畳の部屋で転び額を打って倒れていた。畳屋が新しく出来た畳を届けると血で染まっていて、救急車で老人病院へ搬送してくれたのだと知らされた。老女は頭から顔半分に白い包帯を巻き痛々しく、目は閉じているが、声でわかるようだ。私に気がつくと、

「すみませんねえ」

としっかりした口調で言った。

入院して三日目の朝早く付添人から電話があった。

「おばあさんがね、押入れの布団の間に大事な袋がしまってあるので、持って来てほしいと言うんですよ。病院に来る前に家へ寄って来てくれませんか」

私は言われる通り、布団の間に手を突っ込むと布袋らしき物に触れた。引っ張り出すと、長方形の古びた袋が出てきた。中身をテーブルに並べる。貯金通帳、印鑑、写真、入れ歯、ここまで出してどきっとした。貴重品の中に、旅立つ準備まできちんとされていることに気がついたのだ。

「これですか」

病院のベッドの上に差し出すと、黙って頷いた。白い包帯が痛々しい。額に手を当てると熱っぽい。付添人が、

「肺炎をおこしているようですよ」

と小声で告げた。

老女はその布袋を開けもせず、

「これを奥様に預けますのでよろしくお願いしますね、それからここのベッドの下側に財布があります。これもお預けします、看護婦さんが病院ではお金はいりませんよ、不用心ですから家族に渡しなさいと再三言いますから、たいして入ってはいませんのにね」

しっかりした口調で私に全てを預けたのだ。それでも、私にとっては一抹の不安があった。二人の関係は所詮他人である。いつなんどき考えが引っ繰り返るかもしれない。ヨシの考えが違ってきて私が泥棒扱いにされるかもしれない。そうなっても不思議ではない。それだけに緊張する毎日だった。が、気難しいプライドの高い老人と、田舎育ちの自分と共に歩むには無理なこともあったが、そんなことを考えてやっていることではない。若気の至りというか考えなしのスタートである。

私はヨシの心根をうれしく思った。

そのとき、麻痺している足をマッサージしていた付添人が手招きして、

「このお年寄りはね、頭が良いから点滴をしても栄養になりませんよ」

と言った。すでに口から食べ物はあまり入っていないようで、腕には点滴の針がいつも刺さっている。

そんなことは考えられないことだ。

私は無視した。点滴さえしていれば何年でも生きるケースを身近で見ている。そのとき死ということはまだ考えられない、長期戦の構えであった。

「奥さん、もうお帰りくださいまし、お嬢ちゃんたちお待ちでしょ」

目は瞑ったままだが声もことばもしっかりしている。

「明日は日曜日だから主人がお見舞いにきますからね」

「すみませんねえ」

病人とは思えない明るい笑顔だった。

ヨシは、この十年の間、月一度病院に通うだけで、寝ついたこともなかった。風邪には注意していたようでいつもマスクをしている。

「風邪を引かれたのですか」

「いいえ、病気して入院でもしたら大変ですからね」

用心のためと庭先に出るにもマスクを離さない。入院することを事の他恐れていた。入院したらそのときは最期と覚悟をしている風でもあった。そんな自分の意思に反し入院は突然のことだったので相当のショックのようだった。

私にとっては毎日電話をして安否を確認することを思えば病院は安心である。昼夜付添い人がついてくれる。入院費用は老人医療制度のお陰でほとんどかからず、むしろ入院してくれている方が心配事は少なかった。それでも一日がかりで毎日お見舞いをするのが日課となっている。

夫が見舞った日、サイダーが飲みたいというので飲ませたらむせてしまったという。

「当たり前よ、病人にサイダーなんて」

「サイダー探すのに苦労したよ、でもおいしいと喜んでくれたよ」

そういえば、私には今まで何かを欲しいと言ったことは一度もなかった。それに、なにをしてやっても、すみませんねえ、ご心配なさらず、手ぶらでおいでくださいませ、などと遠慮のことばばかりだ。うれしいとか、ありがとう、ということばを聞いたためしがない。考えてみれば可愛げがないが、私は明治生まれの遠慮の意味だと理解して以来それはそれで納得していた。

それでも、夫にサイダーが飲みたいなどと甘え、飲ませてもらったと聞くと、まるで実の親子のような姿と重なり胸がきゅっと引きつった。

そして十日目の朝、急変したと付添人に知らされ病院へ急いだ。夫は日頃

「万が一の時でもおれは仕事を休むことはできないから」

と万事まかすというのである。さらに電話に出られないこともあるから、伝言を頼むというだけで責任は持てないことを当たり前としていた。私は冷たい人と思いながらも、仕事第一で仕方ないと、当てにはしていない。

親と思って年寄りの面倒を見ると約束した以上、何から何まで一人でやらなくてはならない。そのことを苦労だとは考えてはいない。私はその重い責任を夫に任されているということはいまでは内心嬉しかった。

電車を下りると一雨きそうな寒空に、暗い気持ちがいっそう拍車をかけている。

逸る気持ちを抑え、いつもの病室の前で立ち止まると、人の気配はなく、静まり返っている。ドアを静かに開けると付添人が、

「今し方」と言った。ベッドに横たわっていた老女の顔にすでに白い布が被せてある。

最期の処置も済んだのだろうか、すでに医師も看護婦の姿もない。老人病院は人の出入りが激しい。いつも白いカーテンが引いてある四人部屋の病室にはどういう人が入院しているのか顔を合わせたこともない。家族が見舞いに来ている様子もなく、人の最期の重々しい雰囲気もない。ベッドの周りは早々と整理され、荷物のように運び出すばかりになっている。

そのベッドの傍らで、ハンカチを握りしめ泣いている姪の姿があった。

「あっ」

一瞬、今まで自分が積み重ねてきた大事なものが崩れ去って行く思いにかられた。

あれほど互いに悪態をついた間柄の身内がヨシの最期を看取っているのだ。自分はようやく家族になれたと思っていたのに。

私は、自分には尽くしても足りない、老女と身内とのかかわりの深さを思い、呆然と立ち尽

くしていた。姪が私に気がつくと、その先の大変なことは頼むというように、あわててその場を立ち去って行った。

私がそっと近づくと、小さくなった亡骸は、微かに笑みさえ浮かべているように穏やかだった。額に手を当てるとまだ温もりが残り、暖かいものが明子の胸の内を通り過ぎて行った。

自分たちがやったことは良かったのだろうか。ずっと思い続けていた。

やっぱり身内を離すことはできない。その上でいろいろ相談にのって上げることが大切だったのだろうか。

若かった自分は精一杯の考えだった。

私は気を落ちつかせると次々に、自分のやるべきことを頭の中で整理していた。

そして無事に介護から葬儀まで全てが終わってみると、老女は夫を信頼し、

「家は死んで持っていけるわではない」

という強い意思で納得して任せたのである。

しかし、身内との絆はあくまでも切らなかったのである。その見事な生きざまに私は感服すると同時に、夫と老婆との深い信頼関係に嫉妬さえ覚えたことだった。

それから数十年経った今、老後のことについては大きな社会問題にもなり、家のこと老人ホームのこと、いろいろな施設や制度、考えが出てきて、私の考えも当たり前で驚くこともない。ただ、その方法を公でアドバイスしてくれるようになっている。

夫はときどき
「あのばあさんの生きかたは偉かったな」

と思い出していた。

そして、亡くなってから　三十三年の月日が経った。

(あの老女も三十三回忌だわ)

思っている矢先のことだった。

わが家の娘達も結婚し孫も生まれ幸せに暮らしている。

平成二十六年の夏、夫が雨に打たれたのが原因か、風邪を引いてあっという間に肺炎で亡くなった。入院して二週間目、老女と同じ八十五歳、七月十七日同じ命日だった。

末っ子で甘えん坊だった夫は母と同じ名前ヨシに面影を重ねていたのだろうか。

不見箱

　昭和十一年いよいよ自分の娘が嫁ぐと決まると、あまり丈夫でない母が島に行ってくると言い出した。

「それもよかろう」

　父は引き止めもしない。

「会ったこともない人に嫁にやる」

という古橋先生、落ちつき払っているが、父母はそれなりの考えをまとめていたようだ。

　当時銀座裏に評判の八卦見がいた。娘のあたるはそっと占い師の行列の前に並び順番を待っていた。父もときどき迷うと見てもらっているのを見ていたから、自分の一生を決めるとなれば自分もまた頼っていた。ようやっと番になり小さな椅子に座ると、

「そんな島がありましたかね」

　古ぼけたよれよれの地図を広げて見せる。伊豆七島は大島と八丈島とは書いてあるが、その間の新島など名前も載っていない。小さな点だけが微かに存在を示していた。

「これですかね」

　占い師なら私に聞くこともないでしょうに、そのとき、すっとどうでもいい気持ちが体を包んだ。上の空で聞いていた。良いこと半分、良くないこと半分言って、結構な値段を請求された。

「当たるも八卦、当たらぬも八卦とは良く言ったものだわ」

これだけあったら帯びしめ一本買った方が良かった。。デパートのウインドウを横目に家路を急いでいると、後ろからどうも誰かがついてくるような気配を感じ、速度を緩めた。足早のリズムは父のようだが、知らぬ振りをしていると、

「八卦に頼ってもいけませんよ、自分の心で決めるものですよ」

父はそれだけ言うと、

「どうですか、天丼でも一緒しませんか」

と、芝居好きの父が役者のような台詞を言った。

この奇遇を断る理由はない。感謝しないではいられない。黙って頷くと、夕闇の迫った、街を父と娘で銀ぶらをしながら新橋よりの天婦羅屋「天國」に向かって歩いていた。

母はどうしてもと言って島の親戚と一緒に新島に出掛けて行って留守だった。

やがて母は島からなにごとも無かったかのように帰ってくると、なぜか

「貧乏はこわくありませんよ、貧乏はいつまでも貧乏ではありません」

と繰り返していた。

あたる自身ほんとうの苦労というものを味わったことがない。親のお膳立てした結婚にあたるは反発する理由を見つけることはできないでいた。

兄弟も結局賛成したが、親戚の叔母がひとり反対した、贅沢な暮らしをしている家だった。

あたるはよく裁縫のおけいこの教材に着物を仕立ててやったり、なにかと手伝いをさせられていた。

「あれもこれも仕込んだかわいい娘をなんであんな島に一人でやるの、母親は気でも狂ったのではないの」

母は驚きもしなかった。あたる自身若気のいたりで何事が苦労なのか考えが及ばない。不思議なことに相手になる人はひどく真面目で自分に不幸が及ぶなにか背負っているとはその時感じなかったのだろう。

いやなときはなにかピンと感じるものがある。それを受けてまで犠牲になろうとは思わないだろう。すべて未知ではあっても泣いてまで断る勇気と理由はなかったのである。

前田家は神社の境内の隣にあり新島で代々神主と地役人を世襲していたが、明治から地役人制度がなくなり、市庁長が東京からやってきていた。留守の間家を間貸ししてそれを長男の仕送りの足しにしていた。

大正元年に古い家の材料を利用して作った家はすでに屋根が悪くなり、麦藁、トタン、瓦と張り付けられていたという。

小学校に隣接している神社の境内はよく子供たちの運動場替わりでもあり、教材の場所でもあった。絵をかく場所といえば、神社の境内は打って付けのところである。

そのなかで前田家の家屋敷は絵になるところであったが、叔母は正直に書かれる絵にただ恥

ずかしく、
「そっちの方へ行って描きなさい」
と追い払うのに苦労したという。嫁をもらうことになり、ようやく全体が瓦屋根に葺き替えられ、広い屋敷には見たこともない大きな蘇鉄があり昔はさぞかし立派であったろう面影を残していた。

家は全部で七つほど部屋があり、普通の百姓屋の作りとは違っていたが、これといって家財道具がなく、日常に使う道具さえなく、夫婦の部屋に使う北側の部屋には綱が一本引かれ、それに夫の日常の着物やら洋服が畳むことなく、ぶら下がっていた。

それだけに花嫁道具の桐ダンス、鏡台、机、茶箪笥、テーブル、下駄箱、などで家の中は華やぎ、見違えるように映えた。

床の間にお花を格調高く生けると一層部屋が見違えるように優雅になった。

まだ若い嫁であっても叔母や小姑にあたる妹たちも一家の主の嫁に気を使ってくれて少しずつ島の暮らしにも慣れていったことだった。

夫健二が生まれた大正元年から昭和元年に上京する間の大正時代は前田家にとっては不幸の連続だった。そして健二が島に帰るまでは貧乏のどん底と言える。現金収入はこれといってない。僅かな部屋を貸していたものと椿の実を売ったもののくらいである、それを姉と妹で守り仕送りしていた。幸い叔父が東京に住んでいたから世話になることができた。

その様子はあたるは良く知っていた。が内情までは知る由もない。

健二の話によると、前田家にはいつの頃からか「不見の箱」なるものが伝わっているという。代々前田家の長男は神主になるために神田明神で修業して、京都の吉田家から位を貰っていた。親がいなくなり、跡取りの長男さえ亡くなって次男の健二が跡を継ぐことになったものの修業させるだけの財産は何一つ残ってはいない。

明治のころより郵政事業の責任ある立場を背負わされたことにより、船の海難のため多くの借財のため財産を失っている。それまで伝わっていた物も目ぼしいものは何一つ残ってはいない。

ただ、書いてあるものはその歴史を綴ってあるはずだ。聞いておきたいことがたくさんあったのに、今となっては先祖のことを真剣に教わることもなく当主とは名ばかりの存在になっている。

小さな体だったが意地が出てきた。

「このボロボロの書物はきっと大事な物に違いない」

これだけはだれもが手をつけなかったようだ。御内陣に入って夢中になって、煤けた書物の埃を払い、黴の生えた古い書を筵に広げ陰干しをする。

先祖の者が見守ってくれているような安堵感にふっととらわれていると、そこに姉の姿があった。

「そんなに根をつめると体を壊すよ」

我を忘れているとき食事の声をかけてくれるのであった。

健二はいつか自分の力で古文書の整理をして、これを後の世まで伝えるのが自分の使命だと考えるようになっていく。

前田家に伝わっているお宝とはなんなのだろうか。健二はこれといって目ぼしいものが残されているでもない家から現実に仕送りをしてくれている姉の苦労にはまだまだ及びもつかない。東京ではまるで息子のように学校に通わせてくれている叔父の一家の世話になりながら、その生活の苦しさにもまだ考えが及ばない。一生懸命勉強し、鉄道省に努めていた叔父の家族は無料パスがあった、そこで休みになると出掛けて行くことができた。、

それだけが楽しみでもあり贅沢な思いができた。思い切って、物日になると赤飯やぼた餅を届けてくれる小夫家の娘を誘ったこともあったが、体良く断られてしまった。そんな青春の思い出もあるが。貧しい中で健二にはなんとしても修業させて、神職の資格を取って島に帰すというのが叔父一家と島に残された姉の心意気であった。

そんな環境の中で健二は健二なりに努力していたが、田舎者と言われたくなかった。クラスでも勉強は良くできる方だった、やがて級長までやるようになり、自分でも頑張り甲斐があった。けれども無理が崇ったのだろうか。あるとき突然喀血した。

それでも内緒にしていた。

「これで、自分が死んでしまったら前田家も終わりだな」

ふっと、叔父の家の世話になりながら、都会の真ん中に佇み、どこか病院へ行ってみようかと思うが、先立つ物への心配が頭を過った。

これ以上みんなに迷惑をかけたくない。なんとか自分の力で直せないものか。苦しいほどでもない。食欲も変わることなく、叔母の作ってくれる弁当も残さず食べている。

「どうってこともない、たいしたこともない」

自分に鞭打ち自らを慰めていた。

商店外を通り抜け、そろそろ夕餉の買い物客で賑わう街をどんよりした心持ちで靴音も頼り無げに歩いていた。目の前を親子連れの姿が目に止まる。

「かあさん、早く」

と娘が母親の手を引っ張って、買い物客で賑わう人込みに紛れて行った。

「かあさんか」

なつかしい母の面影が重なり思わずその姿を追い求めていた。

自分なりに夢中で過ごしてきた都会での生活だった。まだまだ親の恋しいとき、自分は古い伝統のある家柄を継ぐことになった。寂しい思いもどこかに置き忘れていたようだった。

健二は黙って叔父の家に向かっていく。

「健二どこか悪いんじゃないの」

叔母は三人いる自分の子供と同じように、いやそれ以上に自分を大事にしてくれていることは痛いほどわかっている。

「これ以上迷惑をかけられない」

健二は黙っていたが、次の日無理やりに近所の病院へ連れていかれた。

「なんでもっと早く来ないのかと酷く怒られはしたが、病名をはっきり教えるでもない」

そのうち体調が思わしくなく、鉄道病院へ行くことになった。

「急性肋膜炎ですよ」

健二は病名に驚きショックを受けた、大きな注射器で水を抜かれたが、急に楽になった。しばらく安静し、学校も休むようにいわれ、東京で暮らす意味もなくなった。しょんぼりしていると、肋膜炎によく効く漢方医がいることを叔母が教えてくれた。

「お金のことは心配しないように」

叔母は母親のように優しい言葉だった。

それ程ゆとりがある家でもない、それどころか内職を貰って暮らしている。

健二が黙っていると、

「早く行きなさい」

背中を押すように漢方医のところに向かわせた。

本郷駒込の小さなしもたや風の医院だったが、流行っているのか、患者が待合室に溢れていた。

髭をはやし、羽織袴姿の医師はいかにも漢方医らしく健二は一目で頼もしく感じ、調合してくれた漢方薬を持って、医師の言われたとおり新学期から休み、島に帰り休養することにした。

「今大事にすればきっと治る」

という医師の言葉に力づけられたのだ。

一時は死ぬかもしれないと思ったほどの大病である。またみんなに負担をかけてしまったという負い目が健二にはあったが、そう感じさせないように姉はよく面倒を見てくれた。島の空気も気候もやはり健二には合っていたようだ。それに合わせて漢方薬は初め飲み慣れなくて苦労したが徐々に慣れ、体にも合ったのか元気になって行った。

中学四年の一学期、二学期を丸々休み三学期にようやく登校することができその嬉しさは忘れることができない。幸いなことに無事五年に進級する事もできた。

健二は新島にいた間一日中静養と言って遊んでいたわけではない。その間、体の調子をみて家の手伝いもし、ときには海に泳ぎに行っては体を鍛えてもいた。学校の勉強は教科書だけはしっかり勉強していた。

なにより健二の励みになったのは、夏休みの続きの書物の整理に時間がとれたことで、目録も進んでどうやら雨風から守ことができる見通しがついたことだった。

「人生悪いことばかりではない」

苦しい中に微かな光を見いだして安堵したことだった。

口には出さなかったが、その間の姉の苦労はいかばかりであったか。漢方薬を注文する現金の工面もまた学費よりはるかに多い額だったことも健二には内緒であった。

健二が中学五年に進級したことは誰にとって嬉しい知らせであった。

「もうしばらくの辛抱」

待ちに待っていた。

親のいない前田家が島の神社の跡を継ぐために苦労を見かね親戚が集まって親族会議をするのは当然のことであった。

昭和の初め新島でも子供の教育を考えるようになり、優秀な子供に学費を出し島外で上の教育をさせ島の発展のために役立たせるという意見があり、親のない健二には島で大事な職業である神主もまたその対象となった。

ところが親戚の代表が
「援助を受けてまで学問をすると一生ついてまわる」

と反対をし、自力でなんとかやって見るという姉に頼ることによって辞退した。

女の働きにも限度があった。苦労を見ていた親戚が集まりまた話し合いとなる。

「ところで」

と切り出したのは親戚の宮川老人であった。

「前田家には代々見てはいけないという宝物が伝わっているはずだ。聞くところによると、これは決して見てはいけないというが、このお家の一大事、もしも修業出来なければ、跡目がいない。

この際、このお宝を開けて、学費の足しにしてはいかがか・・。」

健二が修業して帰ってくればなんとかなる、それこそ先祖へのお返しもできるではないかと主張した。

その場に居合わせた誰もが無口になった。

「それはなりません」

青沼義規翁である。

青沼家は遠い先祖から大事な親戚として互いに助けあってきた代々名主の家柄である。

「私もそう思います」

梅田宋三郎は祖父真一郎の弟で梅田新兵衛家を継いだ。

兄、父母、祖母が亡くなり最後に祖父が亡くなった。跡取りとなった健二に、宋三郎は前田家に伝わることを事あるたびに一生懸命教えている。前田家の次男坊として生まれ、不見箱のことは聞いてはいたがこれは御内陣に入っている。長男以外は入ることを許されなかったから、子供のころは父から聞かされていただけだった。

一族のものはそれぞれに思いがあった。大方の者はその箱には小判か、金の延べ棒でも入っていると噂を聞きつけていた。

「これはきっといつの世か困ったときの助けに違いない」

「ならば、今がそのときではないか」

親戚の意見が別れた。

島は不漁不作が続きどこの家でも現金収入が少なく食べるにやっとである、子供の教育まで手がまわらない。そんな中で親戚とはいえ他の家まで面倒を見るというところまで余裕はない。だれもがこの際お金を皆で出し合おうとでもいわれたら困ってしまうことが目に見えている。それだけに辛い選択を迫られている。

宋三郎はなおも続けた。

「これは代々前田家に伝わるお宝で、何時の時代からか、なにが納められているのかわからない。只、大事にせよと言い伝えられている」

「不見箱」と呼ばれているように見てはいけないものを開けたらどうなるのか、先祖に申し開きができない。まして、たとえそれが跡継ぎのためであるとしても、当主の不在の中相談することなく開けるのは賛成しかねる。

「私も反対である」

青沼義規も変わらぬ態度を表したが、結局大方は宮川老人の意見に賛成し、新兵衛と八兵衛だけが退出した。

宮川老人はさっさと御内陣に一人向かっていった。

御内陣は主家の東の屋敷の隅に木造の茅葺き屋根の建物である。

茅葺きの屋根はずいぶん古いもので雨漏りがしていた。中は二分され南は御内陣、北は宝物書庫として使われ、祖先から伝わっている古文書などが仕舞われていたものの、保存が悪く、大事な書物も雨にあたりくっついたり、虫食いやらで見る影もない。健二が夏休みに帰省するたび少しずつ整理を始めた。
長男以外は入ってはいけないことになっていた。

当主のいない家は目欲しいものはすっかりなくなり、古い書類などは価値観がわからず手がつけられていなかった。健二もまたどんな価値があるものか知る由もなかった。が、ただ先祖の残してあるものは、一つでも大切に子孫に伝えたいそんな気持ちが無心に書庫へ向かわせ、暑さも忘れ、取り敢えず、内容だけでも把握しようと書き出していた。

健二は「不見箱」にはなぜかそれほど興味を示さなかった。

「大事にせよ」と言われ伝えられているだけである。猫に鰹節ではない、腹ぺこの目の前にごちそうを並べられているわけでもない、番をしていろと言われれば一生番が出来そうな代物だと思っている。現にそう受け止めていた。

健二は元気に再び学校に通い出した。

親族が心配し、「不見箱」まで開けて自分の学費にしようと相談していることを健二は知る由もなかった。

宋三郎と青沼翁は賛成しかねて退室したものの、他の親戚も賛成しているわけでもないが、力のない者ほど意見もまた遠慮がちだった。

この苦境を乗り切るには致し方ないと黙認した。宮川老人は前田家の代表として神社の見回りから家のことをよく知っていたようだった。長男しか入れない御内陣に行くと、まもなく一抱えもある木の箱を持ち出してきた。箱は煤けて黒光りしている、何時の時代、どんなものが納められているのか、前田家の当主さえ聞かされていない。金具で外核を包み、厳重に鍵がかかっている。

宮川老人が箱を振るとコトコトと音がする。八人いる親戚の目が箱に集中した。

「合鍵がない、どうやって開くのだ」

誰かの声がした。

「やはり健二に聞いてからではどうだ」

という者もいた。が、

「壊すより仕方ないな」

宮川老人の気持ちは変わりなく、自分から玄翁を用意した。宮川老人は責任ある立場とはいえ小柄で最も年長で華奢である。どう見ても玄翁一振りで鍵が壊れるには可なりの力を要するのは、火をみるよりも明らかだった。

みな一瞬、固唾を飲んで見守っていると、

「わしがやる」

大きな体でもっとも若い吉野吉太郎が自ら買ってでた。

一同この人ならという期待と安堵の中、箱の一点を見守っている。

吉太郎は一重の縞の着物の袖を角帯に挟み、握り拳ほどの玄翁を鍵に向け振り上げ、左手で抑えた不見箱の鍵をめがけて打ち下ろした。するとどうしたことか、玄翁は鍵をそれ、吉太郎の左手を打ちつけ回りに鮮血が飛び散った。

夕闇の迫った暑い夏の日のことだった。

不見箱は傷跡一つつかずそのまま元の御内陣に納められた。

この合鍵は二つあって、健二が宝物を整理したとき見つけ、別々に保管していたから、知る人もいない。


このことはあたるは夫から話では聞いてはいたが、不見箱なるものは一度も見せてもらったことはない。幸いなことに不見箱に頼るほどの貧乏を経験したことはない。


その後、自分たちの世代で不見箱に二度と手をつけるようなことはなかった。

振ればコトコト音がするという、案外石ころかもしれない。が決して只の石ころではない、それは代々前田家に伝わる、家訓の音ではないだろうか。

下町の片隅で

生活する上で基本的に大切な事は確かに「衣食住」である。しかし、それが揃ったら幸せだろうか。それがこれからの問題だろう。

昔は、住む家がなかったという。それは次男三男がいた頃のことである。日本列島今、空家が増えている。それは一人っ子が多くなり、次男三男が珍しい時代となり、親と同居をする人が少なくなった。また核家族が増えていったからではないだろうか。

父は小さい頃両親、祖父母を失い、やがて長男まで亡くなって、十四歳で家督を継いで貧しさのどん底を味わった。けれども親族のお陰で無事神主の資格を取り代々続いている直系の家柄を守った。

この伊豆七島の新島（にいじま）には代々続いている家はいくらもあり、住む家も場所も、昔から変化していない。中の住む人が変わっていくのである。

「死んで家は持っていけない」

と言われるが、家というのは確かに代々繋いでいくものであろう。それが現代は都会へと仕事を求めて行くから本家が留守になってしまう。少子化の今、地方を大事にし、家族という家を大切にすることではないだろうかと、広世は思っている。

住居だけあっても住む人がいなければ家ではない、だから住まうから「住まい」というのだろうか。故郷には家があるが、住まわなければ住まいではない。

近頃は空中のような住まいがある、見渡すと空、雲の中、そこで生まれ育っていると、地上と空中の間隔が無くなるのだろうか。あるとき小学生位の男が十階のマンションの壁を伝っていてびっくりしたことがある。まるで、ヤモリのような姿だった。

こどもの頃は裸足で縁側から庭にでて、家に入るときは敷居で足裏を擦って家の中に入ったものである。家と地面は続いていた。高層の住まいで錯覚を起こしそうなことがある。人の歩いている姿が家から見られなくなって孤独になった人もいる。


バブルの頃だった。門前仲町という町の高層住宅の六階に住んでいた。眼前に隅田川が流れ、佃島界隈が高層化された時代だった。古い佃島に住んでいた住民はそれぞれの道を選んでいた。知人牛場道子の家では、銀座にも近く便利なことから高層マンションを選んだ。何十億も手に入れ、母親と共に二十八階の見晴らしのいい部屋だった。

「お陰さまで毎日楽しいわ」

歌舞伎の好きな母親は今日は歌舞伎、明日は映画とそれは自由を謳歌していた。ところが、

「幸せって続かないものね」

一転して不幸が始まったのだ。

「どうしたの」

「それがね、怖い、怖いと言うんですよ」

彼女の母親の生まれ育った佃島は、下町の雰囲気があり、小さな家が重なりあっていて、毎朝庭先の鉢植えに水をやりながらご近所さんとお喋りをして時を過ごしていた。ところが、その地域の開発になったら一番に手をあげ高層マンション生活の新しい道を選んだのだ。

「お母さん高いところだけど大丈夫」

「大丈夫よ、こんな貧乏臭い暮らしこれでお終い」

その言葉を信じていた。

「貴方も億万長者になって良かったでしょ」

「確かに見たこともない札束の山を目の前にして嬉しかったわ、それに欲しいものはなんでも手に入ったわ」

そういう彼女の服装といい、アクセサリーといい、ピカピカに光っていた。母親はまだ元気だったから彼女はデザイナーという仕事を続け赤坂の事務所に通っていた。自由で幸せと何の不服も言わなかったのだ。それが十年もたたなかった。

「おかあさん、どうすればいいの」

「私、ここを引っ越したいのよ」

「引っ越すてどこへ行くの」

「決まっているでしょ、元の家に戻りたいのよ、ぼろ家でもかまわないわ」

彼女は言葉につまった。

「そうねえ、もう貸してしまって今あるかしら」

「あるかどうか行って見なくてはわからないでしょ」

佃島商店街の一角は土地を整理してこの高層マンションの新しい町を作ったのだった。その立ち退き料とマンションとを引き換えだったのだ。彼女はしまったと思った。

「どうしましょう」

広世こそ困っている。

「あなた、それってお母さん異常よ」

喉元まで出てきた言葉を飲み込んだ。彼女は自分が口から出任せを言ったことに困っていて、母親がおかしいとは思いつつも考えたくないことだったのだ。

「もうちょっと他の言い方すれば良かったのよねー」

という。

「ねえ、とにかくその場所に行って見たら、他になにか思い出すかもしれないわ」

「思い出されたらこまるのよ、とにかく見せたくないのよ、気の紛らわせる方法ないかしら」

「そんなー」

さすがに広世も困って、係わりたくないわと考えていた。とは言ってもほっておくわけにもいかない。

そしてバブルが崩壊した。

「ところでバブルってなんだい」

老父に聞かれたことがあった。

「泡ってことでしょ」

「なあんだ、じゃあ、あぶく銭ってことじゃねえか、そんなことは昔から分かっていることじゃ、バブルなんて言うから分からなかったんだよ、死ぬ前に聞いておいてよかったよ、はっはっは」

その笑いが脳裏を掠める。

門前仲町の住宅から月島、佃島界隈の開発は手に取るように見えた。

相生橋を渡ると月島になりその一角に住吉神社がある、昔から賑やかな祭りで知られている。この一帯では開発に反対で長いこと開発が遅れていたが、結局商店街の一部を残して開発していた。

久しぶりにもんじゃ焼きを食べに行った。小さな店がぽつぽつと子供相手にやっているような店だったが、なにか行列ができていた。

「どこに並んでいるの」

「丸いもんじゃです」

広世はもんじゃに行列と聞いてびっくりする。

「流行っているのね」

他を探しているとそこにも若者の行列があった。仕方がないので帰ろうとすると一本細い道にも、もんじゃの看板があった。あまりきれいそうでない暖簾をくぐると空いた椅子の方が多い。

「らっしゃい」

「この辺ずいぶん変わりましたね」

「やあ、変わったのはあっちの通り、ここらはちっとも変わりませんよ、そろそろ店を閉めようと思いましてね」

「それでどうするんですか」

「この一角もわずかな人数になりましてね、いまさら売るといっても纏まらないとね、当分家を改造して貸家でもしようと思いましてね」

「これからは住まいはどうするんですか」

「田舎暮らしですよ、この家はまあ、息子たちがいずれはどうにかするでしょう」

「貸していただけますか」

広世は思いつくとすぐに行動する。

「ああ、いいですよ、ただぼろ家ですよ、昔の間取りですしね」

「その方がいいんです、あまり改装しないでくださいね」

「あんたさんが住まわれるんですか」

「いいえね、前ここに住んでいた人なんですが、元の家に帰りたい・・」

「そういうもんですかね、私らにしたら羨ましかったですよ、ここは意見がわかれましてね、これっぽっちの土地誰が買ってくれますか。やっぱり纏まらないとね」

ご主人はバブルで沸いた時代を思い出しているようにもんじゃの支度の手を休めている。

「ここもいろいろあったんですね、私は川向こうの公共住宅ですが、こちらの開発が羨ましく、できたらマンションを買いたいと見ていたんですが、開発が遅れていましたね。それでとうとう郊外に行ったのですよ」

「まあ、いろいろありましたね、うちでも婆さんが反対でね、家内はこんな仕事やめて、億万長者になりたいわって浮かれてましたがね・・・」

「そうですか、お年寄りはやっぱりね」

「なんにも変わりませんでした。ただ年齢には勝てませんね、いつかはあちらに行くんですから、準備はしないとね」

「あんた、本気なんですか」

広世は本気どころか悩んでいたところだったのだ。

「真面目な話ですよ」

「あんな夢のような大金を手にし、お金があればなんでも解決出来そうな気がしてましたがね、不服のこともあるんでしょうかね」

これには広世は自分のことでないから返事に困った。

「人間無いものねだりといいますが、何をほしいのでしょうかね」

広世は久しぶりにもんじゃを突つき、下町の懐かしい井戸端会議のようなとりとめのない話を聞いていた。

「不思議ねえ、失礼だけど、もし一本向こうの道路だったら違っていたんでしょうね」

「そうなんですよ」

奥さんが乗り出してきた。

「おれに取ってはほどほどでよかったんですがね、女は欲が深いですよ」

そう言うと広世の顔を見て頭を掻いた。

広世が頃合いを見計らって「ごちそうさま」と会計をしようと立つと
「まあ、考えておきましょう」

と店の名刺を手渡してくれた。外は日が陰りはじめて風が冷たく頬を撫ぜていく。


「話して見るものだわ」

彼女にその話をすると
「それはいい考えだわ、母だってまだ自分のこともちゃんと出来るんですもの」

都会の中で変わる物と変わらない物と同居している土地、それぞれの人生を歩んでいく。

佃島の一角、小さな二階建ての店構え、店を改造し細い路地の前に鉢植えの朝顔に水をやっている老人、あのお洒落はどこへ、あっぱっぱを来て、首に手拭いを巻いている。


佃島にいた近所の友達がやってきた。

「よく帰ってきたわね、わたし、とうとうがんばってここにいたのよ」

「会えて嬉しいわ」

「中に入って」

　上がり框に二人は並んでいつまでも昔話に花を咲かせている。


「広世ありがとう」

「どういたしまして」

「あなたのお陰よ、マンションは高い階層の方が高くて良い部屋なのよ、だから一番高い所を選んだのよ・・・それが返って良くなかったのかしら」

「でも先立つ物がなければね、でもよかったわね、あのときお金が手に入って」

「バブルのお陰よ、良い時代だったわね」

「でもほんとうに直ぐにバブルが崩壊したのよね、まあ、私には関係なかったけど」

「そうなのよ、運が良かったのかしら、遠回りしてまた振出しに戻ったけど、それもバブルのお陰よね、先祖が残してくれた僅かな土地がこんなことになるとは夢にも思わなかったわ」

「毎日毎日、下に降りたいの、人恋しいの・・・」

「贅沢といえば贅沢のことよね、年金生活では生活ができないの、仕事がないのと生活保護の方が沢山出てきたんですってね」

「バブルを一度も味会わなかった世代なんて言ったり、世の中どんどん変化して行って、追いついていけないわ」

「でも、変わらない物もあるわね」

「そうなのよ、どんなに衣食住に不自由なくても・・・」

「お母さん、なにが欲しいの」

「もう、なにもいらないから昔のお友達がほしいの、人恋しいのよ」


母の言葉が切なかった。

「広世、あなたのお陰で奇跡が起きたのよ、ありがとう。」

道子の母親は間もなく亡くなったが幸福そうな笑顔が忘れられないという。

何事が変わったわけでもない、巡り巡って元に戻っただけであるのに・・・・

衣食住足りて、人は何が欲しいのだろうか。

第三部　随筆集

この世に生を受け、時の流れに身をゆだね、さまざまな
場所で人と出会い、人と交流し、人を見送ってきた。
その道程で、私の中に湧き出した言葉が、小説となり、
随筆となり、さらに止め処もなく「今」が流れ続けていく。

伊豆諸島紀行1「伊豆大島」

島のはじめは大島よ～と島節に歌われているように、大島は東京から百キロ離れた伊豆七島の最初の島である。

また大島は地理的に伊豆半島に近く、季節風の西風が避けられ、そのためか他島のように天候によっては交通手段が全便欠航で孤島となることはめったにない。他島は今でも天候に左右され予定通りにいかないこともままある。それでも、昔に比べたら船も大型になり欠航も少なくなり、船酔いする人も見かけられなくなった。大島は交通の便利さもあって一度は行って見たい、行ったことがあると知れた島でもあるが、新島出身の私にとっては通過点であり、隈なく見物している島ではなく、むしろ帰島するたび竹芝桟橋で乗船するとき「本日新島行きは条件付き出航」と出ているため大島止まりになったらどうしようかというトラウマになっている。

現に新島を通過して神津島まで行き、また大島に戻ってくるが、結局振出しの竹芝に戻って来ることになる。冬の荒海を生きた心地のしない思いをしたことがある。

都会暮らしを始めると親の死に目に会えない覚悟だが、祈る思いで乗船することもあった。全て船長の判断まかせである。

長い人生の中で何百回と船に乗っているが、昔の船長は勇気があって上手だったと母から聞いたことがある。確かに、昔の船は小さかったがかなりの波の日でも着岸し、東海汽船で船の事故は今までに聞いたことはない。島育ちの身には好むと好まざるにかかわらずお世話になっている乗物である。そんな中での青春の思い出は、寄港地の大島の港を出航するたび、たくさんのテープが投げられ、島のあんこさんが見送ってくれ、都はるみの、

「♪三日おくれの便りをのせて～」

と、あんこ椿の歌が流れる。それが大島のイメージである

また、大島では多くの椿の種類を植樹していてその種類も数も多いと聞くが、山に自生している島椿が散った赤い絨毯に魅せられたことがある。

冬の空は青く澄み、伊豆半島に見えた富士山の大きさも印象的であった。こういう日の海は荒い。遠くに見える我が新島はその日は欠航となったのである。三日遅れの便りは実感である。そして昭和六十一年三原山の二百年ぶりの大噴火で全島避難したことは大きな驚きであった。溶岩が町まで迫り、夜空を赤く照らしていた。そのとき誰一人犠牲者の出なかったことは奇跡的なことであった。それでも大島の人々は噴火を恐れず、御神火様のお陰、と三原山あっての観光大島として栄えている島である。

ところが、残念なことに、大島は、平成二十四年十一月異常気象による豪雨のため大きな災害に見舞われた。同郷の知人夫婦も亡くなり他人ごとではない災害だった。また、平成十二年に新島でも地震で大きな被害を受けた。その時多くの温かい支援をいただいていたこともあり、

同郷一丸となって渋谷駅の街頭で支援をお願いし、多くの協力者に感謝したことだった。また全国のお力添えもあり、翌年、大島椿祭りをいち早く開催することになった。その負けない前向きで底力のある島は、今後も観光大島として発展することと思う。

ただ、御神火様は昔から繰返し噴火をしているが、噴火による多くの犠牲者を出したことはあまり歴史にないことだという。三原山の噴火は自然現象と受け入れられ、また神として崇められ、それが観光の目玉として島人と共にあった。ところが、先年、豪雨によるがけ崩れは天災だけとはいいきれない、どこか人間の奢りが事を大きくしたようで気にかかる・・・。災害は忘れたころに・・・という。他人事ではない、教訓としたい。

伊豆諸島紀行2「利島」

利島は「としま」と読み、伊豆諸島の大島の次の島である。周囲八キロの円形の小さな島で東京から南へ一四七キロの位置にある。私の住んでいる新島から一〇キロほどで、五千年前に中心から噴火した三角形の形をした島で、山頂は雲がかかっていることが多い。

ある年の梅雨入りの最中、珍しく穏やかで快晴の日だった。初めて、島の自然愛好会の仲間十三名で漁船をチャーターして利島へ行くことになった。途中無人島をいくつか眺めながら、スピードを上げ、大型船で五十分ほどかかるところを三十分で利島港に到着した。

利島はのっけから急斜面で段々畑のように家が建っている。道路は舗装されているが狭く、勾配がきついうえに急カーブで車の運転は初心者にはとても無理そうだ。その道の両側に、漬物石ほどの丸い石を綺麗に並べた石垣が組まれている。自然の苔むした石垣がなんとも懐かしい風情である。家々の周りには古木が多く、小中一緒の学校には大人四人で抱えるほどの大木の松が高く聳え、形よく枝葉を広げている。風よけになったり、学校のシンボルとして子供たちを見守っているようだ。立派な校舎には全校で十三名だという。

人口は三百人ほどで、港のある地域一帯にまとまって暮らしている。

早速、一行は、自然観察の目的で地元の人の案内で頂上の宮塚山に登ることになった。島の西側の都道から旧道へ入ると山はこれまた段々畑のような椿の山になっている。椿の花は晩秋から春にかけて咲く、力尽きると花はぽとりと落ち、椿の下は、赤いじゅうたんで敷きつめたようになる。秋に収穫するが、殻が弾けて黒い実が落ちてからそれを拾うのが利島の方法だという。今の季節、椿の山の手入れをしている人が目につく。電動草刈り機を使い、刈った下草や、熊手で掃き集めた落ち葉をその場で燃やし、山のあちこちから煙が立ち上っている。地下水に恵まれないというこの地は、山の斜面を利用して簡易水道貯水池を作ったり、海水を淡水に換えたりと水が貴重な土地柄だと聞く。山火事になったらどうするのかと心配するが、燃やした火の後始末をしている風もなく、盛り上がった燃えかすがそこここで燻っている。作業している人の動じない姿をみると、先人からの知恵を知ってのことなのだろう。

それにしてもどこを見ても椿、椿の山で驚く。実を拾って集めてから、いまはトロッコで舗装道路まで運び出しているようだが、昔は急な山道を人の力で運び出すのは大変なことだっただろう。椿の成長は遅く、大木になるには年月がかかるから、大きな島の椿の木を見ると、ずいぶん古くから生産されていたことが知れる。それだけに一朝一夕には成り立たない島の大事な生業のようだ。こうして収穫した椿の実が油になるにはまだ手間隙のかかる工程があるようだが・・・。

そんな苦労を思いながら、椿山の山道を歩くこと一時間で伊豆諸島の見える島の南側の南ケ山園地へ着いた。そこには穏やかで広い淡い藍色の初夏の海が広がっていた。目の前には新島、その奥に重なるように式根島、神津島、遠くに三宅島、御蔵島が見え隠れしている。

「こんな穏やかで霧のない日はめずらしいですよ」

案内人が言った。

絶景の場所で一服すると、いよいよ山頂を目指す。神山と崇められている宮塚山に登る中腹には、何カ所も山の神様が祀られこの島の人々の信仰の深さを感じ入った。ここから先、昔からの原生林で、道は急に狭く倒れた枝が覆いかぶさっていることもある。山道から、新島では見られないような大きなシイやタブの木が目につく。足元のアザミやアシタバものびのびし、トシマユリの大きな蕾がふくらんでいた。落ち葉が積み重なった道筋は晴れている日なのにヒンヤリとして湿気を帯びて滑りやすい。思ったより歩きにくく、しりもちをついたり、坂道をすべり落ちたりと散々な目にあったが、もうすぐ頂上と知らされると後戻りもできない。静けさの中で、ときにはホトトギスやウグイスの声を聴きながら、黙々と頂上をめざす。

あまり人の入らないこの地は、絶滅危惧種の動植物の貴重な繁殖地でもある。地元の人は大切に見廻りをしているという。ようやく五〇七㍍の山頂に着く。山頂といっても案内板があるだけで、その位置からはなにも見えない。頂上の周りの見上げるほどの木々には、白く細い五弁の花びらを持つ可憐なセッコクの花がびっしりと今を盛りと咲いていた。その芳香が辺り一面に漂い、人並みに山歩きの幸せを味わったことだった。

近くの展望台から遠くに浮かぶ大島や港の方角の緑の中の人家を眺め、帰りは島の北東側から、円形の島内を一周するようにして全員無事下山した。

その夜、こんどは思いがけず、今頃の時期だけ見られるという、小さな光を放つ珍しいキノコを見に車で案内してくれた。街灯もない曲がりくねった山道を車のライトを頼りに秘密の場所に向かった。車の行く手を夜霧が走っている。まもなくどこか、霧の山中に車を止めると夜風が冷たい。

明かりを消すと闇夜になった。その闇の中の古木の椎の幹に生えた小さなキノコが光りを放っている。光の色の特徴を表すのはむずかしいが、夜空に星が瞬いているように、そこここに何十何百もの小さな光が点滅している。これがシイノトモシビタケだという。静寂の中に見たこともない神秘な世界が広がっていた。

利島は新島から見える距離でありながら、外から眺めているばかりだったが、こうして地元の親切な案内によって貴重な自然が残された未知の利島を知ることができた。

自然を守りながら、昔から変わらぬ生業を守っていることも知った。また、日頃当たり前に使っている水道水だが、利島の人はいまでも水を大切に上手に使うのだという。さらに、この島では、落ちている一粒の椿の実も粗末にしないで拾うのだとも聞いて感銘をうけた。利島周辺の海は荒く船の接岸が困難で、とくに冬場は欠航することも多く、絶海の孤島となる。物を大切にする土地柄はそんな厳しい生活環境のせいだろうか。

駆け足で一部の島巡りだったが、この島もご多分にもれず、少しずつ開発が進み、自然の綻びが始まっているようだ。これから先もあの宝の山を受け継いでほしいと願いながら、次の朝は、叩きつけるような雨の中、東海汽船の大型船で利島を後にした。

伊豆諸島紀行3―1「新島　隣り島―式根島」

式根（しきね）島へ何年ぶりかで出かけた。

新島、式根島間を毎日三便往復している高速船に乗ればおよそ十分で着く。昔、新島と式根島は陸続きで、さじま街道と呼ばれていた浅瀬を歩いて渡っていた。

元禄十六年の大地震で分離したと言われている。

周囲十二キロの島で、現在人口五百八十八人、行政上は新島村式根島地区である。島を地図で見ると、北海道に似た形をし、新島から眺めると、島は海抜七、八十メートルほどで森に囲まれた台地が続く長方形の形をしている。

式根島に近づくと、島の周りの海岸線が複雑に入り組み、岩場が多い。岩には自然の松が形よく生え、その景観が松島に似ているため、式根松島とも呼ばれている。海中の岩場から質のいい温泉が沸きだし、潮の満干によって温度が調節される珍しい温泉で、昔から湯治場として知られている。自然の入江を利用した港が、漁業を盛んにし磯は恰好の釣り場になっている。そのうえ温暖で過ごしやすい島である。

式根島には明治の中頃まで人は定住していなかった。

新島は徳川幕府の直轄地であったが、田圃がないため、塩年貢を上納していた。そのためか土地の管理があいまいのところがあって、厳しい検地もなかった。

新島では、昔から為政者が土地を独占することがなく、一世帯ごとに屋敷、畑、山を等分に分割し、くじ引きで場所を決め分け与えられていた。地主も小作人もいなかった。近年まで、土地を売買する風習も土地争いもなく、おおらかな土地柄だった。

式根島の周辺の海は昔から新島の漁場として大切であった。また江戸時代の一時期、新島の塩焼きの薪が追いつかず、式根島の釜下海岸で塩焼きをした時代があった。それ以来島全体の山の植物を守り、新島が飢饉のときに備え無断で荒らすことを禁じ、また採集の口開けについては厳しい掟が定められていた。違反すると、役所の草取り、赤い着物の着用、坊主頭が強制されるなど厳罰に処せられた。

明治時代になり、土地制度の近代化の中で、神奈川県に居住していたある富豪が式根島の払下げを願ったことがあった。

新島にとって、入会地的性格で大事な「くら」の役目をしていた、式根島を独り占めしようという島外者に、島民は驚いたのである。

島は皆の物、その島民気質が島外の人に売買することを許さなかった。島民あげての反対が紆余曲折の後、ようやく認められ、明治五年式根島は新島帰属の島となった。やがて明治二十二年、式根島移住の許可が降り、初めて四家族六名が移住し、その後徐々に人口が増え、生活の基盤が出来て行ったのである。

式根島には、昭和三十年代から四十年代にかけて、電気、ガス、電話も引かれたが、水は井戸を掘っても塩分が多いため飲料水に適さなかった。そこで、どこの家でも、天水を利用し、大きなタンクに水を貯蔵して使っていた。

昭和五十一年に海底送水施設が完成し、地下水の豊富な新島から送水し、簡易水道による給水が開始された。ようやく都会並の文化的な生活ができるまでになった。

終戦後間もない昭和二十一年のことである。当時、電気、ガスもない式根島へ、私の父の妹が嫁に行った。

叔母が嫁に行った当時は、苦労の時代を乗り越えようやく、明るい兆しが見えはじめた頃でもあった。物のない時代で花嫁道具も持たせられない。父は、両親を幼くして失った妹を不憫に思っていた。山の楠を伐採し、大工に頼んで、茶箪笥を作ってもらい、嫁入り道具の一つに持たせたという。

その後、叔母家族は子供の教育のため上京した。こどもたちも家庭を持ち、叔母も亡くなった。叔父は、東京と式根島を行ったり来たりの生活をしていたが、叔父も亡くなり、式根島の家も空家になった。それからは従姉妹も生まれ育った式根島を大事に行ったり来たりしていたという。早速今年の大型連休を利用して、東京から式根島にやってきた。

日頃従姉妹と付き合いのある私は、久しぶりに新島から式根島を訪ねたのであった。

何十年振りだろうか。叔父の家へ一歩足を踏み入れたとき、どこか懐かしい不思議な気がした。古い木造の家は、天井が高く基礎もしっかりしている。縁側に面した障子や、上がり框のある玄関、床の間や書院作り、洒落た水屋、そこここに手作りの良さが残されていた。家の片づけを手伝って行くうち、神棚、仏壇、囲炉裏と日本の佇まいの姿がいっそう落ちついた雰囲気を醸し出している。ふっと、座敷に据えられている茶箪笥に目が止まり、これが大事な叔母の花嫁道具の茶箪笥だと気がついた。こどものころは何も知らずにその部屋で遊んだこともあったが、いまでもこうして家族が大切にしている心根が伝わってきてうれしく思ったことである。

そして、私は久しぶりに従姉妹の案内で式根島を散策した。

式根島は、島の中心から名勝地として知られる大浦海岸、泊海岸、そして神引山など、どこへでも歩いて十五分ほどで辿り着く。その一部では自然が破壊されていたが、それでも、人々の暮らしの中で、道路は広げられたが、家々が自然の樹木に囲まれ、昔ながらの森がある。東要寺という寺の天然記念物のイヌマキやナギの巨木や民家の庭先の桑や桜の大木も守られ、新緑に萌えていた。道端に色づいた紫色の桑の実を取って口に含むと、忘れていた島の味を思い出していた。

従姉妹と島をのんびり歩いていると、あの人もこの人も知った人、繋がりのある人で声をかけたり、かけられたりで、心和んだ。

親戚の家に立ち寄ると、九十六歳になる叔父の姉にあたる老婆が庭の涼み台で近所のお年寄り仲間と午後のひとときをくつろいでいた。

私は式根島の塩の話を父から聞いていたが、おふくという女性の話の続きがわからなくなっていた。お年寄りたちに尋ねると、それはこうだこうだと教えてくれる。そして今でもお神楽や盆踊りの時に歌われているが、新島ではこう歌っているが、式根島は、こうだと話が弾んだ。しまいには歌まで飛び出し、あわてて歌詞のメモを取っていた。

私は、その日、連絡船の最終便で新島に帰ることになり、先を急いでいると、お年寄りの一人が、

「そういうことは、あんたのお父さんが一番良く知っていたのに、今になって・・・。」

と笑いながら

「また、いつでも来なよ」

と声をかけてくれた。

いままで式根島は新島から眺めるだけであった。島の中に入ってみると、まだまだ、自然や人の素朴さが残されている貴重な小島だと実感した。

私は今更ながら、先人たちがこの島を手放さなくてよかったと、その先見の明と苦労に改めて感謝したことだった。

伊豆諸島紀行3―2「式根島の貧乏荘？」

ある時、隣りの式根島に釣りにでかけたときの話である。

私の住んでいる新島から、式根島には、一日三往復している連絡船に乗れば十分で着く。行政上は新島村式根島地区であり、同じ島だが、今まではあまり出掛けることはなかった。

叔父が住んでいた家が、晩年三宅島の被災者に貸してあったところ、その家族が三宅島に帰島し、空家になった。

叔父は、私の父の妹の夫で、叔母はすでに亡く叔父も昨年亡くなった。島外に住んでいる娘の従姉妹が、古い家だが手入れして、これからは父親のように、故郷と都会を行ったり来たりして、老後を暮したいということになったという。そこで、長年親しくしている従姉妹から、近くに住んでいる私に
「こちらの釣りと温泉もいいわよ」

と声がかかり、喜んで手入れの済んだ家に泊まり掛けで出かけて行った。

平屋の木造建築のこの家はもともと別荘として使っていた家らしく、どこか洒落ていて床の間、書院作り、囲炉裏、縁側など昔の懐かしい雰囲気も残されている。

もともと叔父はきれい好きで物を大事にする人だった。戦後間もない物の不自由な時代の叔母の嫁入り道具の一つ、手作りの茶箪笥も昔のまま座敷に据えられている。

また、式根島は家の周りに緑が多い。高台にあるこの屋敷にも椎や松、桜が枝葉を広げ、野竹がさわさわと揺れてている。真夏の強い日差しの中、ここには爽やかな風が通り過ぎ、自然のクーラーとなって凌ぎやすい。式根島は新島と違い、海岸線が複雑に入り組み、岩場が多い。岩には自然に松が形よく生え、その景観は式根松島と呼ばれている。また自然の入江を利用した港が漁業を盛んにし、磯は恰好の釣り場として知られている。


その日、さっそく楽しみにしていた釣りにでかけることにした。ところが、用意してきた釣り道具で近くの釣り場にでかけようとした矢先、水汲みのバケツを忘れてきたことに気がついた。

叔父は、長く都会で暮らしをしていたが、島で生まれ育った人で、島独特のブダイ釣りを楽しんでいたようだった。物置には珍しい釣り道具が残されている。物置を探してみると同じような長い紐のついた水汲みバケツが見つかり借りることにした。

ついでに普通のポリバケツも一つ借りようと手に取った。すると、ずいぶん使いこなしたブルーのバケツには達筆な字で何か書いてあるのが目に止まった。

叔父らしいなと思いながら目を凝らすと「××荘」と三文字が見える。が、ところどころ消えかかっていて、なんと書いてあるのかよく読めない。「荘」という字だけははっきり読めるが、ここの家の名字でも屋号でもない、はて、「浜荘」でも「はまゆう荘」でもなさそうだ。

なんと読むのだろう。

そう思いつつ、他人のバケツを拝借していて、

「もし、それうちのバケツ・・・」

と、言われかねない。確かな叔父所有の証拠がない不安が過り、急いで名前の書いてない他のバケツに変えた。こうして素人は釣り一つに段取りが悪く準備に手間がかかり、ようやく道具が揃い、釣り場に向かった。

家から歩いて十分ほどの足つき温泉の近くの防波堤の釣り場は賑わっていた。

この辺の温泉は海中の岩場から温泉が沸きだし、潮の満干によって温度が調節される、珍しい露天温泉である。観光客が水着姿で釣りをしていた。ちょうど沖から大きなサバの大群が波音を立てながら押し寄せ、入れ食いである。サバは引きが強く、尻尾に糸が絡まると外すのが大変になるが、釣り応えがあり面白い。少し浮き下を深くすると、小振りのカンパチもかかってくる、お目当てのアオムロも釣れた。さすが釣り名所である。新島の防波堤ではこうはいかない。

夕方になると仕事帰りの島の人が釣り場に顔を出すが、小物には目もくれない。もっぱら外

野でアドバイスしながら、見物を楽しんでいるようだ。また、釣り場が多いせいか釣り人がおおらかで、観光客も水着で楽しんでいる。

その日、久しぶりの釣果は上々で、松林の景色の中を心も軽く家路に向かったことだった。泊まってみると、木造のこの家は天井が高く風の通りがいい、月明かりに障子に写る野竹がゆれて夜風が心地良い。島育ちの私は古風の家の方が落ち着くが、そういう古い佇まいの家は近頃見当たらなくなった。

式根島は明治の中頃まで定住者はいなかったから、開島百年を迎えてから幾年も経っていない、歴史の浅い島でもある。物置を整理してみても古いお宝は出てこない。むしろ、粗大ごみとして捨てられそうな物が大事にしまわれている。件のバケツも色あせてとうに捨てられそうだが、使うに不自由はない。

何と書いてあるのだろう。

私は再びバケツの文字が気になった。手に取り、よごれを擦ってみたり、逆さにして見たりしたが、消えかかった文字は読みにくい。すると、光の加減で「貧」という字が微かに浮かんできた。そのとき、叔父の、日頃は寡黙だが、ぽろっと零れる機知に飛んだ一言が、私の中に「貧乏性」と重なった。そう見ていると、次の文字が「乏」と読めてきた。

三文字続けると「貧乏荘」となる。見慣れない、文字を何度も読み返したが、やはりそう読める。

この家は「貧乏荘」か・・・。

人前で口に出すのはちょっと恥ずかしいが、私は妙に納得した。

露天温泉に浸って夕焼け空を仰いでいたら、ふっと、大柄で、浅黒く、どこか武将のような面立ちの叔父の笑顔が脳裏に浮かんだ。

そして、可笑しみと悲しみと懐かしさが入り交じって胸が熱くなった。

伊豆諸島紀行4「神津島」

念願が叶ってようやく、平成二十六年十月上旬神津（こうづ）島を訪ねることができた。

伊豆諸島の一つ神津島は、故郷新島から二十キロメートル、東京から一七八キロメートル南の太平洋上の位置にある。新島から眺めると式根島と重なるように見え、島の南側の温泉からは真近に迫っていつでも行けそうに思えていた。ところが、案外その機会はなく大型客船は目的地を通り過ぎ、神津島港まで行ってはまた振出しに戻ったりして、結局、神津島へ上陸して島内を見学したことがなかった。今年こそ、今度こそと思っていたところ、神津島の方から「案内しますよ」との声をかけていただいていたので、天候不安の中、思い切って出かけて行った。

新島から大型客船かめりあ丸で神津島港に着くと役場を退職したという朴訥そうなMさんが迎えにきてくれていた。

早速新しい建物の中の「NPO法人神津島観光協会」に案内され、一応島の様子を知る。私にとっては、天上山の登山が第一の目的である。そこで、途中まで車で行き、三時間ほどのトレッキングコースを選んだ。宿に荷物を置き、昼前、ザックにスニーカー、ヤッケ姿に着替え、山登りの支度をし車で白島登山口まで向かった。ここから山道に差しかかる。登り口に置いてある杖を一本借り、ベテランガイドMさんと登山者一人の贅沢な登山を開始した。山に慣れたMさんの足取りは軽く、付いて行くのに、始め息切れしたが、徐々に日頃の散歩が役に立ったのか、楽になっていった。

人が一人歩ける程の急な山道を登って行くと、やがて視界が開け、草木が低くなって石山となる。眼下に神津港が見え、また目の前にはいくつもの山が連なり、その岩山に囲まれた窪地の回りがこれから一周するコースのようだ。天上山とは頂上に向かって一直線の山道の先ではなく、広い台地にはいくつもの小さなピークがあり、その最高地点が五七二メートルで全体が天上山という。

四季折々の花が咲き、花の百名山にもなっていて、特にツツジが満開になると見事なようだ。あいにく花の少ない季節の中で、黄色いワダンやイソギクが彩りを添えていた。遠くから眺めていた天上山は凹凸がない稜線に見えていたから登ってみて、その変化に富んだ景観には、驚いたことだ。岩山を登っていくと思ったら、こんどは砂漠のような白い砂地を歩き、上を見上げると噴火で吹き上げられたままの大きな岩が重なりあっている。ときには落ちてきそうな場所もある。その日天候は二十七度、曇り時々晴れ、北東の風が強かった。小一時間ほど歩いて行くと、やがて不動池という小さな池に着く。この島は湧き水が豊富で山頂にも小さな池がいくつもあるが、この池がもっとも大きいようだ。池の傍の祠の前には鳥居があり、池に石橋がかかり、こんもりした中州に龍神が祀られているという。池の中の岩には苔が生え水が澄んで清々しい。一帯は木々に囲まれ、静寂の中で野鳥の声が聞こえる。登山客にとってこの自然の織りなす景色はしばしの憩いの場所である。一休みするとまた岩山、砂漠、展望台と登山道を登り下りしながら三時間ほどかけて台地を一周し、最後のころやっと天上山の最高地点に到達した。

やがて、元の登山口に戻る山道の山側は「不入ガ沢」といって大きな窪地になっている。展望台からは太平洋の大海原を見渡すことができ、遠くは富士山、伊豆の島々が見え隠れしている。もともと神津島とは神代の時代伊豆の神々が集まったところという名前の由来があり、この場所で伊豆七島の神々が水を分ける相談をしたと伝えられている。そのため「はいんないが沢」と言って神聖の場所になっているようだ。

一方谷側の神津沢は崩れやすい岩場の断崖絶壁になっている。ここで滑落したら助かりそうもない山道で、鉄柵に鎖が張りめぐらされていたが、その間からすり抜けそうな粗い間隔で、近寄るのも怖いが、風が強く、鎖に掴まって前へと進んだ。なんとスリルのある場所か、他のルートがあったら変えてもらいたいところだが、一周コースだったから避けては戻れない山道だったのだ。ようやく元の白島下山口に辿り着き、ほっとため息をついた。岩場を下るといつの間に風は止み、遠くの海も穏やかに凪いでいた。

「天上山は良いところよ」

島の友達からそう聞いていたが、どう良いところなのか想像がつかず、高々五百数十メートル、新島の山とそう変わらないだろうと思っていた。ところが、いざ登山してみたら、手付かずの広々とした天上山の台地は岩あり、砂漠あり、池があり、花や草木が楽しめる自然の残された、魅力的な山だった。だが、中高年にとっては決して油断出来ない山でもあって、ベテラン案内人のお陰で自然の良さを満喫しながら無事下山することができた。下山してもまだ明るく、宿への時間もあって、島内を案内してもらった。観光といえば温泉、グルメ、釣り、海水浴、など神津島も新しい観光の名所ができていて、それなりに楽しめるようになっていた。他とどこか違うのは、同じイベントやモニュメントでも自然の中に調和し、神津島という土地柄を生かし、神話や伝統精神を取り入れているところに特徴があるように思えた。

神津島は平成十二年に大きな地震に見舞われ、神社も多大な被害を被ったが、境内は綺麗に掃き清められ、本殿も拝殿も赤い瓦で葺き替えられ地震の爪痕はどこにも残されていなかった。多くの援助協力によって再建できたという。地震での被害は不幸であったがその頃より、観光が大きく変化して行ったようである。

その日、燃えるような大きな夕日が沈む頃、宿に着いて、一日の予定は終わりを告げ、翌朝、新島に帰ることになっていた。

ところが次の朝、定期船かめりあ丸は上り便新島経由は欠航となり、神津島から大島経由東京行きになるという。東京に行くかもう一泊するかということである。とにかく港まで行ってみる。やはり欠航である。また案内のMさんにはお世話になる。観光シーズンも終わりひっそりした港の観光協会で島の人と雑談をしていると、

「やらずの風が吹いたね」

と笑う。

北東の風、波三メートルは普通欠航するほどの天候ではないのだが・・・その点神津島には西と東に港があり、どちらの風にも対応できるが、新島の場合北東の風に弱い吹きっさらしの港である。その対応の遅れか・・・いや、この季節神津島から新島へのお客は少ない。もしかしたらそのせいかもしれない。そんなことを勘繰りたくもなるが、しかたがない。目の前に見える島でも、そこが陸地の旅と違うところで、もう一泊することにした。

さておまけの一日をどう過ごすか・・・おかげでゆっくり島内を見学できると気持ちを切り替えた。

足の向くまま島内を散策していると、この島は平地が少なく人家は西側の一つの地域に纏まって建っていて、水の流れの少ない川があった。その昔は川を隔てて仲違いをしていたとか・・・また、漁の盛んな神津島の人の言葉は荒っぽく、時には喧嘩しているように聞こえたものだった。また、段々の土地柄で家と家がくっついていて庭があまりない。そのためか、何度か大火事にあい、貴重な古文書などが焼失し過去がわからないとも聞いていた。それでも、資料館にいくと島の生活品や、遺跡の資料が揃っていて大きな黒曜石や土器が飾られ島の歴史の古さが理解できる。現代の島は、公共施設が立派で人口二千人程のわりに充実している。道路や港も整っ

て良く清掃され観光産業に力を注いでいることがよくわかる、地図も見ないで道に迷っていると子供やお年寄りが親切に教えてくれる、その言葉は耳に残っている荒いイントネーションの方言とは違い、素朴な言葉であった。

再び前浜海岸の港にもどると、入口のところに記念碑があり、足を止めた。

御製

「幾すじも　崩落のあと白く見ゆ　はげしき地震の　禍うけし島」

平成十三年七月二十六日

平成十二年、新島・神津島沖地震がおきた。その翌年、天皇皇后両陛下が新島・神津島をお見舞いに来られたことがあった。そのときの御製の記念碑であるようだ。

この行幸啓は新島、神津島を日帰りされたお忙しいスケジュールであった。そのときの神津島で皇后陛下が保育園児とにこやかに話されているスナップ写真をある人からいただいた。

「園児たちにとって後に良い記念になりますね」

と・・・その後どう成長されただろうか気になっていた。いつか神津島に行く機会があったら、その少女に手渡したいと、手帳に挟んで持っていた。

案内してくれたMさんにその写真を見せると、幼い頃の写真に今一つピンとこないようだった。が、その時の様子は島の人々に強い印象があったようで、昔の保育園の先生のところに行ってみたり、そば屋で聞いたりとしているうちだんだんその園児たちに近づいてきて、会話している園児はどこどこの娘で今は東京に出ていて高校二年生だとわかった。そこでMさんに写真を託すことにしていた。

御製の記念碑にふれ、あの頃の新島でのもろもろのことが蘇ってきた。

二日目の朝、船は条件つきながら出航するようだ。港まで送ってくれることになったMさんが迎えに来てくれた。そして

「その前に一緒に行った方がいいから・・・」

と心配りをしてくれ、大きく引き伸ばした件の写真を持って少女の家を尋ねることにした。

留守番をしていたお年寄りにその写真を見せると「うちの孫だわ」と顔を綻ばせ、とても喜んでくれた。なにやら、こちらまで心温まる思いで港に向かい、栈橋で乗船を待っていた。すると、先程のお年寄りが「貴重な写真を・・・」とわざわざお礼に栈橋まで駆けつけてくれたのである。私は一枚の写真を巡る島の優しい心根に、今まで、近くて遠い神津島が、ぐっと近づいたような気がした。

帰宅して神津島の観光パンフレットを広げていると「「神」「自然」「人」「三位一体のパラダイスアイランド　神津島」というコピーが目に入った。一寸オーバーの表現だが、なるほど・・・。と納得したことであった。

伊豆諸島紀行5「三宅島」

三宅（みやけ）島は東京から南に百八十キロメートルで、新島からは南東に三十五キロメートルと近い距離だが、直接の航路がないため東京から行ったり来たりする。新島からは近くて遠い島である。伊豆七島巡りをしている私は残りの三宅島と八丈島を平成二十七年（二〇一五年）の三月に訪ねた。

平成二十六年六月に新しい大型船橘丸が就航した。橘丸は昔の懐かしい思い出のある名前の船で一度ぜひ乗って見たいと思っていたが太平洋のまっ只中の冬の海は自信がなかった。ところが日和を見ていると三月の海にしては穏やかな予想で案外行けるかなと計画した。直行便で竹芝桟橋を夜十時半に出航すると、三宅島に朝五時には着いた。

日頃は船底の二等船室で、じっと耐えていたが、この度は初めてこの新造船の特等を予約した。船室はビジネスホテルほどで、海外の豪華客船の一室のようで快適でゆったり船旅ができた。

三宅島は周囲三十八キロメートル、面積五十五・五平方キロのほぼ円形の島で、島の中央の雄山は標高七七五メートル、その火口の深さは五〇〇メートルと深い。度重なる噴火で今なおガスの出ている活火山である。

島には一周道路が整備されその道路沿いに人家がある。新島と縁のある方が三宅島を案内してくれた。近年平成十二年の雄山山頂の噴火では、全島疎開して今年は帰島一〇周年にあたる。それ以前昭和五十九年、昭和三十七年と二十年毎に噴火を繰り返している。その爪痕は深く、阿古地区では小学校がそのまま溶岩に埋もれていたり、また坪田地区では原始林に囲まれた椎取神社が御神体をお移しすることもままならぬまま屋根まで溶岩が迫っていた。近くには新しい神社が再建されていた。こうして三宅島は噴火とともに厳しい歴史があったようで、特に阿古地区に神社が多いのはそのせいではないかと地元の人々の声であった。

三宅島は古事記や日本書紀、また三宅記、島々の縁起などによると三島大明神の事代主命の后や子が祀られている神社が多く、また、噴火に関する神社、国地から勧請したもの、航海、氏神、若宮、八幡宮と沢山の神社のあるところである。残念なことに噴火を繰返し、また、島外への疎開などで、神社が荒れ、復興再建に苦労が伺える。島民もまだ祭りとしてなかなか一つになれないのが現状のようである。

噴火の影響で島の人口は減り続け、観光もいま一つのようだが、自然は着々と回復している。また二千五百年前の噴火口にできた大路池は綺麗な澄んだ水を湛え、周辺は常緑広葉樹林が多い。天然記念物のアカコッコやイイジマムシクイの野鳥が住むという。

都会の雑踏を逃れしばしほっとする場所であった。

これからの島は自然を利用し、また噴火の爪痕も観光ルートに入れながら再び噴火するかも知れない中で島人はそれでも故郷で暮らしたいと、友人夫婦は都内で避難して四年半、一番に帰島したのである。彼女は新島出身の同級生で、三宅島に嫁いでいた。この度は三宅島を訪ねるにあたり島の様子を教えてくれ、また新島との縁の方に連絡してくれ懐かしい人にも再会でき、その息子さんには、島内を案内してもらった。

立ち寄った友人夫妻の家で近所のお年寄りと炬燵でのんびり仲間に入っていると、島の話に花が咲く。今は残念ながら、三宅島と新島とは互いに見える島でも航路が違い、行き来がないが・・・。と、ぽつり。

「新島の前浜で魚をもらってうれしかったねえ・・・」

いつの話かと聞いていると戦時中のこと、七十年も前のことである。互いに共通の話題を見つけ、話の接ぎ穂には困らないが、茶飲み友達のお年寄りは皆、終いは自分の島が一番、こうしてふるさとで暮らせることが一番、で落ちつき、和やかに笑いが広がっていった。これからは、島の名産の明日葉、ふき、わらび、きのこと山が楽しみの季節を迎え、海もまた釣り人にとっては良い季節が訪れ、忙しくなるという。

明日の平穏を祈るばかりである。

伊豆諸島紀行6「御蔵島」

念願の御蔵（みくら）島を訪ねることができた。

御蔵島は東京都の伊豆諸島の一つで、東京から二百キロメートル南の小さな島である。新島からの直接の航路はなく、その日朝六時に新島の自然愛好会の仲間十一名で、漁船をチャーターして新島港を出航、一路御蔵島に向かった。天候は晴れ、海は穏やかで予定通り、新島から一時間四十分で着いた。

御蔵島を訪れた平成二十二年七月現在人口は三百十名ほどで島の北西の港の崖の一角に人々はまとまって住んでいる。島の地形は、港から道路は舗装されているが平地はなく、急な上り道ばかりで家も段々に建っている。広い敷地を持った家はないが建物はしっかりとしていて、豊かな生活感があった。島の周りは断崖絶壁で、南西岸は高さ五百メートルの日本最大の海食崖となっている。この断崖に黒潮にのった風がぶつかると霧が発生し、八五〇メートルの御山は一年のうちほとんどは霧だという。この霧が自然豊かな山となり豊富な水が木々を潤し、土壌にしみ込み川となり滝となって海に流れ出ている。

御蔵島はプロの案内人なくして自由に山登りはできない。あらかじめ決められたコースを巡ることになっている。その日島の中心の御山に向かうコースを案内してもらうことになった。島は周囲十七キロメートルで伊豆諸島の中では五番目の大きさとなる。島は長い間噴火がなく巨木が多くあり深い自然林となって昔の姿を残している。

途中まで車を利用し、日本一のスダジイの巨木のところで下車。この木は幹周り十四メートルもあり、太い幹から何本も枝葉を広げていた。古木は複雑な空洞ができヤドリギがからまり、また根元にはボコボコと穴があいている。オオミズナギドリの巣(島ではカツオドリ)だという。

やがて水音が聞こえ川が流れている橋のところに着くと切り立った山の谷間を澄んだ水が滔々と流れている、以前は水力発電で島の電力を賄っていたという。島の源水はミネラルが多く、御蔵島の名水として販売されているほどだ。川の上流の山肌に白く見えるのは、自生のサクユリで、道の両側にも群生している。大人の手のひらより大きな花が幾重にも重なるように咲き香りが広がっている。自然の濃い緑の中に咲く白いサクユリは、中には蕾を十数個もつけているのもありそれはみごとというほかに言葉もない。牧野富太郎博士による植物図鑑によるとサクユリは百合の中の第一級ともいわれている。さすが花の女王の誉れが高い風格で、ちょうど見頃の季節に遭遇でき感慨も一入である。

やがて高度六百メートル程に近づくと、そこから眺める明るいブルーの夏、真っ只中の穏やかな海で、あの黒瀬川に向かう船の揺れはまるでうそのような静けさである。遠くに目をやると、三宅島の向こうに新島が微かに見え、その左側の三本岳という小さな無人島と重なるように神津島が見える。いつもと逆の光景だが、なぜかとても近くに感じられる海の景色を後に、車は休憩所のあるところで降り、いよいよ御山に向かって山道に入る。

「必要な方は杖をどうぞ」

と男性ガイドに言われ借りることにする。中には手頃な竹を杖替わりに島から用意してきた人もいたが、この杖は御蔵島特産のツゲだという。

山道は急に勾配がきつくなり、しっとりとして霧が出てきた。杖は重さ長さ共使い勝手がよくお陰で歩きやすい。周りには余り高い樹木はなくところどころに見たこともない柱ほどの立派なツゲの木がある。ツゲの木の利用法は櫛や印鑑ぐらいしか知らなかったが、ツゲの銘木は虎斑ような木目をしていて将棋の材料に最高なのだという。この虎斑のツゲの木は、将棋の名人ともなると、わざわざ御蔵島に来島し、山に入って自分で木を選んで将棋の一式を作られる人もいるという。この緻密なツゲの木は直径十センチの太さになるのに百年はかかるという、昔、御蔵島では子供が生まれるとツゲを植える風習があったというが、孫子の代にも間に合わないほど成長の遅い樹木である。それだけに木は固く細工するのが難しいという。貴重なツゲの木の説明を聞き、目の前の虎班の木の感触を確かめていると、ふっと手元のツゲの杖が気になる。

「お貸しするだけで、差し上げられませんよ」

と言われた意味にようやく納得する。

やがて、山道は徐々に湿り気が多くなり吹く風が涼しく感じられるようになる。岩場から清水が湧き出し、ここで口を潤し一休みするところらしい。足元には珍しいモウセンゴケやシダが豊かな自然のお陰でノビノビしている。頂上近くにはハコネコメツツジが直ぐ側で観察でき、遅咲きのツツジが彩りを添えている。

小一時間登るとササが多くなり、八五〇メートルの伊豆諸島一の御山の頂上についた。ところが、どこがと思うほどどなんの変哲もない先の山に続く山道の途中である。中腹までの青空とはうってかわって冷たい風が吹き、ときどき近くの稜線が見え隠れしている。期待した遠くの島々や御蔵島の景色は残念ながら何も見えない霧の中だった。しかし、雨でも厳しい暑さも体に堪えるようだ。むしろ涼しく無事の登頂は何よりであった。

それにしても、人家を離れ、御蔵島の山々を歩いていると手つかずの自然が残り、やたらに景観をそこねる石碑や造形的の物がないのにも感心した。

しかし、この小さな孤島で自然の恩恵だけでどうやって食べていたのだろうか。島に平地は少なく断崖を開墾し段々畑のような畑で野菜を作り、山の木の実や山草を収穫していたようだ。

静かな日は海で漁をし、全島民で分け合って暮らしていたという。それだけでは収穫には限度があり江戸時代から二十八軒衆が大事にされ、長男以外は認められない程厳しい決まりがあり、昔の人口は百人ほどの島だったという。それでも、次男三男は南郷地域に住み着くようになり公認されていったようだ。そんな厳しい環境の中で、島は特産のツゲの木を出荷してその代金を収入源としていたという。島の人々はそれだけにこの島の山を大事に守り、島に愛着をもっていた。また島の土地が七、八割方村有地で皆の共有の土地であったことが起因していたようだ。その山で島の人々はきつい山仕事をしてきたから、お年寄りになっても働き者で、今でも足腰の立つうちはと体を動かし自立心が強いという。急な坂道を元気に歩いているお年寄りを見かけたが、それがかえって、心身を鍛えているのかもしれない。

島の様子を知っていくうちに生きる糧となる珍しい風習を知った。世界的に貴重なオオミズナギドリ営巣地であるこの島は、冬場になると漁ができず、オオミズナギドリが大事な蛋白源であったという。三月に飛来、十一月には子育てを終え南の島に渡って行くようだ。説明によると、この鳥はむやみに乱獲したのではない。島の男は決められた日にオオミズナギドリを捕ることが大事な仕事であって、年に一度解禁になった。その日に備え体調を整えていたほどだという。もし、その日猟ができなければ一家はその冬飢えを凌がなければならない破目になりかねない。今でも食料にしているというが、鳥の固体数は減っていないということは自然体系とうまく共存していることだと言われている。はっきりしたことはわからないようだが、百万羽とも二百万羽とも・・・。

その鳴き声と羽音は尋常ではないという。また、鳥一羽の全ての部位を余すことなく利用し、島民が必要とする分だけ捕獲していたというから昔の人の知恵には感心したことである。


島内を散策していると、新しい資料館があり館長の島の歴史の解説によると、江戸時代、御蔵島は親島の三宅島との長い間の仲違いから自立の島を願い、神主加藤蔵人は正徳四年（一七一四）江島生島事件に関与し、流罪になっていた大奥医師奥山光竹院に相談したところ、早速江戸の同僚の御典医に手紙を送り、老中への働きかけを依頼した。その結果京保十四年（1729）ようやく叶ったというが、その日を独立記念日とした。そのときの御恩のある三人の銅像を収めた三宝神社が稲根神社の境内に祀られている。明治の神仏分離のとき、御蔵島は神道を選び、お寺がない、伊豆諸島でも希有な神道の島である。それだけに自分の島に強い愛島心があり、後に何か事があると、自分の島を守るという血が流れているようだ。そして島民一人一人が大きな役割を持ち、御蔵島に誇りに思っているような感じが伝わってきた。

それから、独立から二百三十五年後のことである。昭和三十九年一月、この島に突然、米軍射爆場設置の新聞報道があり、島人を驚かせた。役場では直ぐに村内にチラシを配り、村中がこの問題で紛糾したという。そのとき、村長空席のため島の責任者となる助役と郵便局長は事の重大さに気がつき、事実確認のため、荒れた海で接岸出来ない船に向かって、危険も省みず、泳ぎ、船に乗り移って上京したという。二月には村民大会を開催、投票結果賛成七、反対

八十九、白票四で島民の意見を尊重し、三月に前助役が村長となり反対の意見で団結したという。その年の五月、射爆場の件について防衛施設庁は、御蔵島は地形の条件が適さず候補地から外すと東京都を通じ連絡があったと島史に残されている。御蔵島にとってのこの大事は機転が早く一件落着ということであった。

ところが資料館長の説明によると、その功を奏した影にはいま一つ、紙の爆弾（手紙）話があったという。それは今に始まったことではなく、御蔵島の過去の歴史の中で米国の船が座礁したとき島民が団結して助けたことのご恩返しでもあったようだ。人の心が時に大きな力となり事を動かすようだ。事実は小説より奇なりというが、実にドラマチックな話があちこちにころがっている島でもある。

また、御蔵島という名前の由来は人家が島の北側にあり、暗いからみくらという説もある。私の中には八丈島と三宅島の間を北東に流れる黒潮は黒瀬川といい、御蔵島周辺は流れが強く複雑で恐ろしく、暗いイメージとなっていた。

しかし、古事記や島縁起によると「第6番目の島は明神の御倉と仰有りて即ち御蔵島と名付」と出てくる。なぜかこの島だけ丁寧な言葉になっている。

実際上陸してみると、島全体が豊かな自然に恵まれ、まさに自然の宝庫で、明神の大事な倉である。そこからの御蔵島との命名の方が納得する。そう考えると御蔵とは、暗いというより、むしろ明るく神々しささえ感じる。

御蔵島は遠くに眺めているのと上陸したとでは大違いで、島はおおらかで明るく思ったより近代的であった。最近では大型船が接岸するようになり、交通も便利になって、自然が観光となり、島外との交流によって島が大きく変化した。そこで、若者が帰省するようになり、したがって子供の人口が増え、将来に明るい展望がみえているという。しかし、その経済発展に甘えることなく、島民の心意気が頼もしい。この御蔵島にしかできないことはなんだろうと、立ち止まり、今こそ住民の出番だと島民の意見を尊重し、「御蔵島総幸福量」を主張している。

それは、国民の総生産量より国民の総幸福量が大事という意味で、人々の幸せに満ちた生活を可能にしてくれる自然環境、精神文明、文化伝統、歴史遺産を大切にし、家族や友人との地域社会の絆を犠牲にするような経済成長であってはならないとする（国民総幸福量ブータン二〇二〇の主張）が原典であるようだ。

その考えは一朝一夕の発想ではない。厳しい環境を乗り越え、丸くなった島人の心のようにも思える。私は、いま日本人が忘れかけている大事なことにこの島で出会ったような気がした。そして、再び島を訪れることができたとき、どのように　変化しているのか楽しみでもある。願わくば、「御蔵島総幸福量」を世に広め、御蔵島が総幸福量日本一になって世直しのお手本を示してほしい。

私達一行は見晴らしの良い食事処で、夕陽が水平線に沈む頃、遠くに故郷新島を眺めながら、新鮮なカツオの刺し身にビールで乾杯した。私の幸福量は最高であった。

その日、バンガローで一泊し、早朝再び迎えの浜庄丸に乗船した。船は一度島の南西にもどり、断崖から海に流れ落ちる滝をゆっくり眺め、無人島の三本岳の真近を通過して、追い風と黒潮に乗り無事我が島に帰着した。良い日和にも恵まれ数年越しの願いが叶い、また、多くのことを教わったいい旅だった。

伊豆諸島紀行7「八丈島」

♪鳥もかよわぬ八丈島～　と、島節にも歌われているように、太平洋のまっ只中の船上から荒れた海を眺めていると、遠い島に来たと感じた。やがて、東の空が茜色に染まり、水平線から太陽が昇ると、なんとありがたいことか思わず手をあわせた。新造船の五千九百トンの橘丸は東京を夜十時半に出航し、三宅島に朝五時着、三宅島で一泊し早朝橘丸で八丈行きに乗船し、五時五分に出航すると八丈島には八時四十五分に着いた。

この島は北の三原山と南の八丈富士の火山が合体してできた島で、思ったより大きな島で驚いた。海洋性の亜熱帯気候で島の都道の沿道には亜熱帯植物が整然と植えられ南国情緒が漂い他の島とは雰囲気が違っている。

伊豆七島は天孫降臨のとき事代主命は父の大国主命に国譲りを勧め、自らはお隠れになったと伝えられ、天竺から伊豆に渡り伊豆の島々に皇后や子を配置して島々を守ったと伝えられている。

八丈島はどうであろうか。自分の足で確かめてみた。

優婆夷宝明（うばいほうめい）神社が大賀郷という島の中心地にあった。大国主命の子事代主命の妃とその子が祀られている。その二人が島を治め、八丈島の総鎮守となっている。八重姫の優婆明神と占宝丸の宝明神が祀られた二神相殿で十一月十三日が祭礼日となっている。

近くに資料館があったのでついでに見学するも、随分多くの資料が整理されていたが必要とする資料は目に止まらなかった。西の底土港近くの宿から町の中心地を通り東の大賀郷地区まで歩きながら散策した。

途中観光協会でもらった新しいパンフレットはとても良く案内できていて現在地や距離感がよくつかめ、つい歩いてしまったが、七キロメートル程の道のりはさすがに疲れてきた。案内によると、島の温泉は南に集中し温泉巡りもできるようになってる。

近頃、旅の楽しみは温泉である。島内循環しているバスに乗り、温泉に浸かり旅の疲れを癒した。

次の日、宿のオーナーに頼んでタクシーで島を案内してもらうことにした。

八丈島は火山活動は四百年前が最後で現在は安定している島で、落ちついているが、台風の通り道だから年々大型化しているところが心配だという。

この島は海洋性の亜熱帯気候で年間の雨量が多く、晴れの日が少いようだ。その雨の多い地域では、熱帯植物が黙っても育ち、これが島の大きな産業の一つになっているという。

そんな中で、三月の初旬にしては穏やかな日和である。島の観光は観葉植物を中心としたイベントや南北にそびえる山、自然、釣り、海水浴とリゾートの島、ちょうど、都会より一足早い春を感じる季節で、フリージャの花が咲き始め観光客を待っているところだった。

タクシーの運転手には一応希望を述べてお任せコースにした。その中で黄八丈の民芸の工房では織女が伝統を受け継いで黄八丈を織っていた。タブの樹皮やカリヤスで黄色、黒茶色に染めた、縞や格子柄の着物は江戸の町娘の憧れであった。また貴重な黄八丈は当時年貢の代わりの上納品であった。今でも高級で庶民には手が届かないが、その布を使った小物が沢山並んでいた。

それでも高価だったが、ちょっと奮発して思い出に帯締めと縞の財布を求めた。

一通り案内してもらって最後気になるところがあった。八丈島には知り合いがいなかったが、新島小学校の一年生の時に教わった女の先生が八丈島で暮らしていると聞いて、もし会えたらと一応連絡してみたが、うまく通じなかったので直接訪ねることにして、その旨運転手に伝えてあったからコースの最後に予定していた。

島の人家は都道に沿ってぽつり、ぽつりと建っていて、表札も見えず、番地もわからない。公共のところはよくわかったが、さてそこから先がわからない。昨日も一人で先生宅の近くまで行ったはずがついにわからなかったのだ。

その見覚えのあるところで「ここですよ」タクシーが止まった。

ところが「ごめんください」と、玄関で何度声をかけても返事がない。運転手が裏に回って声をかけると若いきれいな声で返事があって、玄関から出てきたのは、白髪の昔の面影を残した懐かしい先生だった・・・。

後ろに立っている男性を「ご主人ですか」と聞かれ、「タクシーの運転手さんです」と答えると、運転手が「私も先生の教え子ですよ、ご主人や息子さんとは飲み友達ですよ・・・」

そのとき、初めて運転手が自分の身を語ったのだ。

ことの次いでに、先生に一緒に写真を一枚所望するとにこにこしながら、お気に入りの洋服に着替えてきた。ここでも運転手のお陰で上手に記念の写真を撮ってもらうこともできた。

知らない土地で出会った一人のタクシーの運転手の案内はとても温かい心遣いであったが、あくまでも自分の職業上のこととしての親切はおしつけがましくなく、爽やかに心に残っている。いえ、運転手ばかりではなかった、行く先々で出会った島人の親切は忘れたがたい。私はふと

「♪沖で見ていたときゃ鬼ケ島と思っていたが来てみりゃ八丈は情け島～」

という島節を思い出していた。

そして昔、伊豆七島の一つ八丈島は最も重い「遠島」の島でもあった。流人のことについては記録があるので割愛するが、気になることが一つ・・・。

最後に通った底土港近くの海岸に並んだ二人の石像が強く印象に残っている。慶長五年、関

が原の戦いに敗れ遠島となった宇喜多秀家とその妻、加賀藩百万石の前田家の豪姫であった。秀家は流罪になってより五十余年、御赦免の便りを待ちつつ八十四歳で島で亡くなっている。病弱の妻豪姫と別れての島での生活、あれから四百年の月日が流れた。

島の人々は二人を添わせるように、着座した石像を作って慰めている。その姿は遙かに故郷の西の方角を向いている。その後ろ姿はなぜか旅人の涙を誘う。

今でこそ、羽田から八丈島には一時間程で着くが、昔は八丈島までの流人船は、途中新島、三宅島に寄って日和待ちをするため、三カ月も半年も掛かることもあった。

当時新島の地役人だった生家の前田家には世話になったお礼にとして、宇喜多秀家が『南無天満大自在天神」と左文字で書いた掛け軸が残っている。

伊豆七島に生まれ育った私は念願の七島巡りをようやく無事終えることができた。

長い日本の歴史の中での出来事の裏に島の情けがあることを知り、心に沁みた。その思いは今も昔も変わらないだろう。

私にとって伊豆の島々は大切なふるさとであると改めて感じた旅だった。

天宥法印の故郷1　羽黒の御山へ

平成十五年夏の七月、江戸時代の新島への最初の流人、天宥法印（てんゆうほういん）の故郷である山形の羽黒に行って、出羽三山神社から月山、湯殿山の出羽三山へ登拝し、帰路生誕地を訪ねてきた。

出羽の国の五十代別當天宥法印は上野寛永寺の天海僧正の弟子となって、羽黒の改革を図ったが、その政策と信仰のざん訴に破れ、門弟大乗坊と共に伊豆の新島へ流罪の身となった。新島の私の生家・前田家に残る流人帳によると、新島への最初の流人で

「寛文八年（一六六八）流罪、出羽国羽黒山、寶前院、延宝弐寅（一六七二）十月二十四日病死御科良徒公事出入」

と、記されている。

しかし、天宥法印は羽黒中興の祖と崇められていた高僧であったにもかかわらず、地元羽黒では何処に流罪になったのか皆目わからず、長い間探していたという。遠流から二百七十年後、ようやく、新島に流罪となり、島の梅田茂兵衛家で代々墓守りをしていたことがわかった。

昭和十三年四月の雨の降る日、出羽三山神社の遠山宮司一行が梅田家を訪ねて来て、遺品である護り刀と印鑑や書などと体面した。梅田家の子孫は遠山宮司が、その遺品を前にして「永い間よくぞ守っていただきました」

と感涙にむせぶ姿に驚いたという。

梅田家の子孫は代々伝わる口伝を守ってきた島の心根がそれほどまでに感謝され、また天宥法印を慕う羽黒の人々の、そのときの光景はいまでも脳裏を離れないとは、九十歳になる子孫の梅田トリさんの話である。

羽黒の一行は丁重な墓前祭をした後、あまりに粗末な墓石を見て、さっそく山形の祓い川の自然石を運び、立派な墓石を建てた。後に、三山に縁のある神林管長は墓参講を組織して神社司祭の下に毎年祭祀を行うようになり、羽黒と新島の交流は今に続いている。

ところで、なぜ天宥法印は長い間行方知れずだったのだろうか。そこで、羽黒はどのようなところか、私は一度天宥法印の行跡を確かめたく新島から羽黒へ向かった。

天台宗に属していた羽黒の出羽三山神社は明治維新の改革によって、官國弊社に列し、このとき天宥法印の行跡が天聴に達し、許されて明治十三年、境内の一角に天宥社が建立された。改宗、神仏混淆や分離のなかで複雑な経緯を辿りながらも、出羽三山は東北の山岳信仰の総鎮守として今なお栄えている。

羽黒を潤す天宥法印の行跡とは何なのだろう。私はその石段を本殿から一段、一段下ってみることにした。

標高四百十四メートルの羽黒山の頂上に至る登り道は険しく、雨が降ると土砂が流れ落ちる。そこで天宥法印は石を敷きつめ石段を作る計画をした。両側は杉の巨木で鬱蒼とした森となり、整然と杉並木が続いている。これも天宥法印が植林をした杉で順繰りに木材として利用されて大きな財産となっていると知る。改めて長い年月の経過を肌で受け止めた。石段は苔むし、これまた長い時の流れを感じるが、少しもすり減ることもなく、崩れた様子もなくきちんと石組みされている。三の坂を百段ほど下りた所で石段を見上げるとかなり勾配がきついのに驚いた。さらに百段、二百段と下っていく。手すりもなく、一度足を踏み外せば一直線に転がり落ちそうだ。けれども石段を下って行くうちに、コンクリートの階段と違い、体の中にしっかりと馴染んできて不思議なほど心地よく足に優しい。

この石段を一の坂から登って来たらちょうど胸突き八丁の所だ。再び振り向くとなんと石段は巨木の杉並木に調和し、これまた整然と続いている。いったいどんな技術でどこからどうやって積み上げていったのだろうかと考えつつ、一・七キロメートルの一の坂まで二千四百四十六段を下って行く。三の坂を下るころ喘ぎ喘ぎ登ってくる若い観光客と出会う。なるほどこの厳しい参道が修験者の修行の道かと、時々石段に足を休めては乱れた呼吸を整えていた。初め石段を一段二段と数えていたが、一休みするたび何段位下ったのかさっぱりわからなくなった。やがて、下るほど平らのところが多く、道はゆるやかになる二の坂辺りで、石段の清掃のご奉仕しているお年寄り数人に出会った。

「ご苦労さま」

と声をかけると

「どちらからお出でですか」

と聞かれ

「新島です」

内心わかるかなと思いながら答えた。すると、

「それは、それは、遠いところから・・・」

と懐かしそうな笑顔がこぼれ、

「せっかくですから、もしよかったら」

と、親切に

「天宥別當が住んでいた縁の坊舎跡が公園として整備の途中だが・・」

と教えてくれた。

勧められるまま参道から横道に足を運んでいくと、天をつく杉林の中で木漏れ日を受けながら島にあるガクアジサイによく似た花が咲いていた。

細い山道は静まりかえっている。五百メートル程先で道は二股に別れていた。なぜか、迷うこともなく、導かれるように、山の方角に向かって登って行った。

急に平らに開け行き止まりとなった。ところがそこは坊舎跡ではなく墓地だった。掃き清められた墓地に何基かの墓石が並んでいる。近寄ると天宥法印の墓が目に止まる。その横に新島で墓前祭をした三山神社の遠山宮司の墓が並んでいた。ありがたい巡り合わせである。

再び二股に別れた道まで戻り、そこから坊舎跡に立ち寄ると、荒れた土地が広がり工事中といったところで看板が立っているのみだった。いずれ観光名所となるのだろう。

羽黒の山に夕闇が迫りすでに下る人もいない。私は最後の参拝者らしい。遠くで鳥の声が聞

こえる。まだ石段は続いて一ノ坂へ下って行った。やがて参道は大きく曲がり石段が上りとなってようやく参道の出口に近づいた。赤い橋を渡ると、山肌から滝が流れ祓い川の水がこんこんと流れていた。この水が羽黒の田畑を潤し、杉の林が経済を支えているという。さらに、石を運び積み上げた参道の風景、三山の信仰、天宥法印のこの広大な計画は全山を包み込んでいた。ここで、ようやっと、自然と調和した三百数十年前の大切な遺産であることに気がついた。

天宥法印は信念の高僧でありながら、時には政治家のような手腕も発揮したようだ。けれども、権勢欲から出たものでもないが、先覚者故にその時代の厳しい定めを受けたのだろうか。羽黒の地を訪ね、天宥法印の、後世に残した行跡の偉大さが、脈々とこの地に受け継がれていることを確かめ、そして今も変わらず天宥法印への心情の温かさと信仰の深さに触れるうち、なぜ天宥法印が長い間、何処に流罪になったか、羽黒に知らせが届かなかったのか、その一因が旅の途中で垣間見えてきたのである。

人影もなく昔と少しも変わることない神域に佇んで、わたしは、ふっと、天宥法印の魂は羽黒に戻っているのではないだろうか。そうあってほしいと願ったことである。

いよいよ明日は霊験あらたかな月山に登拝する予定である。

天宥法印の故郷2　月山

人は命尽きたらどこに行くのだろう。あの世はあるのだろうか。

出羽三山の月山（がっさん）の御祭神は、夜の世界、裏の世界を統る月読尊であり、現世とあの世は表裏一体で切り離すことはできないという。その現幽一貫の月山とはどんな御山だろうか。

羽黒の手向という所には宿坊が多く、道の両脇に並んでいる。その一つ、長円坊に平成十五年の七月初旬宿泊し、出羽三山の羽黒神社・月山・湯殿山へ参拝することになった。

ところが、宿泊先の羽黒修験・宗教法人三山大愛教会管長・第十七代長円坊神林茂丸氏は、九十五歳で亡くなられていた。なんと取り込み中、わたしは電話で申し込みをしていたのであるが、宿坊では、動揺することなく、快く受けてくださった。

管長の死は、ショックであった。新島に縁のある羽黒のことについて伺いたいことがたくさんあった。また、長い間、羽黒の御山は私の中の幻影がどのようなものであるのか確かめて見たいとずっと思い続けていた。が、なぜか私の心が羽黒へ向かわなかったのだ。元気な修験者の姿ばかり浮かび、まだまだ、いつでも会えるような気もしていたのだ。

神林ご夫妻は毎年新島を訪れ、天宥法印の墓前祭をされていた。平成九年は、父の最後の夏であった。

「また、来年も元気で会いましょう」
と、いつまでも握手をしていた。互いに同じ世代を生き、神に仕える身として、通じるものがあったのだろうか。玄関先で別れを惜しむ二人の姿が今なお強く印象に残っている。遅きに失した感はあったが、新たな思いで、夫婦で羽黒へ向かったのである。

宿坊には先客が四人いた。まず二人で羽黒神社を参拝し、明日は月山に登拝するという信者の方達と一緒に月山まで同行させていただくことになった。

あいにくの雨模様の朝を迎えた。神殿に朝拝をし、食事をいただくと、本葬前の神林茂丸管長の祭壇のある部屋に案内され、遺影の前で手を合わせた。けれども、そこはなぜか悲しみを乗り越えた、神々しい穏やかな雰囲気であった。

昨夜は普段と変わることなく、新しい管長ご夫妻の精進料理の接待を受け、大きな盃を何度も空けた。同行者と共に、浮世の話に花が咲き、極楽気分を味わっていたことが、少々霊前で恥ずかしい思いであった。が、それもこれもが羽黒の精進潔斎の形と受け止めることにさせていただいた。

高弟である息子の神林千祥氏は、
「父は長い間病気一つせず医療機関にかかったことがなく、大慌てをしてしまいました。亡くなる前夜、家族の皆を枕辺に呼んでそれぞれに最期の言葉をかけ、ほら貝を三度吹き、それから『神様が呼んでいる、たのもう』と言って深い眠りにつかれました。管長らしい立派な最期でした」

と静かに話されたその言葉は親子を越え、羽黒修験者としての畏敬の念さえ伝わって、心を打つものであった。

月山への同行者は、毎年夏の季節、先祖の位牌と共に月山にお参りして、また三山大愛教会に預けるのだという。月山はいうなればお墓のようでもあり、亡くなった祖先に会える場所でもあるのだろうか。

あやしげな空模様になった。一行は雨合羽を着て、ザックにスニーカー、ぬさを首に掛け、金剛杖という出で立ちになった。月山の八合目まで車で行き、そこから細い山道を、それぞれの思いで「六根清浄」を唱えながら、黙々と千八百メートルの月山の頂上へ向かっていく。

天気の悪いせいか出会う人はほとんどいない。道は自然石を頼りの山道で、ときどき足場の悪いところに円筒形の石が埋められていた。濡れても滑りにくいのが何より歩き易い。眼下に広い庄内平野が見え隠れし、足元に小さな高山植物も咲いていて、初めは少し目を休めるゆとりもあった。順調に登って行くと途中雪渓が行く手を阻んでいた。冷夏で雪渓はこの季節まだ多く、氷りついて谷底に滑り落ちそうな気配だった。

「ここを渡るんですか」

足が怯んだ。

「ゆっくり、ゆっくり、足はしっかり踵からついて」

と後から聞こえる。綱と杖を頼りにようやく渡り切ってほっとする。慣れた同行者と一緒であることが心強く、すっかり頼りにしていた。雨が激しくなり、霧が出てきた。ときどき目の前の景色があっという間に消えていく。何を考えているわけではない。ひたすら頂上を目指し、一歩一歩進む。登山を始めてから、かれこれ二時間経っただろうか。ようやく山小屋に辿り着き、一休みするといよいよ最後の難関に差しかかる。

月山の頂上近くはちょうど富士山のような形で、吹きさらしの場所だ。

「強風が吹いたら座るように」

と注意があった。厳しい雨風が肌を刺す。幸か不幸か周りの景色は何も見えない。このときふっと、「月山の九合目で待ってれよ」と、亡き神林茂丸管長が臨終の枕辺で、長年連れ添った夫人に言われたという言葉が脳裏に浮かんだ。

この先は高山植物の咲き乱れる極楽浄土なのだろうか。

叩きつける雨と風の中、誰もが無口になって、かすかな足音だけが重なり合っていた。

それからどれくらい時が過ぎただろうか、時計を見るため腕を出すことも難儀な状態になってきた。

「もうすぐ、もうすぐ」

自分を励ましていた。そのとき、突然霧の中から建物が現れた。それが月山神社の入口であった。二、三十段の階段を上り詰めると、そこで神職が御祓いをしてくれた。人形で身を清め、水に流し、月山の頂上の本殿でそれぞれの思いで手を合わせた。ここが幽現一貫の地なのだろうか。現世とどう違うのだろうか。私にとっては初めての登拝であったが変わったこともなく、畏怖の念も起こらなかった。けれども、不思議なことに、ずぶ濡れの体はなぜか冷たくなく、疲れたはずの身も心も安らかで、ただ、色のない静寂の世界を彷徨っているような気分である。相変わらず、風は強く、雨がしきりに降っている。

「それではここでお別れしましょう、気をつけて」

同行者の声に、はっと我にかえった。月山の頂上に二人取り残されたことに気がついたのだ。これから湯殿山へ下る道のりへの不安が頭をよぎり、お礼の言葉さえ忘れていた。

天宥法印の故郷3　湯殿山

「月山の頂上からは右へ右へ下って行くと湯殿(ゆどの)山に着きますよ」

宿坊の羽黒修験者は多くを語らなかったが、その言葉に不安はなかった。頂上まで同行者がいるということも、安心であった。生憎の天候の中、月山神社にお参りすると、同行者はまた、元来た羽黒神社の手向に下って行った。

その日、登山者も少なく、閑散としている頂上で取り残された気分の私たち夫婦は黙って、湯殿山へ向かって下山を始めた。

平成十五年七月、天候不順で東北地方は冷害が心配されていた夏のことであった。

雨は相変わらず降り続き、山の景色は霧で霞んで視界は百メートル程だ。「右へ右へ」といっても、どれが道だか雪渓の上ではわからない。初夏の季節といいながら、周りは冬山の景色で色がない。ふっと立ち止まって見渡すと、前方の小枝に赤い紐が結んであるのが目に止まる。それを頼りに進むことにした。すると、ありがたいことに、

「どちらかしら」

と迷いそうな箇所に目印はあった。時には足元の岩に赤い矢印があったり、雪渓の上に小枝が置いてあったり、二股の分かれ道の枝に結ばれてあったり、やさしい、道しるべであった。雨は時に激しく降り、山道が川のように流れている箇所もある。前後の山道に人影はない。

難所が、雪渓、橋のない小川、鉄梯子の断崖の三箇所あるから気をつけるようにと聞いてはいたが、地図もなく、場所も内容も、想像することができない。

尾根伝いに大小の雪渓を何度も渡り、橋のない小川も渡った。雪解け水が音を立てて流れ、傍に水芭蕉が咲いてその清純さに心が和んで思わずカメラにおさめていた。

もう一つの難所、鉄梯子とはどんなだろうか。道はようやくなだらかになり、雨も小やみになってきた。ふっと後ろを振り返ると、人が降りて来た。(よかった、最後ではない、仲間がいる)夫は無口であった。かといって機嫌が悪いようではない。むしろ穏やかな表情だ。私は

「ゆっくり、ゆっくり、あわてないで」

と声をかけていた。

そもそも、今回の月山登拝は私が言い出しっぺである。もしものことがあったら自分の責任である。こうなったらなんとしても無事下山したいと言う思いが頭を掠める。

朝から歩き始めて六時間は過ぎている。ときどき、少し休んで水を飲んで、飴をしゃぶった。合羽も靴もずぶぬれで、足が重い。

やがて、細い山道がなくなったと思ったら、鉄梯子が見え、急な岩場が迫っている。恐怖心に襲われたが、いまさら戻ることもできない。水月光、石月光という連続した岩場を鎖や鉄梯子にすがって一歩一歩降りて行った。それもなんとか降りきると、雨は止んで、遠くにバス停が見える。どうやら三つの難所は抜けたようだ。やがて、最後の岩場を降りるともうすぐだ。勾配のきつい、足場の悪い岩を一つ一つ滑らないように確認しながら足を運んでいた。

「すべるから、岩をつかみながら・・・」

そう、言っている矢先だった。夫は私の目の前からころげ落ちて行った。一瞬血の気が引いた。駆け寄ると、しっかり返事がある。どうやら、背負っていたザックがクッションとなって頭を守ってくれたようだった。夫はしっかり立ち上がると、ようやく、平らな道へと辿りついた。ところが、その先には赤い目印がない。方向を失い、ぼおーっとした頭で立っていると、傘を持ったはっぴ姿の宿の人が近づいてくる。

「あまり遅いから」

ぽつりと言った。

一休みした頂上の山小屋から、下山者の連絡が行っていたらしい。ほっとしてようやく生きた心地がした。

「まだ、後ろにいましたよ」

と親切心で教えたつもりが、

「お宅が最後の下山者ですよ」

となぜか、不機嫌の顔になった。

えっ、それでは、あの人は誰、何度も細い山道を譲ろうとすると、立ち止まってしまう。振り向くといつでも、人の姿は確かに見えていた。

「まあ、いいか」

そのとき、私には深く考える思考力さえ残ってはいなかった。

目の前の湯殿神社まで、後一息、その細い山道がこの雨で崩れ、道を塞ぎ、足元を濁流が音を立てて流れている。

ちょうど作業員が崩れた道を直していて、足元に板を渡し、うまく通してくれた。こうした、艱難辛苦の末、なんとか湯殿神社に辿り着くと、その疲れ切った姿に、若い神官が
「良くご無事で」

と驚きの顔を向けた。気がつくと、夫の中指一本が体を支え、私は仏様のような赤い刻印が眉間に刻まれていたのだった。

神社は思ったより簡素で、小さな境内には鉄色の霊岩から湯がこんこんとわき出ているのみである。

その昔、松尾芭蕉は奥の細道の途中、羽黒山に立ち寄り、月山からこの同じ道を通り、湯殿山に参拝していているという。芭蕉はこのとき、

語られぬ湯殿にぬらす袂かな

と詠んでいる。また、

「惣じて此の山中の微細、行者の方式として、他言することを禁ず、よりて筆をとどめてしるさず」

と語り継がれていることを知り、誰もが無口になる意味に勘づいたのは、後のことである。

羽黒の御山は、霊山信仰の山であり、修験者の修行の険しい山でもあり、決して侮ることはできない。また、人智の及ばない畏怖を思い知らされたことでもある。

そして、あの日、私たちは、出羽三山の大自然の中で見守られつつ、月山から湯殿山に無事にたどり着いたのだと、今にして思う。

くさや

「くさや？　あんな臭いもの、食べる気にならないわ」

話題にのぼっただけで顔をしかめる人もいる。食べれば旨いが匂いが臭く、嫌われがちの魚の干物だ。あまりに臭いからくさやと名前がついたという。が、名前にも嫌いになる一因はないだろうか。何百年も続いている名前にケチをつけるのはご先祖さまに申し訳ないが、近頃はネーミングが大事な時代だ。いっそのこと「うまいや」とでも名前を変えてみたらイメージアップにつながらないだろうか。

名前を変えたところで、臭いは臭い。その匂いが問題だ。

その本場で暮らしていると、煙も匂いも行く先の責任は持たない。やがて四方に広がる太平洋に消えていく。お互いに嗅覚がマヒして苦情もないのんびりしているところだ。食事時になると、あちこちからくさやを焼く匂いが漂ってくる。

何十年も昔のことである。くさやの包みを抱えて電車に乗っていると、

「懐かしい匂いですね」

と、中年男性が近づいてきた。振り向くと島の小学校で教わった先生が立っていた。

「似ていると思ったがこれで判りましたよ」

私の荷物を指差して笑っていた。くさやの取り持った嬉しい再会のひとこまだった。

そのころはくさやは何枚も新聞紙にくるんで持ち運んでいたがそれでも隠せないので、電車が一番困る。

ある日のことだった。その日は昼間の時間帯で女性客が多かった。あいにく寒い日で窓も閉めてあり、換気が悪い。前の女性が、

「いやあねー」

と顔をしかめる。すると、連鎖的に周りの女性が、小鼻を動かし、なぜか

「私ではありません」

というすました顔をする。やがて、田舎者の私の膝のあやしい包みに冷たい視線が集中した。仕方がない次の駅で下車しようかとも考えたが、目的地は近い、じっと辛抱していたがその時間の経つのが長いこと、首筋まで赤くなるのを感じたことを今でも忘れられない。

それ以後は網棚に乗せて、狸寝入りをするか、遠くの席へ移動したりして責任逃れをしていた。今思えば乗客に迷惑のことだったろう。

近頃は真空パックという便利なものができ、その点、公害をまき散らさなくて安心だ。くさやは臭いから嫌いという人が多い。旨いはいいが、臭いはいやだということだ。

「臭い匂いは元から絶たなければいけない」

という。が、元から絶ったらくさやはできない。このきつい臭いが苦情の種である一方、くさやの源でもある。

くさやの起源は江戸時代に遡る。幕府が塩年貢を義務付けたが、生産者でありながら、島民は塩を自由に使えなかった。冬の暮らしに備え、取れた魚を保存するのに使う塩を節約のため、塩の汁を繰返し使っていた。ところが、塩の干物より、なんども使った塩汁の方が味がよく、さらに保存性のあることに気がついた。自然に良い条件が重なり、うまく発酵した。それがくさやの元となったと言われている。

現代は漁場屋で量産されているが、昔は個人の家で代々糠床を大切に伝えるようにそれぞれの家の塩汁を伝えていた。

漁場屋の地下に貯蔵している何百年も経った塩汁の原液は、体の芯まで染みつきそうな鼻をつく匂いがする。レンガ色の塩汁に白い泡がぶくぶくと息づいている。

この汁に腹開きした魚を井戸水でよく水洗いし、一晩漬けてそれをよく洗い流し、乾燥させるとくさやができる。水を大量に使うから水の豊富なことも必要条件である。

一般には内蔵と一緒に腐った汁にでも付け込むような、時には不衛生なイメージにとらわれがちだが、くさや菌が防腐剤の役目もし、雑菌が繁殖しにくいのだという。

微生物の存在もわからない三百年も昔から、失敗や工夫を重ね守り続けてきた代物だ。一度人工的に手を加えたら、科学変化を起こし、これから先この生き物は生き続けることはできないだろう。

くさやは臭いのが味噌のようだ。匂いを我慢すれば、けっこういけるという人は多い。食わず嫌いの人も中にはいるが、その点、猫と子供は正直だ。

私が焼いたくさやをちぎって皿に載せていると、子供たちはその手元をじっと見つめ、美味なところから先に手をのばす。都会育ちの、くさやを食べたことのない猫だって、うっかり庭先に干しておくと、どこからか飛んでくる。飼い猫だって、骨だけやっても見向きもしない。

くさやにはアオムロ、ムロアジ、マアジ、トビウオ、サメ、などといろんな魚の種類がある。

秋風が吹き、空が高くなるころ、地元で取れたアオムロを天日で干したのが一番おいしい。飴色の艶がある、それを七輪であぶって熱いうちに頭から一匹かぶりつく。今では地元でもそんな条件の揃ったくさやはめったに食べられない。

この四月伝統を残しておきたい全国の名産料理と銘打って各都道府県の料理が発表された。東京都では深川丼とくさやだそうだ。こうなると、物好きが一度食べてみようという気になるかもと、地元では喜んでいる。さっそく店先には全国名産と書かれた旗が閃いている。これで少しは肩身の狭い思いをしないですむ。それに隣人からくさやの匂いで訴えられることもなさそうだ。それにしても生まれ育った味は忘れがたい。最期の晩餐はくさやのお茶漬けを頼んでおこう。

津波

千年に一度の大津波だという。テレビの映像を見ただけでもその恐怖は伝わってくる。平成二十三年三月十一日は忘れられない忌み日であった。日本人の誰もが大かれ少なかれその影響を受け、いまだに解決できない問題を抱え心を痛めている。

伊豆諸島の一つの故郷新島に住んでいる私は、津波のことは日頃気にかけているつもりだがそれでもこの度の巨大津波には度肝を抜かれ、もし、伊豆諸島周辺であったらという思いが頭を過る。

平成二十一年夏、早朝、静岡を震源とする震度六弱の地震が発生したことがあった。そのとき新島は震度四であった。すぐに村内の有線放送で

「地震です、地震です気をつけてください」

という内容であった。この地域は群発地震が多く、そう驚かないが、地震があると直ぐにテレビをつけるようにしている。

「津波に気をつけてください」

のテロップが出ている。震源地が静岡ということで東海地震かと心配するがどうもそうではないらしい。やがて津波注意報は解除されたというニュースを知り、東海地震の前触れでもないらしいと一安心していると今度は、再び有線放送があり、

「津波警報、東海地震の警報により津波が押し寄せます。海岸や低い地域の方は一刻もはやく逃げてください」

と繰返し放送された。始めて耳にする放送でびっくりする。一刻も早くという言葉で非常事態を感じた。ところがテレビの画面は津波警報など出ていない。

(そんなことをいわれても雨の中どこへ逃げればいいのだろう。)

一瞬迷う。その日は台風の影響で海上が荒れ、定期便は全便欠航している。港には人はいないはず、海が荒れているから釣り人もいない。海岸近くには誰もいないはず、違和感を覚えた。私の住んでいるところは海抜二十五メートル、海岸から二百メートル離れている場所で、まあ、大丈夫だろうという感覚で朝食の準備をしていた。

しばらくして、有線放送で
「津波警報は誤りでした」
それで終わりであった。後にあの放送を聞いた島の人はどう行動したのだろうか。役場に文句を言った人がいたのだろうか。胸の内が納まらない私は、友人に聞いてみると
「あ、これは東海地震の録音のスイッチを押し間違えたな」
と、テレビを見て判断したという。他の何人かに聞いて見たが誰も気にしなかったようだ。その後、決められたように集合場所に行ったとも、高台に非難したという人の話を聞いたこともない。

島で津波の体験のある人はあまりいない。島には元禄のころ大津波があって新島と式根島の間のさじま街道という浅瀬が切れて分断されたと記録に残っている。また近年では大正の初期、式根島に津波があった。そのとき父は幼少で一族で式根島に湯治に行っていて津波に会ったという。十五夜の晩浜辺で月見をしていて津波にさらわれたところを漁師に助けられ、その家族とは命の恩人として今でも親戚として大事に付き合っている。津波の話はよく聞かされてはいたが実感はない。
新島は南北に細長い島で太平洋のまっ只中に浮かぶ孤島である。北と南に山がありその間が平野で東の羽伏浦海岸は堤防もなく西の前浜海岸は波消しブロックや低い堤防があるだけで津波の準備はなにもない。その平野なところに飛行場、畑、人家が密集している。島の地形から

津波は東西どちらの海岸から押し寄せるか予想もつかない。もし大津波になれば、たちまち村は消えてしまいそうな地形である。しかし、今では津波のことを知る人も少なくなっている。それ故か、テレビに津波警報が出て津波の高さが五十センチ、一メートルといってもピンとこない。したがって、島では津波の避難訓練はしても緊張感もない。まず、班ごとに指定された第一時避難場所に集まって、点呼し、それから小学校に集合するというのんびりした訓練である。

ただ、東海地震については今日起きても明日起きてもおかしくないと言われていたから、一昨年の東海地震による緊急津波警報には驚き、避難場所に行くべきか迷った。

そんなおり、友達に

「あなた、津波のときどこに逃げますか」

と真剣な顔で聞かれ言葉につまった。

「第一集合場所に集まりますか」

とさらに言われ、

「いいえ、高台に逃げるわね」

「そうでしょう、津波の時に集合場所なんて無理でしょ」

島ではなぜか、都会育ちの彼女のように疑問に思う人に出会ったことがない。それ以来考えが変った。とくに海岸に近寄る時は、あの山この丘はどうかといつも津波のことを考えながら行動している。ところが、頭の中にあれこれ浮かんでいるだけで実際に山や丘に登ってみたことはない。その程度のことであった。

島の津波情報といえば、島の海岸道路に観光客のためか「津波がきたら高いところに逃げましょう、この辺りは七メートルの津波が押し寄せます」という看板があるくらいで、逃げ場所は見当たらない。

夕日を眺めながら、海岸線を散歩していると大津波が押し寄せることは想像だに出来ない穏やかな風景だ。しかし、三月十一日、日本列島に現実に起きたのである。自然の威力、巨大津波の前に人は為す術もない。なにもかも消えてしまったと呆然とする被災者の姿に言葉もない。

あの日、東北地方で大津波の押し寄せる中

「津波警報がでています、高台に逃げてください」

と最後まで有線放送のマイクを放さなかった女性がいたという。後に、テレビの向こうから聞こえる広報担当の声が、耳元に残って忘れられない。

人々はあの声をどう受け止めたのだろうか。決して他人事には思えない悪夢の出来事であった。

条件つき出航の定期船

「また条件付きかよ」

それでも伊豆諸島に向かう夜の竹芝桟橋は賑わっていた。

近年、釣り舟の事故が新島沖の太平洋の真っ只中で起こり、二人が死亡し、五人が行方不明だった。突然の横波をくったようだ。そうかと思うと鯨と衝突したりと、海の事故があり、船の安全を第一にするあまり、慎重過ぎて不満が出てきたようだ。

島暮らしをしていると船に乗らないわけにもいかない。

「好きですか」

と問われれば一番嫌いな乗物である。船酔いの辛さは口では言い表せない。それでも四十年前までの小さな客船への艀（はしけ）での乗り降りを考えるとずいぶん楽になった。現代は四千トンクラスの客船が、桟橋に横着けになる。

通信手段も天気予報も気象衛星などの科学の発達により、早く正確で便利になった。

ところが、伊豆諸島、小笠原諸島を結ぶ客船乗り場の竹芝桟橋の待合所にはこのところ「条件つき出航」と書いてあることが多い。

これらの島々には、大型船が夜に、高速船が朝に出航する。どちらも天気によっては欠航したり、引き戻ったりすることがある。それはそれで仕方がない。ところが、台風のまっ只中向かって行き結局戻ってきたり、そうかと思うと天気予報によると台風の進路に当たるからと早々欠航を決定し、その後、台風が逸れて穏やかな日和だったりする。そういうことに不服を言うお客が出てきた。

東京湾に近い大島までは余程のことでない限り欠航することはないが、その先の島々は大海原の太平洋であり、大島を過ぎた利島（としま）沖から急に黒潮の流れが強く海の難所である。

そこで、大島から先のことは現地の状況による。

「船長の判断によります」

と、港まで近づいたものの、

「接岸を試みましたができません」

ということもあり、最悪の場合は引き返すことになる。

自然のことで仕方ないとはいえ、昔を知る人はこのくらいの波で接岸できないのを歯がゆく思うこともある。

確かに着いてみなくてはわからない現状では、「条件付き」と言わざるをえない。

困るのは東京から乗る乗客である。情報がわからないから、着くかわからない船には無理して乗らないようになる。するといつになったら乗れるのか判断に迷う。そんなこんなで最近の船はあてにならないということになる。

自分の下船する島を横目に遠い島まで行って、さらに東京の振出しまで戻ったこともある。こういう日は波が高くて接岸できないくらいだから、船は大揺れで具合いが悪くならない人の方が少ない。西の季節風は正月から二月にかけて強く吹き荒れる。

島を離れているとき、何か事がおきれば、条件付きでも船さえ出れば飛び乗ってしまう。

数年前のことである。家族の者が具合が悪くなったのは正月が明けてすぐのことであった。いつものように条件付きの船に乗船したものの、大島を過ぎても、次の寄港地に船は着くのか着かないのか案内の放送はない。

まもなく利島を通り過ぎ、ようやく欠航の放送がある。次の新島に行く予定の私は一刻も早く会いたい。そんな思いが募る中、もし接岸できなかったらどの島につくのやら不安が過り、波はどんな様子か一人甲板に出て海上をこの目で確かめる。

「大丈夫だ」

一人呟く。冷たい風が肌を刺す。冬の深い藍色の海に白波が立ち、穏やかではないが、こうして何十回、何百回、この海を眺めている感じでは、この程度のうねりや西風では、着岸できない状況ではない。天気予報によれば、台風も低気圧もきていない。西高東低の冬型の天気である。

新島が見え始めるころ、水平線の向こうに太陽が昇ってきた。船は黙って予定通り島の港に着岸した。この季節、観光客らしい顔は見えない。誰も文句をいう人もなく落ちついているのだ。

後から知ったことだが、

「条件付きの時はたいてい着くよ。着かないときはよほど乗りあわせた人が船運の悪い人だよ」

と笑っている。

そういえば新島、式根島を通り過ぎ、神津島まで行って、結局東京まで戻ってきたとき一緒になった友達が

「おれって船運が悪いんだよな」

と、乗り合わせた人に嫌われるのだと言っていたことを思い出した。

それにしても、板子一枚下は地獄といわれるように、船は怖い、自然は一刻一刻変化し海の変わりようは激しい。船便を頼りの我が身は、必死になって天気の情報をキャッチするのが常だ。

天気予報はもちろんのこと、波の音を聞き、海の色を眺め、頬をなでる風の感じで天気を予測し、上京の予定を立てる。さらに、氏神様に手を合わせ旅をする。

現代は科学が発達し気象状況を頼りにし過ぎるきらいがあるが、それだけでは計り知れない自然の一瞬の事態が起きることもある。ちょっと待てば止む雨の中、「時間です」とお客を下船させたり、穏やかな日和なのに「天気予報に依存して」早々と欠航したりと、船に携わる人のそういう対処の仕方が、昔と比べ、昨今弱い気がする。

島通いの定期船は豪華客船と違い、船内のサービスも愛想もよくない。けれども、この船会社は、明治三十一年に「館山丸」の蒸気船が下田～新島間を月三回就航して以来、長い歴史があるが、現代にいたるまで、大型客船が問題になるような海難事故を起こしたことがない。

その意味では昨今の交通事情を考えると、長い間の関係者の安全運航の努力に対し、島民として感謝している。条件つき運航も、安全第一と考えれば、止むを得ない。近頃、台風や熱帯低気圧の突風が多い。今夜も台風が二つ重なり、さらに低気圧とドッキングした中、定期船は「条件つき」で伊豆諸島の各島に向け出航するというが・・・。

島守り

父前田健二は大正元年十二月三日、新島本村一番地に生まれ、平成十年一月六日、この地で八十五年の生涯を閉じた。

次男坊の父は、健康であるようにと健二という名前がつけられた。長男はしっかりしていたから、次男の父は　余り期待もかけられないままノンビリ成長したようだったが、前田家に次々不幸が起こり、父は五年の間に、祖父母、父母、兄まで失ない、姉と二人の妹が残され、十五歳で家督を継ぐことになった。

その後、父は東京の叔父のところで世話になり、なんとか学校を出て、十三社神社の宮司となって島に帰ったが、神社も前田家も見るに耐えない姿に衰退し、今思えば苦しいどん底の暮らしの時代だった。

代々神主と地役人を兼ねた家柄だったが、質素を旨とする暮らしぶりになんの蓄えもなかった。神主の衣装は誰も着るものがないから手をつけられなかったが、大方の目ぼしい品は消えていた。住まいの屋根は傷み、トタンや瓦でつぎはぎだったという。

それでも島の暮らしぶりは皆同じように苦労した時代であったから、父が島に帰ったらさっそく嫁の話が持ち上がった。

ところが父は島の娘と結婚する気はなかったという。

父が元気なころよく話してくれたことだった。

「メンデルの法則を知ってるか」

と私に聞いた。

「えんどう豆の遺伝の話でしょ」

というと、

「そうだ、おれは学校に行って役にたったのはこのことだけだ」

と愉快そうに笑った。

　そこで父の嫁探しの話になるのだが、大正時代のことだった。父の叔父前田保次郎は、年頃になると、親戚を頼って島を出て、東京の馬込というところに一人で家を借りて住み鉄道省に勤めていた。

　謹厳実直な叔父は、毎朝きちんと決まった時間に出かけ、決まった時間に帰って来ていた。駅までの通り道に毎朝家の前を竹箒で掃いている男性がいた。

　ある朝のこと、叔父が、

「おはようございます」

と一声かけた。田舎の青年にしては勇気のいることだった違いない。

「おはようございます」

と返事が帰ってきてそれから、毎日の挨拶が始まり、帰りには
「一杯どうですか」

と上がり框でごちそうになるようになったという。

　そこから父の人生ドラマが始まった。いや、すでに赤い糸で結ばれていたのだろうか。その人は小夫家喜五郎さんと言った。挨拶に厳しい人で人間挨拶がきちんとできたら、半分出来たも同じだと、挨拶の善し悪しで人を判断する人だった。

すっかり気に入られた叔父もおやじさんと言って親しくするうち嫁の世話までしてもらって、所帯を持つことができ、子供も生まれ、家族ぐるみでお付き合いし、親切にしてもらっていた。そんなところに今度は甥の父健二が島から出て来たのだ。父は恥ずかしがり屋で、いつもうつむき加減で道を歩いている。

近くに女学校があって、すれ違う都会の乙女に顔を赤らめていたという。その中に小夫家さんの娘きみさんもいた。小夫家さんには息子三人、下に娘二人いた。都会育ちのきみさんは田舎の青年には目もくれず、ひたすら花嫁修行に精をだしていた。

その娘もやがて年頃になるときれいに着飾って母親と出かけることも多くなってきた。当時はまだ着物の時代だった。色白なきみさんは藤色の着物がよく似合った。

父はじっとその成長ぶりを見て見ぬ振りをしていたのだった。やがて父は無事に学校を終えて新島に帰ることになって、叔父は嫁探しに必死になった。

小夫家さんも、もちろん一生懸命努力してくれたが、なにしろ

「地図にも載っていない島には大事な娘はやれない」

とどこへいってもお断りが続いた。

「健二、島の人ならいるだろう」

叔父もさすがに条件の悪いこの縁談に都会の娘は難しい事を教えても、がんとしてきかない。そこでメンデルの法則になるが、その当時島ではまだ誰も都会の人を嫁に貰ったことがない、というより来てがないのだ。それを知ってか知らずか、父は島は小さいところで人口も少ない、

新しい血をいれないといけない、それを自分がやりたいと決心をしたというのだ。（今ではむしろ都会からのお嫁さんの方が多い時代になった）

小さな体に大きな望みを持っていた。が、それには当てがあってのことだった。

「誰かいい人がいるのか」

叔父が聞いたとき、

「小夫家きみさんがいい」

とハッキリ言ったに違いないが、父からは聞きそびれた。

驚いたのは叔父のようだ。実情をよく知っているご恩のある人の娘さんを遠い島につれてくことは、申し訳ない。苦労が目に見えているのだ。

しかし、父は都会の娘という以上にきみさんに恋心を抱いていたようだ。

健二の胸の内を知ると、叔父は味方についてくれた。

健二のためなら叔父はどこまでも何度だって頭を下げるということらしい。おやじさんには言いにくいことをしっかりと言ってはさり気なく断られ、それを繰り返していた。

娘のきみさんは「いい人だけど」と言い、親に任せていた。

その夏、前田家で先祖の式年祭をすることになった。こんどは叔母の出番だ。

「嫁に行ってしまうと新島になんか行けなくなってしまうから一度遊びに行きましょう」

と親切に誘われた、きみさんは花嫁修行ばかりで遊ぶこともしなかった。一人で旅行などしたこともない、

「地図にも載っていない海の向こうはどんなとこだろうか」

二十歳そこそこの娘は親ほど深くは考えていなかった。喜び勇んで出かけて行ったのだが島中にお嫁さんが来たという噂が広がっていた。

「そんなつもりはない」

娘心は傷ついていた。

「結婚は本人の気持ち次第」

ということで結局娘が望まないことを理由にこの話は進まず、また一から嫁探しが始まった。

きみさんは相変わらず、花嫁修行に精をだしていた。とくに、裁縫は朝から夕方まで習い、先生もいい人柄で何事も相談していたという。

その年の秋のことだった。

きみさんが裁縫の先生に結婚話を相談すると、さっそく両親のところへ出かけて行って、

「私にお嬢さんをください、私がいい人にお世話しましょう」

と、親切に言ってくださったのだ。両親にとっては渡りに船と、娘を頼み、深々頭を下げた。

ところが、先生ならば何もかもご存じの方、きっと娘をしかるべきところにお世話してくれるものと喜んだのも束の間だった。

「前田健二さんはお嬢さんに相応しい立派な方です、この結婚をお受けします。」

と告げた、父には一度も会ったことはなかったというのに。意外な方向に話が進んだ。ということで、両親にとってはなんとも納得のいかない話になってしまったが、娘が泣いていやがる

様子もないのをみて、小夫家喜五郎さんは、叔父に、

「これもご縁ですから」

と娘の結婚を許してくれたのだった。

親代わりの叔父は、事のほか喜んで涙を流していたという。

父はそうと決まると、心変わりのしないうちにと、翌年秋の祝言の予定を「一日も早い方がいい」と手回しよく春三月に結婚式を挙げ、花嫁にとっては誰一人知らない異国のような島にさっさと連れて行ってしまったのである。

その後の母の苦労はご想像にお任せすることにして、それから六十年の歳月が過ぎ、母が父に訊いた。

「こんな遠いところに島流しになって、何か悪いことでもしたのかしら」

「そうだ、前世に悪いことをしたからだ」

と父はすまして言った。

そして、ついにご赦免の便りのないまま父は旅立って、母は今、一人になってしまったが、

「ここが一番いいところだ」

と朝な夕なに父の御霊に手を合わせている。

父の人生は決して豊かで贅沢の出来る暮らしではなかったが、明るく、ユーモアを忘れなかった。最期の病の床で
「どこか苦しいことや悪いところはないか」

母が尋ねると、

「口が悪い」

と言って笑わせた。

六人の子供に恵まれ、それぞれに結婚し、孫が十四人、曾孫一人、皆元気に暮らしている。そのことを何よりも喜んでいた。名は体を表すというが健康にも恵まれた人生だった。また、父はどこよりも新島が好きだった。


太平洋戦争のとき、全島疎開し、十三社神社の御魂も伊豆の三嶋大社に疎開することになったが、それを断り、父は神様をお守りするために、一人島に残ったと聞く。

平成九年十二月八日、父は名誉宮司になり、長男が宮司になって、祝いの獅子舞が座敷に入ったその席で、全力を振り絞って、自分のこれまでの人生に感謝し、

「新島という所は、日本列島を弓矢に例えると丁度要の位置になる（このことは昭和天皇から山岸史枝様がお聞きした話）さらにその元は・・・」と、庭先の樹齢千五百年の大蘇鉄を指差した。


父は、日本の国を愛し、この鎮守の杜に生まれ育ったことを誇りに思っていた。そして、新島にとって大事な、最後の島守りの人だった、と私は思う。

夜間飛行

東京湾上空から都会の夜景を私は無言で眺めていた。

その日、新島で暮らしている私の家族に異変が起きた。春の海は穏やかで何事もないように静かで、夕暮れ時を迎えていた。毎月十五日には決まった集まりがあり、留守を頼んで上京する。帰島したばかりでほっとしていた時だった。

すでに定期便の船も小型飛行機も最終便の時間が過ぎている。夫は先日来、風邪気味だった。島の診療所に行くと、風邪と診断されたと薬を貰ってきた。それでも、気になり上京を見合わせていると「大丈夫だ」と言う。そう言われると、インフルエンザの予防接種も、肺炎のワクチンもしているから、まあ大事にはならないだろうと楽観して出かけた。ところが帰ってみると具合が良くなさそうで、心配していた矢先のことだった。

呼ばれて見たトイレの色に仰天し、すぐに診療所に急患の診察を頼み、連れて行った。すると
「この島の診療所では処置が出来ませんので、緊急ヘリ要請します」

という医師の判断であった。小さな島の診療所では手の施しようがないという。

こういう時、伊豆諸島では、東京都に緊急ヘリ要請をし、ヘリポートのある都立病院に搬送する。離島に暮らす不安が現実となったのである。日頃、ヘリが飛んでいると、何事が起きた

のか気になるが、身に降りかからないとピンとこなかった。思わぬ事態になった。急きょ緊急ヘリの到着までの間に入院の支度と家の後始末をし、上京の準備をして診療所に戻り、救急隊を待っていた。

五月の陽は長い、日没には間があった。六時三十分、島の診療所から救急車で飛行場に向かう。やがて上空に東京都消防庁航空隊のヘリコプターが見え、大きな音と風を巻き起こしながら着陸した。十二、三人は乗れそうな機種である。隊員の誘導でヘリに乗り込んだ付添いの私を前の座席に座らせ、患者は島の消防団員が担架を担いでそのままヘリに乗せた。ヘリの中には救急医師や消防庁航空隊の隊員が五、六名乗っているようだ。私に隊員が名前を確認するとおおよそのことを説明し、救命胴衣を着け、シートベルトを締めてくれた。操縦席に二人、前の座席の私に隊員一人が付添い、後ろの担架の周りには医師と隊員が患者に付き添っている。

「なんなりと遠慮なく言ってください」

不安顔の付添いへの配慮であろう。準備が整うと、ヘリは直ぐに浮揚した。日が落ち、暮れかかる島の空港に見送りの人が整列している。

「見送りの人に手を振ってはいけないよ」

手を振ることは、別れの挨拶になるという。それがヘリに付き添う人のマナーだと初めて聞かされ驚いた。それで島の人は病気になると自力で島外の病院に行こうとする意味もわかったが、わが身が一刻を争う立場になるとそんなことを言っていられない。きっと元気になって帰ると祈るような思いで窓から黙礼した。

やがて大島上空を通過すると、海も空の色も消え、暗い夜間飛行となった。東京の上空の夜の低空飛行は危険が多いのだろうか。都立病院の屋上には着陸できず、一番近い江東区のヘリーポートに向うという。飛行時間およそ四〇分の予定で、ひたすら北へ向かって飛行している。

他人事と思っていた、突然の出来事に心の準備もないままぼんやり眼を閉じていた。隊員は小さな声で連絡を取り合っている。エンジンの音が小型飛行機より大きく響いて異常事態の環境だが、ヘリの中では不思議なほど穏やかな気持ちだった。むしろ救急隊員に全てを任せ、落ちつきを取り戻し、ほっとしている。

昔だったらどうだろうか。母は、東京から嫁いできた。電気も夜になると消え、電話もラジオもどこの家でもまだついていなかった時代、島の女性は、普段は絣や縞の木綿の着物を来ていたというが、母は出かけるときには、絹の着物を着、都会で履く洒落た草履を履いていたという。贅沢というより、無駄をしないよう、ある物で間に合わせていたという。

ところが、ある親戚筋の年寄りが、

「島ではな、病人が出ると、はだて舟（チャーター便）を雇って伊豆の下田まで行って見てもらうんだよ。とくにわが子は、だれでも助けたい気持ちが強いからお金がなければ、借金し、三代先まで苦労する、だから、お金は大事にしなよ」

と、若い嫁の母に暗に贅沢をするなということを言ったという。それから七十年、決して楽ではない時代、六人の子供を無事育ててくれたが、そんな昔の苦労がふっと脳裏をかすめる。そして今、救急隊員の献身的な仕事ぶりに、後は運命だと自分に言い聞かせ、努めて前向きに考えていた。
伊豆半島や房総半島のかすかな稜線が見えなくなると、都会のネオンが闇の中に近づいてきた。予定通り七時三十分に、江東区のヘリポートに着くと救急車が待っていた。そこから高速道路を通り都心の都立病院に直行した。病院ではすでに医療スタッフが待っていてくれ、家族に病状と治療方法を説明し署名すると、直ぐ緊急処置を開始し、小一時間で終わった。結果と今後の入院の予定が、担当医から聞かされ、危機は脱したことを知った
たかが、風邪、されど風邪、風邪は万病の元といわれる。風邪と油断したのがよくなかったと、反省もあるが、その後無事退院して、今では何事もなかったかのように元気に暮らしている。終わりよければすべてよしである。それにしても、昔だったらお手上げの病いも現代医学の進歩によって助かり、また緊急医療制度によって離島の人の命が守られていることを体験して改めて感謝したことである。

女と刀

母屋の北側に古いものが入っている宝物殿がある。

ある日、私がその側を通りかかると、

「ちょっと手伝ってくれないか」

と父に呼び止められた。

二十年ほど前、伊豆七島の新島の生家に里帰りしたときのことである。昔はそういう場所に女が入ることは許されなかった。

夏の日差しの中から急に暗がりの蔵のなかにおどろおどろ入っていくと、

「探し物をしているんだが、見つからないんだよ」

と言いながら奥へ誘い入れていた。

やがて、少しづつ目が慣れてくると雑然と木の箱が並んでいた。中には古文書や古い道具やら刀、掛け軸など入っているようだった。

隅には前田家の先祖の御霊が祭られ、傍に白く長い髭を生やした祖父の遺影が置かれていた。小さな部屋がいくつかに区切られ奥の方は鉄の扉が二重になって、中に進むほど薄暗く、すうっと冷たい不気味な空気が流れていた。

「確かこの辺りだ」

と言いながら箱をあちこち開けては、私に蓋を持たせる。

何百年も昔の箱や書物に染みついた古い臭いが漂ってくる。私はわりあい探し物がうまく好きだった。自分なりの勘を働かせ探し当てるのだが、

「これかしら」と書物の入っているらしい、ぼろぼろの細長い桐箱を持ち上げた。

「それだよ、」と嬉しそうに箱の埃を払いながら、

「中身を見たいかい」と言った。

古文書に興味がなかったから、返事を渋っていると、父は見せたかったのだろうか、張り合

いのない顔をし、今度は、

「刀はどうだ」とポツンと言った。そういうことには厳しい父だと知りながらも、

「えっ、女でもいいの」

と言いながらその目は好奇心をあらわにしていた。

「かまわんさ」という父の後をさらに奥に入っていったのである。

(時代が変わったのだろうか)

ずっと前から一度刀は見たかった。そのうれしさで、私はその日、忌み日であることを躊躇いながらも、折角のチャンスを断る勇気はなかったのである。

父は桐箱を持ちだすと、少し明るい遺影の近くの場所へ運んできた。平然とむしろ浮き浮きした気分で「ちょっとだけよ」というふうであった。いつも慎重な父は、奥の間の畳の上で、刀に触れるにはそれなりの準備が必要のように思っていた。

ところがその場で立ったまま、積み重なった段ボールの上に桐箱をおいて蓋を開けたのである。丁寧に包まれている白い布を右左に手早く開くと、中に刀一振りが大切に納められていた。

そのころ俊敏だった父は手際よく刀を取り出すと、柄に手をかけ鞘から刀を抜いていた
「兼光だ、持って見るか」

私は黙ってうなづいていた。

鋭い刃先が光っている。初めて見る刀に胸の高鳴りをおぼえて手が微かにふるえている。父は刀の刃を自分の方に向けて真っ直ぐ立てると、もう柄が私の目の先にあった。

父は小柄で、同じくらいの目の高さであった。

緊張しながらゆっくり刀の柄を両手でつかんで受け取ると、思ったより大きく重く感じた。

そのとき、

「ガタン」

と、何かが倒れる音がした。

驚いた私の体がふらつき、長い太刀を持ったままバランスを失ってしまったのである。

「父を殺めてしまった」

私の全身から血が引いていく。

気がつくと、目の前の父の姿が消えている。

(刀を見たいなどと言わなければ良かった、きっと清めもしないで刀を触ったから天罰よ)

悪夢のような瞬間をただ呆然と立ちすくんでいると、

「大丈夫だったか」

と、暗がりの中から父の変わらぬ姿が浮かび上がってきたのである。

一転して嬉しさに変わったが、父と子は顔を見合わせただ声もなく震えていたのだった。日頃、真摯な生きかたの父が、先祖の前で起こしてしまった失態を私はずっと気にかけていた。神主の父は父なりに私の分まで平穏を祈念してくれたのだろうか。

それからしばらくして、私の家族の者が限りある命の宣告されたときである。

その時ちょうど、新島の吉山家に戦後預けたままの刀が、神宮の神職の家に代々伝わる守り刀であるということがわかった。その刀を伊勢まで届ける途中父が、当時住んでいた門前仲町

のわが家に立ち寄ったのである。助からないものと諦めかけていた私に、

「いいかい、結論はまだ早いよ」

と言って伊勢へ向かった。

その一言に私は勇気づけられたのである。

まもなく思い切って転院させたところ、なぜか魔物は跡形もなく消えていた。その理由はわからないが、私はいまでも守り刀のご加護のお陰と信じている。

刀には魂が宿っているというが、人間の力を越えた見えない不思議なこともある。

父はこのことを黙って黄泉の国へ旅立ったが、無言の教えを私はいつまでも忘れることはないだろう。

墓守り

私の住んでいる新島の墓地は一年中花が手向けられその花の絶えることがない。

共同墓地は遠い家からでも老人の足で歩いて二十分ほどの人家の中央に纏まってある。そのせいか、小さな押し車にシキビや花を積んで、おぼつかない足の杖替わりにゆっくり押している老婆とよく出会う。

「参って来たかよ」

と互いに声を掛け合い、あいさつをかわす。親しい人に出会えば一言、二言のあいさつが立ち

話となり、やがて座り込んで話し込む人も見かける。お年寄りにとっては井戸端会議のような社交場でもある。

この島は古くは真言宗であったが、応永年間（1394〜1428）日英聖人によって長栄寺を開山し、このとき全島民が日蓮宗に帰依している。

私の先祖の前田家は、代々神主をしているので神道の祀り方だが昔はやはり日蓮宗だったようだ。共同墓地は他の宗派の墓も一緒にまつられている。

父が亡くなって三年目になる。それまで五十年間も生家では葬式を出したことがなかった。生前、父は自分の代で墓の祀り方をすべて簡略化した、盆暮、彼岸、命日などだけに先祖の祀りごとをすればいいという考えのようだった。

毎日色とりどりの花を飾ってある島の墓とくらべ、墓参りといっても墓石の前の左右に真榊の木を植えただけの墓は、少し寂しい気もしていた。私はそれに、先祖といっても顔もよくわからないから手を合わせてもピンとくるものがない。ところが、近ごろは父が眠っている墓と思うと、買い物の行き帰り、散歩の途中と、思い出しては、朝な夕な関係なく墓参りをするようになった。

子供のころの墓地はうす寂しく怖いところで、肝試しの場所でもあったから夕方などとても近づけるところではない。

不思議なことに、いまでは父をはじめ知り合いが多くなったせいか賑やかで、怖いというよりむしろ懐かしい人に会える心の休まるところとなったのである。

ここもあそこもと墓参りをし、行き交う人にあいさつをかわしていると、小一時間はすぐに経ってしまう。

年寄りは、押し車を止めては、傍らのバケツに張ってある水を、まるで生きている人に声をかけるように、手向けている。

自分の家の墓の前では、ゆったりと座り込んで、シキビや花を順繰りに取り替えては、一年中きれいに花を絶やさないように保っているのだ。

この花の差し方は島の年寄りの独特のやり方があるようで、若い人や、都会からきたお嫁さんなどの差し方とは微妙な違いがあり、又昔とくらべても違ってきているようだ。

最近は洋風の花をカラフルにさし、いっそう華やかである。

昔から信仰心の篤いこの島では、ことのほか墓を大事にしている。

それにくらべ、私の先祖の墓は真榊と小さな梅鉢の家紋の湯飲みがぽつんと一つ置かれ、水が供えてあるだけ、それでも白い浜砂を敷き詰めてある墓地に、風が吹けば木の葉が落ち、少し放っておけば雑草も生える。そのうえ、箒の掃き目をきれいに砂を片寄せないように仕上げるのだが、これがなかなか難しく、墓守りも一仕事である。

ところが父が亡くなってからは、新しい水が供えられ、白い浜砂の上にはいつ行っても葉っぱ一つ落ちてはいない。

掃き目はその人によっていろいろだが、中には足跡も残さず上手な人がいる。

だれがこんなにきれいにやってくれているのだろうか。私は墓参りのたびに気にかけていたことだった。

ある朝のことである。めずらしく寺山に朝陽が昇る前に墓参りに行った。出会う人の姿はなく、長栄寺の本堂の奥から木魚の音だけが静寂の中に聞こえている。椎やチギなどの常緑樹の古木がちょうど芽吹いて、辺りいっぱい香り、風もないのに朽葉が音もなく舞っていた。

あれこれの方角で建っている墓の通り道は狭く、人がすれ違うのにやっとで、右に左に幾度も曲がりながら、明るい春の花々の間を通り抜けると、南の端に先祖の墓がある。抗火石で囲った墓は、階段を二段上ると人の高さほどの鳥居が立っているからよく目立つ。正面に「前田家之奥津城」と父の筆で彫った墓石が建っている。

近づくと、見慣れない老婆の姿があった。

階段の下には草履がきちんと脱いであるのが見える。私は声をかけるのがためらわれ、その場に立ち止まっていると、老婆は座ったままていねいに落ち葉を手ではき集め、それを自分の前掛けに包むと片手で押さえ、空いた右手で浜砂を均しながら徐々に後退りした。

そのまま階段を下がると、揃えた草履を履き、墓前に深々と頭を下げ立ち去ったのだった。その振る舞いはごく自然であり、心からのものが溢れでていた。

こうして島の人々が誰彼となく、父のお墓を守ってくれていることを知り、私は父の人徳が偲ばれ、熱いものが込み上げてきた。

このときふっと父の辞世の歌がわたしの脳裡をよぎったのである。

よたよたと八十路の道の浜千鳥
神と人とのお陰を得てこそ　　杜生

昨日までせっせと墓場に通って、ベッタリ座り込んで花を飾っていた老婆が次に墓場にいくと、その花の下に永眠している。こんなことに何度出会っていることだろう。

あすは我が身のこんな確実な現実はないのだが、どうも他人事のようで、この先どんなところへ行くのか、どんな墓をつくるのかいまだに先のことのように思えて大事な人と話合ってはいない。「墓ない」人生なのだ。近頃葬儀や墓の作り方が徐々に変化しているようだがこの島の風習からいくとどうも急には変化はしないようだ。

島の寺の本堂には毎年法事の予定が張り出されるが百年祭の水子の供養も、しないと祟りがありそうで、どうもといいつつ、信心深くやっていると、古い家では毎年のようになんだかんだと法事をやるようになっているという。そんな話をきくとそこまで子孫に供養は頼みにくい。さりとて、空や海にまいてくれるよう娘たちに頼んだらなんというだろうか。死んだらなんにもなくなるという。

しかし、母の前にあらわれる父の幻の姿はなんなのだろう、墓は生きている人の心の支えなのであろうか、かたや疎かにはできないもののようにも思えてくる。

♪私のお墓の前で泣かないでください。私はそこにいません。

そんな歌が今はやっている。

どう考えたらいいのだろうか。

偕老同穴とは

三嶋大社に参拝したことがある。

三嶋大社の御神体は大国主命の子事代主命を祀ってある。古くは『三嶋大明神縁起』に載っていて伊豆の島々を作られて国造りの神様だといわれている。広い境内には巨木の金木犀が枝葉を広げていた。高さが日本一で国の天然記念物だという。

また境内の宝物殿で六放海綿という珍しい生物の剥製をみた。深海に住み海綿の仲間だという。白い網目の細長い物体で、その中に雌雄の生き物が共に暮らし、一生を終えるようだ。そのことに人間が共に暮らして老い、死んだ後は同じ墓穴に葬られること、信頼が固いことを重ね偕老同穴の夫婦の契りとしてこの三嶋大社の宝物殿に展示されている。

私は夫と二人で見た。寡黙の夫は相変わらず何の反応もなかった。

その後私が父に三嶋大社を参拝したと言ったら、即座に
「あれ、見たか」と、父には珍しい好奇の目を向けた。

「見たわよ」

「そうか」それだけのことである。

「百聞は一見に如かず」

興味のある方は三嶋大社にお出掛けください。

夫婦の出会い

人生で大切なことは出会いであるとは自他共に認めるところ、ことに結婚については一生を左右し、子孫繁栄に繋がる大事なことと思うが、近頃この出会いの大切さが薄くなっている。簡単に結婚するから簡単に離婚するように思われる。が、決して他人事ではないから話題にはできない。動物を見ていると求愛行動が真剣で教えられることが多い。

大分昔のことになる。わが身を振り返ってみると、他人はよく

「恋愛ですか。お見合いですか」

という。私にとっては親戚の紹介だからお見合いと思っている。が、相手にとっては自分で行動し見つけて自分が納得して求めたようだから、恋愛感情があったのかも知れない。その積極的な行動を見せたのは後にも先にも記憶がない。人生で一度切りのことであった。

私自身はなぜ結婚したのかは定かではない。相手は何故自分を選んだのだろうか。と思って

いたが、聞く機会を失った。出会いとは不思議なものである。

「ご主人寡黙な方ですね」

と他人は言い、私も今でもそう思っている。

あの日夫になる人は一生分私に話してしまい、手紙で思いを書き続けてきたかのように
(ただ手紙は今でも大切に持っているが、達筆で理解できないままである)

その後は確かに寡黙で、あれこれ過去の自分も考えも多くを語っていない。たまに故郷のことをぽつりぽつりと話すと、

「その話、始めて聞いたわ」

ということになる。

夫は雪国の新潟の米どころの生まれ、次男坊といっても末っ子、大事に育っている。私は太平洋の真っ只中の小さな島、伊豆諸島の新島の代々神主をしている神社の六人兄弟の二女で、一見固い家柄のようだが、のんびり自由奔放に育っている。夫は血液型は三Aで、真面目、私は三０でのんびり型、が当時二人は血液型のことに関して何も知識はなかった。夫は新潟の人はみなA型だと思っていたようだ、私は小柄な父に血液型を聞くと
「おれは小型だが０型だ」

とのんきなことを言っていたから真剣に考えもしていなかった。

そんなちぐはぐなコンビが良く続いたものである。

晩年姓名判断をする人と会って話をしている折りのことである。

「ご主人真面目ですね、真面目の真面目大真面目な方で貴方助かりますね」

と言われた、そして、

「貴女はそのうち良いことがありますよ、ただ・・・」

と言って口ごもった、私は願って占って貰っているわけではないから話題を変えたが、夫は確かに真面目な人だった。

真面目な人が順風満帆な人生とは限らない。真っ直ぐに歩いていても転ぶこともあり、谷に落ちることもある。なにが起きるか分からないものである。用心深く生きている人だったわりには生死に係わるようなことに何度も出会っていて、何度も入院しては心配をかけている人だった。終いに私は
「人生でなんど入院したの」と聞いた。

「十二回目だ」という。

「私は二人の娘の出産以外には一度だけよ」

自慢げに言った。

あれから四十数年経つと女性の方が強くなっていた。その一度だけというのも、結婚以来私は私なりに一生懸命寡黙で真面目な人についていったが、所詮ちぐはぐは、どちらか無理がある。私がついていけなくなった。そのことが原因で病気になったことがあったが、それを機に開き直って私は私の出来ることをしよう。相手がどうこうと言っているわけではない。私が無理をしていただけだった。そう解釈したら楽になっていった。それ以来病気知らずできている。

不思議なことに夫は何度入院しても不死鳥のように自宅に帰ってきて、後遺症もなく、検査にはいつも合格していた。

そして二人の娘にも今では孫ができた。これまた次世代にバトンタッチ出来たことは大きな喜びでもあった。

孫達は気難しそうなおじいちゃんには最初は懐かなかったが、やがて接近していき、実家に来ると「おじいちゃん」とさっさと二階のおじいちゃんにあいさつにいく。

夫は、二歳と四歳になった男の子の孫がよほどうれしかったのだろう。

「娘を良く育ててくれた・・・」

と、ぽつり。これからは、七五三だ、幼稚園だ入学式だと次々に行事がある。

「孫の成長を見届けたい」

と近頃はいっそう元気だった。

そろそろ金婚式になる。私にとってはそれが楽しみでもあり当面の目標だった。

「金婚式にはウエディングドレスを着て写真撮りたいわ」

(できることなら、拙著『夕映えのシドニーラブ』)の主人公恒子が七十歳でウェディングドレスの記念撮影をしたオーストラリアのシドニーのあの場所でと思ったが、黙った)

「いいんじゃないの」娘達は否定しない。が夫は相変わらず無言であった。

神のご加護

夫の転勤で北海道に昭和四十年代に三年間住んでいたことがある。その三年間で札幌、滝川、小樽と四回引っ越した。

南国育ちの私は初めての雪国の生活だった。幸いなことに一歳になったばかりの娘は寒さに強く素足で暮らしていた。エアコンの無い時代、北海道の暮らしは石炭ストーブか石油ストーブであったが、それでも札幌は団地の三階であったので意外に快適だった。

ところが、滝川に引っ越すと北海道の真ん中の平原の中のこの大地は雪深い地域だった。昔屯田兵が開拓した土地で、その兵舎が市の住宅に借り上げていたところを役所が借りていた家だった。二軒長屋の住宅が何棟か並んでいた。木造の古い家で天井が高く回り廊下で部屋が区切られている。その廊下の周りはガラス窓一枚で雨戸がない。冬が近づくと家の周りにビニールを張る。屋根から降ろした雪で軒下と地面が繋がり、昼間でも陽が当たらず、電球をつけていた。真ん中の部屋に石油ストーブがあったが、いつも部屋の温度は十度以下だった。朝起きると水道管が破裂していた。雪を掬ってお湯を沸かしたことが何度あったことだろう。

夫は雪国育ちだからそれ程苦には思っていないらしくストーブのない別室で寝ていた。それでも朝になると布団が吐く息で白くなっていたという。寒いのも厳しいがなによりも遠い北国の夜は音もなく寂しかった。私は娘に寄り添い子守歌を唄い、童話を読んだり作り話を聞かせたりとしながら寝かせ付けていた。その部屋はコンセントなどなく、裸電球がぶら下がっていた。

ある夜眩しくて眠れなかった。そのとき、ふっと戦時中、電球に黒い何かを被せたという映像が脳裏に浮かんで、傍のエプロンをその裸電球に掛けた。そのことでなにが起きるかという考えなどなかった。私は日頃寝たら最後、雷が鳴っても目が覚めない。子供の泣き声かゆり起こされるようなことがなければ白河夜船である。幸いなことに娘は夜泣きもなく、順調に育っていて夜中に起こされることもなかった。

寒い夜のことだった。すっかり寝込んでいた。が夢の中でどこかで焦げた臭いが鼻につく。何事かと、起きよう、起きようとするのだが手足が動かない。朦朧としているとどこかで「ウオー」という叫びにようやく立ち上がった。すると、裸電球にかけたエプロンから煙が出ていたのだ。あわててエプロンを引っ張って抱え込むと、すでに熱く黒こげで、大きく穴があいていた。燃え上がる寸前を止めることができた・・・。

それにしてもあの叫びはなんだったのだろう、もし、目が覚めなかったらどうなっていたのだろうか。

ことの重大さはそのときは気づかなかった。ただ手を合わせ感謝していた。

私は故郷新島で結婚しここからスタートした。所帯を新島で持った折り父が大工さんに頼んで神棚を作ってくれた。

引っ越して間もない滝川の住宅にも暗い部屋だったが、南を向いたタンスの上に神棚を置いて祀っていた。そこには、伊勢神宮の天照大神の御札、新島の事代主命を御祭神とした十三社神社の御札、新しく引っ越してきた産土神社のお守りを祀ってあった。


私は代々神社の神職を継ぐ家に生まれ育っている、日頃から父の祝詞を耳にし、祀りの行事には裏方として手伝っていた。

それでも神社という信仰の深さには気がついていなかった。いつどこにいても両親の庇護のもと困ったら相談し、それで事足りて生きてきた。

苦労なく結婚し、子供が生まれ、幸せとはどんなことか実感としてわかない。ただ当たり前と思ってはいない。かといって不幸ではないが、南国育ちの私にとっては、厳しい雪国の暮らしは堪えた。

何もかも新しい経験、そして孤独であった。

若気の至り・・・そんなことも知らなかったのか、と自分を責めていた。救いだったのはそのとき夫が私の無知を責めなかったことであった。

そして、そのころより神様のご加護に感謝するようになっていった。

喜怒哀楽～喜び、そして御利益

私にとって人生で一番嬉しかったことは、二人の娘に孫が元気に生まれたことである。自分に子供が生まれたときは当たり前のようであった。しかし、今子供が生まれることは当たり前ではないということにわが身に降りかかって知ったことである。ご多分にもれず娘達の婚期は遅く、子供もなかなか生まれなかった。そのことがなぜか自分の責任のようにも思われていた。

「母親なんだから娘達に教えたらどうか・・・」

寡黙な夫がちくちくと言う。そのことはどうしたものかと自分なりに言っているつもりなのだが、どこまで教えるのかその術を知らないまま月日が経っていった。

どこからともなく諦めのため息が聞こえるようだった。

私たちは新島の私の実家の一隅に家を建てていた。夏になるとその実家で、家族で夏休みを楽しんだ。やがて、夫が退職するとそこを拠点として私の両親の近くと都会のマイホームを行ったり来たりして暮らすようになっていた。

残念なことに両親とも亡くなり私の孫を抱かせることはできなかった。私は六人兄弟で我が家だけに孫がいなかった。そのことが私にとっては、悩みの種でもあった。母もいなくなり寂しく思っていたときのことである。突然母の言葉を思い出した。

「島に子の授かる観音様があるのよ、私もお産婆さんに連れていって貰いお陰で六人も授かったし、また、私が教えて十年出来なかった女性が女の子を授かったのよ・・・」

というような話だった。私は、思い立ったら、直ぐにそこへ向かった。

毎年八月十日が観音様のご開帳でその夜は夜店が出て賑やかになる。島の中程の山の中腹にその観音様はある。

百段ほど石段を登ると掃き清められた境内は静まり却っていた。

子宝の祠は観音様の境内の、黒川の清水の流れる源の近く、二本の大きなマキの木の間にある。子供の頃から意味もなく手を合わせていた。観音様は神様か仏様か分からないが代々神主がご開帳をしている。私の祈願は一つ、しっかりとお願いして後にした。

そして、人の気配のない静かな道を歩いていた時のことである。長女からの携帯のベルが鳴った。

「お母さん、きょう母子手帳をもらってきたの・・・」

「えっ」

と言葉を失った。今、祈願したばかりである。その御利益の速さに驚いた。

やがて、立派な可愛い初孫が生まれた。家族で大喜びはもちろんであったが。

「これでやっと兄弟で孫の話が出来るわね、いままで孫の話は禁句だったのよ・・・」

そんなに周りが喜んでくれ、また気配りをしていたくれたとは、ありがたいことであった。

そして、それから二年、孫の成長のお礼に観音様に向かった。その折り、次女にも良き孫をと改めてお願いしていた。思えばずいぶん欲張りなお願いであった。

観音様の境内はいつも掃き清められている、ちょうどお掃除日で、ご奉仕のお年寄りが、手で落ち葉をさらっていた。内容はどこかで聞いて知っていたようだ。

「初孫が生まれよかったですね」

「お陰さまで・・・」

そんな会話を交わし家路へと急いでいた。

そのとき、次女からの携帯のベルが鳴った。

「お母さん、・・・」

「えっ」

と耳を疑った。おめでたの知らせであった。そういえばあの日と同じ場所である。

「こんなことってあるのかしら。」

私の必死の願いは叶ったのだった。

以後自分の中では本当に子授かり観音様であり、あの向かった道は、子授かり通りとなっている。

こうして二人の娘にそれぞれ男の孫が生まれ、しっかりとバトンタッチができた。私の人生でもっとも嬉しいことであった。これ以上望むことはない。

人生の楽しみ

無事子育てが終わり夫婦二人になっての楽しみは、島暮らし、温泉そして釣りだった。自然の中で生活出来たことは幸せなことだった。その間にいろいろ旅をした。人生はまさに二人旅であった。その思いを重ね「六十歳からの旅は・・・」というタイトルの旅の思い出の原稿募集があって応募したことがある。その中の四十編に選ばれ一冊の本になったことがあった。楽しい旅の経験から「二人旅のすすめ」というやさしいタイトルで応募した。やがて

「六十歳からの旅は人生の栄養剤」

という本が送られてきた。見ると、その四十編の二番目に私の作品が載っていてそのタイトルに驚いた。

「崩壊寸前の夫婦をつなぎとめたもの」

「男は口に出さないようだ。良かった旅だったとは言わなかったが、行かない方が良かった、とも言わない・・・それから二人旅が始まった。」

との私の作品のタイトルと案内であった。私はだからこそ二人旅をすすめているのであった。人生山あり谷ありでいろいろあってどうその壁を乗り越えるか、そのプロセスがその人の生きかた、人生であると思う。確かに後になれば大したことではなくても、その時は一所懸命である。

崩壊寸前の夫婦と世間に発表すれば、家族にとっては面白くない。その後、本のタイトルのお陰で本に掲載されたことを喜ぶどころか気分をこわしてしまった。私にしてみたら「一歩間違えば・・・」ということで小説風にオーバーな表現だった。その点をよく考えずに書いてしまったのである。

確かに私は思ったこと考えたことをよく推敲しないで発表することがある。書いたものを消すことは出来ない、また、一度口に出したことは、覆水盆に返らず、と言う。ついつい簡単に思うことを口に出してしまう。どれほどの人を傷つけただろうか、今になって反省しきりである。が、今だにそう簡単には治りそうもない。

それを受け止めてくれた夫は偉いと思っている。どうして夫と結婚したのかと問われると、一つには、あのお見合いの日、

「私はわがままですから受け止めてくれる人が良い・・・」

断られる覚悟で、むしろ断ってもらいたくて言った。すると、

「私は何でも受け止めますよ、なんでも言われた方が却ってうれしい」と・・・

「確かにおっしゃいましたね」

(大きな心の人だ・・・)決心はこの一言だった。お陰でずいぶん自由に言わせてもらいましたが、そのことで叱られたことはなかった。

しかし、言わないことが、思わないことではないことにはずいぶん後に気がついたのである。また繊細で神経を使う人ではあったが、ドジなところもあった。夫婦のことは他人には分から

ない。粋も甘いも噛み分ける世代になってようやく夫婦旅が始まった。

旅は健康、時間、お金の三拍子揃わないと行けないという、が、どんなにお金と時間があっても健康で体力がなかったら普通の旅は無理だ。行ける時に行く、行きたい時に行く、チャンスは逃がさない。

旅で楽しいことは、もちろん自然の景色、その土地の美味しい食事やお酒、文化に触れ、知識を深めることでもあるが、思い出に残っていることは、その旅先での人との出会い、そしてハプニングである。

タイの小さな村だった。学校帰りの子供たちと出会いこちらの乗っていたトラックに飛び乗ってきた。ゴムゾウリを履き、小さな布製の袋を肩からさげ、文房具にも事欠くようだ。えんぴつやノートをあげると喜んでいた。車を下りたとき数えると二十八人も乗っていた。その顔は明るく、いつまでも手を振っていたのが強く印象に残っている。

タイでは1も2も通じないところで道に迷った。地図を見せても文盲で理解できない。すると老人が「いっぽん」と聞いてきた。タイ語らしい。「ノーにほん」と答えると、日本人とわかり親しみを持ったらしく笑って指をさした。観光客の行く場所らしい。その方向に向かうと目的地についた。

そんな素朴な村の旅が懐かしい。もう一度二人で旅に行けたらタイはチエンマイの小さな村のねぎぼうず村に行って見たいと思っていた。

(その夢は遠い彼方に消えた・・・。)

戸主、長男、男の子

そして、昔は大事な跡取りが必要とされ一人は男の子を所望したが、最近はどちらでもそれほど重要なことでは無くなった。結婚する二人にとってどちらを望むのかが大切になり、医学的に男女産み分ける方法も出てきた。

私の生まれた昭和十六年、大東亜戦争が始まる年、生家の状態は男子希望の年代である島に初めて東京から嫁がきた。島にとっては興味深々である。

若い都会の嫁にとってどれほど辛いことか、ようやく出来た子が女の子であった。可愛くてそれはそれで喜んでくれたようだ。そして二人目の私が女の子であり母はがっくりしたようで、すぐ病気になってしまい母乳も出なくなり、牛乳で育ったという。親戚の者も私を見ると

「この子がねー」

と頭をなでる。その感触は今でも覚えている。やがて少し口が利けるようになったとき隣島・利島の親戚の叔父さんが来た時のことである

「利島に行って○○○を買ってくる」

と言ったそうな。これも大人の笑いを誘っていたことが今でも忘れない。私にとって幼心を随分傷つけられていた。

それでもやがて母は、二男四女の子宝に恵まれ、子孫繁栄しているから、めでたし、めでたしである。

そして私自身男の子を欲しかったものの結局娘二人に恵まれたが、困ったことはなく、良き時代だと感謝している。実際娘二人で良かったと自他共に認めるところでもある。

男女のことよりむしろ現代は晩婚化や、乱れた性生活、最初の子供を堕胎するなどの社会的風潮によっても、子供が出来にくくなっている。出来ないとなると、なにが何でも子供を欲しいとなる。それもまた人情であるが、そういう時に限って思うようにはならない・・・。

女性の結婚は若いほど良い。若い時の卵子は元気で、数に限りがあるのだということを四十年ほど前、医師の奥さんから聞いたことがあった。子供を産み育ててから女性も自分にあった仕事をみつければ良い。

そのことに最近ようやく気が付き始めているが、その逆になったら日本は滅びる。老婆心ながら伝えておきたい。

食の考え～明日葉

昔昔中国に徐福という人がいた。

「不老長寿の薬がないものか」

と探し求めていたという。そして沢山の弟子を連れて日本にやってきた。そこで見つけたのが明日葉（あしたば）だという。伊豆諸島の八丈島では伝説として伝えられている。

私は伊豆諸島、新島の出身で明日葉は庭先から摘んで料理に使っている。

ただ、子供のころは明日葉を栄養があるから食べていたわけではない。どこの家でも家の周りに生えていたから自然に食料にしていただけである。子供にとっては苦くて、美味しい山菜ではなかった。

明日葉はセロリ科で、芽を摘んでも明日にはまた新芽を出すということで明日葉という名がついたと言われている。

贅沢だったが明日葉も新芽だけを摘んでいた。

ただ、明日葉は切り口から黄色い汁が出る。それが衣服につくと洗ってもなかなか落ちないと母を困らせた。

そして、今、戦後のひもじい時代を忘れ、飽食の現代となり、生活習慣病だ、ダイエットだといかに食事に気をつけるかと苦労する時代となった。自然食だ無農薬だ、あれが良い、これが良いと健康関連の情報や食品が目にとまる。

その中でも最近明日葉のことをよく見聞きする。

何年前のことだろうか。明日葉について新島で講演を聞いたことがある。

「明日葉はとても栄養価が高く良い野菜です。もっともっと利用しましょう」

と熱心に講義してくれたが、ピンとこない。

関西から島に見えたその女教授は
「大学で明日葉を栽培しているが、関西には自然には育たない、貴重な植物です。それから、明日葉には黄色い汁が出ますがこれはカルコンといってとても優れた物質なのです。これを私は研究しているのです。他の植物にはあまりないのです・・・」

そこで私ははっと思い出した。私は日頃、朝一番に家の周りから摘んだ明日葉を茹で、その黄色い茹汁で味噌汁にしていたのだ。

「洗わないで」

と昔祖母から聞いていた意味がようやく理解できたのだ。ただ、今は昔のような綺麗な環境ではないから、さっと洗うが・・。

女教授のお話はそれでも島の人にとっては
「そうですか」

という程度で感動した講演でもないようで、その後本やマスコミでカルコンのことが大きく取り上げられることはなかった。

他に健康にあれが良い、これが良いと新聞に大きく宣伝されることが多い昨今、私もあれやこれや試しても長続きがしない。夫は明日葉信者であった。温泉に行く道すがら、散歩の帰り道で、いつも摘んできてくれた。私は島の人に、これからは明日葉の時代がくるから山を大事にし、栽培もするように勧めたが、あまり乗り気ではなかった。

それから何年過ぎただろうか。観光の為と近くの無人島に放した鹿が泳いで海を渡ってやってきたのがきっかけで、一気に増えてしまったのだ。気がついたら禿山になっていた。島は鹿に占領され、わが家の庭先まで来て、明日葉も根こそぎ食べ尽くしていた。おまけにダニを振りまいていき、素足の甲に食いついて離れないのだ。

呑気な島である。ようやく気がついて鹿退治が始まり、明日葉の良さも遅ればせながら気がついて栽培を始めたが、これも鹿に荒らされていたちごっこというところだ。

昔の山は手入れされ、どこにも明日葉が生えていたから、栽培しなくとも島民がどこを摘んでも困ることはなかったが・・・。

これから昔のような山に回復するには何年かかることだろう。私はすっかり年を取り自分から進んでやる元気はない。ところが、孫の世代になり、ようやく気がついた若者が現れたのだ。「僕たちが島をもりたてる」と。嬉しかった。

島では戦後若者が島を後にし、島の長男に都会から嫁が来るようになった。そして今、また、島の若者同志が結婚して新しい島作りをしていきたいという。めでたいことである。

随筆集（その二）

かけはし

これは、島の長い歴史の中で互いの思いが一つになったある出来事の一こまである。

十月二十四日は羽黒の第五十代別当天宥法印の命日である。

山形の羽黒山の「中興の祖」と崇められていた天宥法印は、出羽三山の改革と改宗を行おうとしたが、叶わず、時の徳川幕府の裁きにより、寛文八年に伊豆の新島へ流罪になり、新島で亡くなっている。故郷の羽黒では天宥法印がいずこに流されたかわからず、三百年の長きにわたり探し求められていた。ようやく伊豆・新島で墓や遺品が見つかり、十三社神社宮司・前田家に残る流人帳で確認された。

島内の博物館には、天宥法印の遺品といわれる手紙や、松尾芭蕉が天宥法印を思って書いた書や、新島に残る掛け軸、百人一首歌合わせ、また最期までお世話し、お墓を守っていた、梅田茂兵衛家に残された遺品の印鑑、守り刀など、都合二十九点が展示されている。

なぜか長い間、羽黒ではどこの島か知らされず、探し求めていたが、ようやく伊豆の新島とわかり、昭和十三年に羽黒の縁の人達が天宥法印の遺品と涙の対面をし、墓前祭をし、羽黒から運んだ自然石で墓碑を建てた。その後、羽黒の出羽神社に縁のある神林茂丸管長が墓参講を作り、命日に墓参するようになった。

その後、羽黒と新島のと交流が始まり、観光を兼ね、天候の良い六月八日に墓前祭が行われ、今日まで続いている。

三百三十年目にあたる、平成十八年の命日の墓前祭には、私も招待され参列することになった。その経緯はその前年平成十七年十月十八日に上京した折りのことだった。子供が小さい頃、住んでいた下町の門前仲町の裏通りの一角の小料理屋だった。久しぶりに島の同級生と友好を温める機会があった。その話題の中でのこと、同級生の早川淳さんの大学の親友井上太一さんの父親は、出羽三山の信仰家で、また天宥法印に帰依していた。その影響を受け井上太一さんも羽黒山で修行を何度かしたことがあるという。その関係から羽黒の神林家と面識があり、四女の恵津子さんと結婚することになった。井上太一さんは　恵津子さんに一度会っただけでこの人は自分の妻になる人だと決めていたという。

早川さんが新島出身であることがご縁で、結婚間もない井上さんの両親と恵津子さんの両親と一緒に新島に渡り、天宥法印の墓にお参りしたことがあった。昭和四十七年のことである。ところが、結婚して六年目の夏に、三人の子供を残し太一さんが亡くなった。ちょうど帰島していた早川さんは、短パン姿でとんぼ返りし通夜に駆けつけたという。三十代になったばかりの若さだった。

やがて、井上さんが亡くなって三十年経った。早川さんと恵津子さんとは疎遠になり月日が過ぎていったが、年賀状のやりとりは続いていた。

そして、平成十八年の正月。早川さんから恵津子さんへのお年玉付き年賀状が一等の「にこにこ国内旅行」に当選、恵津子さんは考えた末に、家族四人で夫の命日七月二十四日に伊豆の「いなとり荘」を申し込んだところすんなり通り、事が順調に運んだという。

そこで当時幼かった子供たちとともに、家族を見守ってくれている太一さんに陰膳を供え、御馳走を共にし、昔を語り、今の幸せを噛み締めてきたと、恵津子さんからのお礼の便りが早川さんに届けられた。そのことが早川さんと親友の井上家とのご縁を再び引き戻した。

早川さんと一緒に新島に来た、恵津子さんの羽黒の父親神林茂丸氏が平成十六年に亡くなり、母親も平成十八年四月に他界した。

井上家の両親が亡くなり、夫もすでに逝っている。子供たちも成長し一つの区切りとした恵津子さんは、羽黒の両親が毎年新島の天宥法印の墓参をしていて、島の方々にお世話になったことに思い馳せ、嫁ぎ先の両親、夫とのご縁のあった新島に一度行って、お礼をしたいということを考えるようになったという。

そこで早川さんも良かったらというお誘いがあり、早川さんは、万障繰り合わせて墓前祭に同行することになったのだと・・・。

早川さん曰く、

「縁とは不思議ですね、近頃、自分の娘が東京から山形に嫁ぎ、その嫁ぎ先が神林家との知り合いであったり、井上の命日は自分がホールインワンを初めて出した日だから今でも忘れないとも、いや俺を忘れるなということだろうか」

早川さん一行が新島墓参をしたことを機に、新島と羽黒町はさらに交流を深め、昭和五十九年に早川さんの叔父市川文二氏が新島の村長のとき、山形県羽黒町と新島は友好町村の盟約を締結し、今日まで続いている。早川さんと親友井上さんとの出会いは友好市町村のきっかけを作った影の仲人役だったのである。そういうことは私も島の人も誰も知らないことであった。

早川さんも、私が出羽三山に登拝し、神林家の宿坊に泊まり、お世話になってご縁のあることは知らなかった。還暦も過ぎ、毎年同級会の新年会で会っている仲でもそういう話題にはならず、また個人的に酒を酌み交わすのも初めてのことでもあった。下町の一隅で、互いに歩んできた道は違ったが、そのとき島の話題が一つになったのであった。

神林茂丸氏は、今から千四百年も昔、出羽三山を開かれた御開祖、蜂子王子（父は第三十二代崇俊天皇）によって創立された「羽黒派古修験道」の正当な法脈をひく正真正銘の羽黒修験者で、長圓坊第十七代当主でもあった。また、出羽三山繁栄の礎を築いた第五十代別当天宥法印を慕い、墓前祭の先駆け、墓参講の結成、友好盟約などに貢献された一人でもある。

そのような羽黒の家庭に生まれ育った恵津子さんであるが、世代が交代して行く中で、島を訪れることになったのである。

島の自然は変化があり、昔も今も予定が立てられない。前日到着の予定が、生憎悪天候となり、命日の当日の早朝ようやく来島された。父親の神林茂丸氏が亡くなり、四男神林千祥氏の第十八代当主夫妻と、当主の妹の井上恵津子さんの関係者の一行と島の招待者が、その日の内に無事墓前祭を行った。一行は関係者にお礼の挨拶に回り、十三社神社に参拝すると、あわただしく離島されたが、恵津子さんは一人残られた。

その後、晴れ間の覗く中、早川さんの運転で、私は恵津子さんを島を案内する機会に恵まれ、思いがけず、三人で楽しいドライブとなったのである。

その日始めて出会った井上恵津子さんは、母親似で東北特有の色白でおっとりされ、どこかでお会いしたことのあるような穏やかな女性であった。六年間だけの結婚生活で三人の子供を育てられた苦労は滲み出ていない。信仰家の育ちらしく毅然とし、神前に額ずく姿勢は修行を心得ているオーラさえ感じたことだった。ただ、短い結婚生活の人生はどうであったのだろうか。気になる私のそんな思いをよそに、恵津子さんは、

「自分の人生は、天宥法印を信仰した主人の目に見えない糸で繋がれた架け橋」

だと言われた。さらに新島への旅は、

「締めくくりの旅でもあり、出発の旅でもある」

とも付け加え、新しい道を歩き始めているようだった。

人生の中で、天宥法印との縁を大切に信仰され、長い時の流れのご自分の置かれた立場を「架け橋」と言われる。それは言霊のように私の胸を打った。

私もまた天宥法印とは所縁がある。

先祖の神主で地役人でもあった前田長門守重正の時、寛文八年初めて新島に流人として羽黒の別当天宥法印が流されてきた。そのとき、お礼の印にと書かれた、書や百人一首歌合わせの一冊が、わが前田家に残されている。天宥法印の字には特徴があり、未だすべては解読されて

いないが、表紙も丁寧に花や虫の絵が書かれ装丁されている。その末尾のところにはお世話になった感謝の手紙が書かれている。前田家の子供の指南のためにということは私にも理解できるが、その歌合わせの本を手本にした様子はなく、手付かずのまま大事に伝えられている。あるいは写して勉強したのかも知れない。

三百年後の子孫の私は大切な文化財となっている百人一首は、何度か父に見せてもらっただけである。

平成十二年に新島には大きな地震があった。そのとき本家の本箱が倒壊し、中身が崩れ、始末しようとしたがらくたの中に、父宛の東京都の封書が目に止まった。私は中身も確認せず、わけもなく掴むと大事に保管していた。あるとき、それは、かるたの大きさに縮小コピーした件の百人一首のレプリカであることに気がついた。

それから数年して、それを一字一字解読しているうちに興味を覚え、「見えない糸」というタイトルで短篇小説にしてみた。それは書いたというより、背中を押され書かされたという思いがある。

私は三百年も昔、天宥法印が、先祖の前田家の子供の指南のために残された百人一首を、後の世の子孫の自分が勉強していることになんとも不可思議な縁を感じるのであった。

そして、その天宥法印を深く信仰している羽黒修験者の子孫との出会いはまことに奇縁でもある。

天宥法印の命日の出来事は、遙か時を越え、めくる出会いに人智には及ばない畏敬の念さえ感じたことだった。

そして、長い間何処に流されたか分からなかった天宥法印が、はからずも確認できたのは、昭和十三年に先祖の前田家に伝わる「流人覚」の最初に記された、

寛文八年申四月　出羽国羽黒山　寳前院　延寶弐寅十月二十四日病死

この数行であったことに、歴史の真実の重みを今更ながら噛みしめている。

さらに、前田家は代々古文書を大切に後世に伝えることが使命とされながら、父の代は不運が重なり、大事なお蔵は雨漏りがしていた。両親祖父母、兄さえ次々に失って当主となった父は、傘をさして古文書を整理し守ったと聞く。その中の「流人覚」も虫食いの古文書であり、当時若い父は、冒頭の「寳前院」という名前が、羽黒の天宥法印であることには最初は気がつかなかったという。そういう中での天宥法印の終焉の地の確認は、島の歴史にとって大きな出来事であった。その後の羽黒との縁は、私にとっても決して小さな島の出来事ではなく、信仰についても大事なことも教わったのである。

御加護

日本を震撼させた東日本大災害からすでに二カ月を過ぎた。報道で見聞きする以外現地の様子はわからないが、それでも事の重大性は伝わってくる。いまだに福島第一原発の危険な状態は続き、世界中の隅々までその風評が広がっている。そんな中、三月十六日の天皇陛下のお言葉は衝撃的であった。

陛下のお言葉は国民の一人としてその一言一言が、身に染み入る内容でその御心に熱いものがこみ上げて来た。これほどことの重大な時に直面した中で誠の御心を受けたのは初めての体験であった。また、天皇陛下のお言葉としてはいつもと違い少し長い時間であった。その間、余震の続く中、仕方のないことだ思われるが、陛下のお言葉放送中、不測の事態が起きた場合、中断する旨、放送にあたってアナウンサーが、迷惑そうな顔で伝えていたことに、驚きを感じたことであった。

ところが、後に知ったことだが、それは陛下ご自身が、そうして欲しいとご希望されたことであったようだ。ここがとても重要なことだと思う。そのとき如何に事が逼迫していたことか、振り返って見ると恐ろしい事態であったと伺える。国民はそれ程と受け取っていただろうか。そして、陛下の関係者への配慮の御心が伝わっては来なかったのは私だけだったのだろうか。もう少し、しっかり伝え、予告して始めるべきであったのではと残念に思っている。陛下のお言葉の意味は重い。あの瞬間は国民の安寧を祈っての瞬間であり、尊い時間である。陛下のお言葉の途中でテレビ放送を切り換えるということは、その祈りを中断するということだと思う。お心はお心として受け止め放送を始めた以上切り換えてはいけないと私は一人の日本人として思う。その重大の意味がわからないところの世上である。言葉では言い尽くせない、悲しみと不快感を持ったことである。

近頃両陛下の祈る姿が多く見られるようになって、その姿は神々しいものである。一般に日本人は拝殿の前で柏手を打って手を合わせるが、陛下は柏手を打って手を合わされない。その意味は自分なりに解釈しているが、詳しいことはわからない。大震災後、日本は不穏な毎日を送っている。みなそれぞれに多かれ少なかれ、被害を被っている。そして決して他人事ではなく、明日は我が身かもしれない。

以前、教わった事に古事記の中では現代＝今は正反合の時代でいうと反の時代に当たり、日本はとても危険な状態にあるという。東海地震は今日にも明日にも起きてもおかしくないといわれ数十年経つが、まさかの東北の巨大地震となった。しかし、これで終わったわけではなく東海地震、東南海地震とこれからも続くようだ。けれども、どこにいつ起こるか誰にも分からない。自然の驚異、畏怖の前で人間はどうにもできないことをまざまざと見せつけられたことであった。だから人は神仏に平安を願うのだろう。しかし、歴史は繰り返されているという。

戦後日本は自由と民主主義を手に入れた中で、捨てたもの、失ったものがある。そのことは自分の考えを掲載させていただいている而今誌の同人からよく教わっている。

その時にそう思うこと、そう考える取り留めのない話題を、けれどもその反応はわからない。が、意味もなく綴っていたその文章の点と点が線になり見えない何かで繋がっていることに驚きを持っている。

それは、今年の三月六日のことであった。以前而今誌に「かけはし」という題で書いたことのある羽黒の井上さんから而今誌の閑院宮様に触れる私の文を読まれ、貴重な関係資料を直ぐに送ってきてくださった。その中で近代の変革の時代、孝明天皇のなされたこと、明治天皇のなされたこと、終戦の昭和天皇のなされたこと、そして今上天皇の行動、祈りが、日本を守る天皇のお役目であると知った。それは、何か。事が起きたとき九十九％は無理、絶体絶命のようなピンチのとき、時の天皇が救って下さった、お助けを頂いたことが今日の日本の姿であるというように解釈できたのである。

羽黒と新島はご縁があり、父の時代、羽黒の神林家と前田家はお付き合いがあり、閑院宮様との関係は互いの家でそれぞれのお付き合いがあったが、互いに両親はすでに亡い。

平成十八年に井上さんとは始めて知り会った。ところが今再び、「かけはし」になりたいと言われた井上さんと見えない糸で結ばれていた不思議を感じたことでもあった。私はすぐに資料に目を通し、日本の根幹をなすことが互いにいろいろな形で受け継がれていることに驚きを持ち、さらには、そこには不安の時代であることも記されていた。

そして、まもなく三月十一日、巨大地震が日本を襲ったあの日、妹の渡辺夫婦は仙台飛行場から沖縄へ飛び立った後に大震災が起きた。幸い車がどこかに流されただけで無事だった。

ところが後に瓦礫の中から車が見つかり、その中に十三社神社のお守りと羽黒神社のお守りが出てきてまさに奇跡と知らせてきた。また難を逃れられ、神様に命を助けていただいたという素直な妹の気持ちに心を打たれたことであった。

そして今、遠い昔からの繋がりが巡り巡って、この国の行く末に何か示唆を与えているのではないかと思っている。日本は神の国である。改めて、日本の現状はまだ不安があるにせよ、天皇陛下の御祈りによって、危機を救っていただいた御加護のお陰と私は思っている。

また、震災の苦労の中で東北の人々に、日本人の心が息づいていたことを、外国から驚きをもって伝わっている。うれしい限りで、誇りに思う。天災は誰のせいでもないと思う。天災は日本の宿命で逃れることはできないかも知れない。けれども、天災よりむしろ人災がこの度の被害を大きくしたことが由々しいことであると思う。

それには自分も含め、国民一人一人の責任でもあると考えている。私が今一つ憂え、気になることは、今、日本人の心が、有史以来面々と繋いでいる、日本の信仰と皇室への敬いが薄れてきているように思えることである。

再び、手元にある『古事記略解』と『古事記は宇宙最高の哲学』(山岸敬明著・国民新聞社刊)を繙いてみた。難しくて良く理解できないが、少しずつ目を通していくうち、井上さんからいただいた資料と一致する日本人の物の観方考え方が見つかったのである。みな、人はそれぞれの考えがあり、生きかた、道は違っても目指す頂上は同じである。それが日本人であり、日本の心であるということに触れ、ようやく目が覚めた思いがする。また、そこには同じ古事記をみても、意味を汲み取れず、絵物語にしか見えない人もいる云々と出ている。まさに、いままで手元で眠っていた古事記は、私にとっては宝の持ち腐れであったようだ。

改めて、自分の生まれ育った国を知るために、震災で憂える日々の中でこの著を深く理解することに努力したいと考えるに至ったことでもある。

この度の大震災で両陛下のお心は庶民にはとても深く届いたと思われる。ところが、今、日本の為政者はどうであろう。日本は自由でありその制約もない、選んだのは国民である。一人一人の気持ちが大きく広がればいいのだが、私自身この災害には幸いにして被害は受けずありがたいことである。ところが、元来の怠け癖がでて、何もやる気がしない。萎えた心で日々を過ごしていた。これから何をすればいいのか。自分には世の中に疑問のことはたくさんあり、一つ思うとそこで立ち止まり、そんな繰返しである。いろいろのことを考えさせられ、教えられた。私は、生きていることに感謝し、自分を律するためにも尊いものへの畏敬の念を忘れまいと肝に命じたことである。

両陛下は被災地を回られ、膝をついて人々の前まで接近される。その顔の前で人々はカシャカシャとシャッターを切り、胡座をかいたり、座布団を敷いたまま、お言葉を受けている。けれども、両陛下は失礼な態度にも微動だにされないし、優しい眼差しで平等なお心で接しられてることに頭の下がる思いがする。

望郷蛙

島の博物館に久しぶりに足を運んだ。天宥法印の思わぬ遺品が目に止まった。昨年十一月のことである。

山形の羽黒町と新島との交流が始まって二十年経った。その記念として、天宥法印の遺品の展示を九月には羽黒で行い、ちょうど、十一月から新島で行われているのだと知り、近くに住みながら偶然の出逢いであった。この交流の元は、羽黒の第五十代別当天宥法印が新島に流されたことがきっかけである。

徳川時代の流罪制度は、寛文八年より、明治四年までの二百四十年間続き、新島には千三百三十三名の流人が流されてきている。

天宥法印は出羽三山の改革と改宗を行おうとしたが、叶わず、時の徳川幕府の裁きにより、伊豆の新島へ流罪になり、新島で亡くなっている。

けれども、故郷の羽黒では天宥法印がいずこに流されたかわからず、三百年の長きにわたり探し求めていた。ようやく墓や遺品が見つかり、十三社神社の前田家に残る流人帳で確認したという。

博物館には、羽黒からの天宥法印の遺品といわれる手紙や、松尾芭蕉が天宥法印を思って書いたという書や、新島に残る掛け軸、前田家からは、百人一首歌合わせ、掛け軸など、また最期までお世話し、お墓を守っていた、梅田茂兵衛家からはその遺品の印鑑、守り刀など、都合二十九点が展示してあった。

初めて目にする貴重な書や遺品があった。その中の一つで、島の長栄寺出展の蛙の彫刻が気になったのである。

私はいつのことだったか曖昧だが、父から聞いて、長栄寺の本堂と庫裏の間の小さな池に蛙の彫刻を見に行ったことがある。どんな形だったかはっきり覚えていないが、そのぼんやりした記憶が今、大事なこととして降りかかっている。ただ「蛙と天宥」ということだけが強く印象に残っている。

子供の頃、夏休みの宿題で島の特産の抗火石に彫刻をしたことを思い出す。河童を作ったり、灯籠を作ったりした。金槌（かなづち）と釘一本で細工出来た。細かい細工はできないが、その程度の作品は私も作ったことがある。

きっとあのとき見たであろう蛙もそれほど感動するほどの蛙ではなかったのだろう。当時、蛙という動物は島にはいなかったから、見たことはなかったので興味もなかったのかも知れない。

さて、その私が見たであろう、まぼろしの蛙は、いつしか天宥法印が作ったかもしれないということで、観光に利用され、徐々に、貴重な遺品の位置にまでのし上がってきていたのである。博物館の遺品として陳列されている苔むした石の彫刻は、以前より一回りも大きいようだ。そして、いつの間にかはっきりした蛙が岩を這い上がろうとしている姿、形になっている。長い手足の先まで細かく細工された物である。島の軽石のような石質ではとてもこのようには彫れない。ほどほどに緑の苔が生え、いかにも古さを表している。

「なぜ、だれが、このようなことを?」

ガラスケースの中をへばりつくように眺めていた。説明には、『這い上がる蛙』と題し、「多彩な能力を発揮した天宥法印の作と伝えられる蛙の彫刻です。出羽三山改革反対派の謀略によって流刑の身になった天宥にとって、這い上がってでも羽黒山に帰りたいという気持ちが伝わってきます」

と書かれている。

その日、館内は閑散として訪れる人もいない。すると、若い係の人が近づいてきて、

「この度は前田家の遺品公開のお陰で、羽黒交流二十周年記念の天宥法印の展示会が賑やかに行うことができました」

と礼を言われた。

私は、長栄寺が出展している蛙の彫刻が気になり、

「この蛙はなんですか」

と尋ねた。すると、

「たかが蛙、これが天宥が作ったか、作らなかったとは、古文書と違い重要な意味ではない。そうであったかも知れないし、違っているかもしれないとしておけば・・」

というようなことで展示したという。軽いニュアンスの説明だった。

私にはイベントのような賑やかささえあれば良いという風にも聞こえた。

「お父さんは違うと思うでしょうね」

と彼は亡き父のことにも触れた。

曖昧で穏やかな言い方だが、私にとっては気になる一言だったから返事を濁らせた。

母に件の蛙のことについて聞いてみた。すると、母もまたはっきりした記憶はないと言う。父が文化財にかかわっていた昭和三十年代から四十年代の頃のことだった。父たちがお寺の池に何もないから寂しいので、島の特産の抗火石が軽石のようで簡単に彫刻できるから蛙でも彫って置いたらどうかということになった。そこで器用な釜某という人が彫って、池の側に置いたのだと父が笑って話していたというのである。

「見たの?」と私が母に尋ねると「いいえ」と言った。ただ、

「こんなもんだ」

と父が両手を合わせて、軽そうに上下に振ってみせたという。

そのとき、私の脳裏にボンヤリとした蛙の姿が浮かんできたのである。博物館で見た蛙はずっしりと重みのある石にしっかりとした蛙が彫ってある。なぜそういうややこしいことになるのだろうか。

そこで母を伴って再び博物館へ行き、件の蛙の彫刻の前に立った。母は黙って見ていた。ただ黙って首を横に振っていた。

その後、蛙のことを島の人に聞いて見たがはっきり知る人はいなかった。

山形の出羽三山は信仰の御山である。天宥法印が島流しになった後も変わらぬ信仰が続いていた。昭和になってから流罪先が確認され、やがて、戦後になると、出羽三山の研究が盛んになっていった。昭和二十七年から、羽黒から天宥法印の命日に合わせ、墓参講を組んで毎年ツアーでやってくるようになっていた。

バブルの景気のときはこの島も観光客で賑わいを見せていた時代もあった。

長い間、資料のない羽黒の天宥法印については研究者は少ない。また天宥法印が羽黒時代のことはいろいろ書かれてはいるが、晩年新島に流罪になっているということを知る人は少なく、その研究までは及んでいない。

『出羽三山歴史と文化』（郁文堂、戸川安章著）によると、

「十三社神社の近くの法華宗、長栄寺には天宥の作という子供の頭ほどの蛙の彫刻がある。軽石に似たもろい質で、島でとれる石である。そのために形がくずれているがそう思ってみると、やはり蛙にみえるから不思議である」

と書かれている。

羽黒の別当天宥法印は、羽黒中興の祖と崇められた人である。けれども、争いで破れた者に味方することは身の危険であった。そこで天宥法印の書画や遺品は羽黒山には何も残されていないという。そのため、研究者にとってはかかわりのありそうな物は、石の蛙でも価値があったのだろうか。

ことの発端は、抗火石の蛙を父たちが作って、長栄寺の池の周りに置いたことにある。

いつの間にか天宥の作った物になった。それを著者が実際見たかどうかは定かではない。天宥作と発表しているから信じているのだろう。普通この程度の粗末な彫刻を、名前も彫ってないのに信じていいのだろうか。また、蛙の彫刻を何をもって天宥作としたものか。誰も鑑定はしていない。

もしも、ほんとうに形の崩れた蛙が三百年昔の天宥作だとしたら、今博物館に展示されている蛙の彫刻は一体何なのだろうかと思う。

池にころがっていた蛙は、いつの間に天宥作として立派な遺品になって、やがて、冷暖房付きのガラスケースの向こうで、片足上げて這い上がろうとしている望郷蛙に変身したのである。この現状に父はなんと思うだろうか。

父が亡くなってから少し変化したことがある。島の歴史が少しずつ塗り替えられようとしている。たかが蛙と笑ってはいられない。

父はユーモアを解する人だったが、なぜ、蛙をお寺の池に置いたのだろうか。

あれやこれやと思いを巡らせてみるが、父は天宥法印についていろいろ調べていて、島で伝えられている内容に疑問を持っていたが、あまり表だって言わなかった。そうした島の不安の行く末を示していたような気もする。

そして、私にとってこの蛙は、父の残した無言の教えのようにも思えるのである。

古代ロマン

昭和三十一年から三十三年頃、私が中学生の時だった。

当時、奥の座敷に父の座り机があった。学校に行く前に分担して掃除するのが子供たちの仕事だった。あるとき、机の上に小さな見慣れない小石が載せてあった。手に取ってみると、茶褐色でなんの変哲もない平べったい石で、光線の加減で光るものが混じっていた。

この不思議な石を父に聞いてみると、なんだかわからないと言っていた。

その頃、東京都教育委員会による伊豆諸島文化財総合調査があった。

父は島の教育長をしていて、東京から来島して文化財の調査をしている人達をあちこち案内していた。考古、史跡班の団長は後藤守一氏であった。調査団一行は未知の島に考古学上の興味を持っていたようだった。島の古代について調べているというがそれに結びつく手掛かりがないまま、幾度目かの日程も終わり帰ることになった。

父はその調査団を港まで見送りにいった。予算の関係で調査もなかなかできないと言いしきりに残念がる話を聞いているうちに、机の上の件の石が気になり、父は息咳きって港から飛んで帰ると、小石を持ち、港へ取って返した。

「もしかして、この石は古いものでは」

と考古学者の後藤氏の前に差し出した。するとその石を手に取ってじっと目を凝らし、何度か手のひらを上下に振って、石の重さを確かめている。さらに石の裏をながめたり太陽にかざしたりし、その目は真剣で鋭かった。すると、突然、

「これですよ、これなんですよ私の探していたものは」

父の手を取り、飛び上がらんばかりの喜びようだった。そのとき、

「船が出るよー」

とせかされ、考古学者は小さな艀に乗り込んだ。いずれまた、と慌ただしく互いに挨拶を交わすと艀は沖で停泊している客船に向けて浜を離れて行ったという。

それから間もなく、夏の終わりの頃だった。

父が、田原に縄文式土器を探しに行ってみないかと、私を誘ったのだった。田原は先祖からの前田家の山で、水源でもあり、湧き水が小川となって流れている。

昔は、その水を生活用水にしていた。今でも神社と前田家では利用している。

田原の山は島の北側にあたり、鎮守の森の東にあたる高さ百メートルほどの山だ。小さな川の流れにそって登っていくと、野竹やぐみの枝葉が延びて、クモの巣があちこち張ってべっとり顔にはりついてくる。ヒンヤリし、昼間でも薄暗い。山は椎や椿の木が茂り、椿の実を採る以外に山に入る人もいない。

それにしても、古代人がこんな狭い山の中に住んでいたのだろうか。

「きっとあると思うよ」

と父は言い続けた。何時間探しただろうか。父が真っ黒いガラスのような鋭く尖った石を見つ

けた。黒曜石だという。

「この石のあるところに縄文式土器は出るんだよ」

父にそう言われると、遠い古代が急に身近に感じられた。小さな川の流れに沿って、土を掘ったり、苔むした石をどかして裏を覗いたりしながらさらに川上へと進んで行った。暑くて疲れるばかりで、そう簡単にそれらしい破片はみつからない。

「確かにこの辺りだと思うんだがな」

父にはそれなりの目標があってこの地を探索しているようだった。

私は疲れていやいやながら探していたそのとき、川底に光る物が目に入り、あわてて掴んでみた。いままでに見たこともないものであり、土器のかけらのようでもあった。その不気味な物体を父の目の前に差し出すと、

「これだよ、まちがいなく縄文式土器だよ」

父の声が上擦っていた。その時見つけた土器の破片やヤジリを作ったらしい黒曜石のかけらが両手一杯になった。

平成八年に合計二千五百ページに及ぶ三冊の新島村史が出来、各家庭に無料で配付された。その中の資料編の「田原遺跡の発見と調査歴」の項に、昭和三十九年前田長八氏の土器発見を契機に、明治大学による、縄文土器の発掘調査が行われ・・と記されている。また、本稿では昭和六十二年から平成三年に実施した、遺跡調査の成果を中心に記す、とあった。

私の手元にある昭和四十二年の東京都教育委員会による「新島田原における縄文、弥生時代

の遺跡」考古学集刊第三巻と、昭和四十八年「文化財の保護」第五号「田原遺跡調査にいたる経過」の項に当時のことが詳しく載っている。それによると、田原遺跡の存在が知られたのは昭和三十一年～三十二年の伊豆諸島文化財総合調査のときである。この調査で縄文時代中期の遺跡であることは確認されたが、土器出土地点を確認するまでにはいたらなかった。その後七年間、父の熱心な調査によって遺跡の所在地が確認されたと記録されている。

昭和三十九年前田長八氏が、明治大学の考古学研究室に田原の土器を持ち込み、急きょ第一次発掘調査が実施されるようになったという。資料編一はその辺のところが事実と異なり、経緯が割愛されている。

父が庭で見つけたという小さな土器の破片がきっかけで、やがて、田原に遺跡が見つかり田原遺跡と命名された。何度か発掘調査を行ううちに六千年前の祭り跡が発見され、貴重な遺跡であることが徐々に解明されていった。というのがすっきりした史実のようだ。

考古学の発掘や研究には長い年月がかかる。それだけに研究者との信頼関係が大切に思われる。また、地元の協力があって初めて良い結果も得られる。

古代の土器を見つけた頃は夢があった。鎮守の森から田原の山道を抜けると、急に視界が開けて、見晴らしの良い宮塚山へと通じる。ここから島が一望され、遠くに三宅島、神津島、伊豆半島の向こうに富士山が見える。どこまでもエメラルドグリーンの海が・・島の自慢である。

私は、田原から宮塚山への自然の道を「古代から未来へつづくロマンの遊歩道」としたらいいね、と父と語り合ったことが今では懐かしく思い出される。

天皇皇后両陛下行幸啓

平成十三年七月二十六日、伊豆諸島の新島に天皇皇后両陛下が行幸啓された。折から台風六号が伊豆諸島へ接近、新島直撃の天気予報が出ていた。予定通り行幸啓が行われるのかはその当日までわからなかった。またその夏は、連日三十五度を越える猛暑が続いていた。ところがその日は台風も止まり、暑さも三十度を切り、さわやかな朝となり、予定通り警視庁のヘリコプターで来島されたのだった。

一ヵ月程前突然、昨年七月の新島沖地震の復旧を天皇皇后両陛下がご視察され、いまだに仮設校舎で学んでいる若郷地区の児童の励ましのお見舞いをということが島の役所から、村内放送で知らされ皆一様にびっくりした。

行幸啓は新島は初めてのこと・・お泊まりになるホテルもお休み処も、自慢できるような施設はない。どこに宿泊されるのかしらということが島民の一人としてすぐに頭に浮かんだ。

普通行幸啓の場合は事前に発表されそれなりの準備期間もあるのではないだろうか。

この度はお見舞いということなので、わけが違う。

それでも島民の一人として天皇皇后両陛下を直にお目にかかれるのは二度とない機会かも知れないので喜びも一入で、心待ちしていた。

けれども、配布されたその予定表を見ると、分刻みの日程である。。

皇居を朝、警視庁のヘリコプターで出発されると、新島飛行場到着。そこで島の現状の説明を受けられ、〜若郷〜新島ロッジでご昼食〜神津島ご視察〜三宅島上空をご視察〜新島上空を通って東京へお帰りの予定である。

新島では飛行場の会議室で説明を受けられる所に宮内庁関係とマスコミと関係者、特別に許可をもらった人がその場所に入っていた。

空港の周りには、小学生、中学生、高校生や学校関係、役場関係の人達がお出迎え。一般の島民は飛行場から若郷地区に向かう南北の都道の東側の直線道路の歩道で、お年寄りは、ロッジに向かう福祉施設の前で、またお見送りは村内の沿道で、と予め指定されていた。私は母と若郷に向かう都道でお出迎えすることにした。

もっとも被害の大きかった若郷地区が行幸啓の目的のようだった。新島は本村、若郷地区、式根島地区とを併せて新島村という。昨年の七月十五日の震度六弱で南北に長い新島は北側が山崩れ、家屋崩壊がひどく、南の方は茶碗一つ落ちたほどの被害とその差は大きかった。本村の北側にある、十三社神社の鳥居がくずれ、石の末社と石垣がことごとく崩壊した。鎮守の杜の一角にあるわが家も家具がほとんど倒れ、瀬戸物が全滅状態だったが、建物の被害は少なく、平常の生活に戻った。しかし、その後の余震がひどく、島外に疎開、神社は氏子のご奉仕によって補修され、今ではほとんど修復された。

新島近海の地震は日本中の方が知るところで、お見舞いのお便りや義援金を、そして、なにより、温かい励ましをいただいた。

またこの度は天皇皇后両陛下が行幸啓されるということで悪いことばかりではない。

待つこと二時間、皆緊張した面持ちで少しお洒落をし、慣れない靴を履いて並んでいた。幸いなことに東に椎の林があって、日差しを遮り、風も涼しく吹いていた。

久しぶりに出会う人もいて和やかな雰囲気だった。警視庁の応援の私服警察官が、沿道の人の整理に当たって、ときどき様子を説明し、

「もうすぐ通過されます、植え込みより飛び出さないよう願います」

中にはその合図で帽子を脱いだり、日傘をつぼめたり、植え込みの囲いの石に腰掛けていた人が立ち上がったりと緊張感が走った。

予定の時刻を一分、二分と立ったが、何も見えない。やがて5分過ぎたが、何の変化もない。上空には時間通りヘリコプターが三機飛んで行き、さらに八分、十分過ぎた。

そのとき先導のパトカーが一台通過、一斉に左側飛行場の方向に目をやると黒い車が見え、予め用意した日の丸の小旗がぱたぱた振られた。一台目には随行員が目を光らせて通って行き。二台目に、いよいよ菊のご紋の付いた御召車が見えてきた。

歓声が上がり旗が勢いよく振られ、右側に天皇陛下、奥に皇后陛下のお姿が見えてきた。「あっと」いう間もなく一瞬の間に目の前を通過されたが、両陛下は優しい眼差しを島民に等しく向けていた。それは日本人としてとても嬉しく、光栄の瞬間だった。

この分刻みの予定は事前にかなりの打ち合わせがあるようで、またどこで誰とお話するのかも厳しく打ち合わせがあると聞いていた。

私が新島警察署に直接出向いて、所長さんに取材を申し込むと、

「所長とお友達ですか」

「違います」

と言うと
「係の者が今上京して宮内庁に打ち合わせに行っているが、そういうケースはないので難しいが話して見ましょう」

とお茶だけ出されて、係長止まりとなった。


散々身元を調べられたから、私もついでに島のことを質問してみたところ、島の歴史や伝統のことなど何も知らない。サラリーマン警察官は穏便にお勤めを終え帰京する人が多いようだった。だめもとだったが、夕方にはお断りの電話があった。

とにかく行幸啓の影のお役は大変のようで、まず、五日前ごろから、前浜でヘリコプターが救助訓練をしたり、上空で何時間も止まっていたり、見えるところの清掃などもちろんだが、陸と違って御召車も海上保安庁で運んできたりと準備も着々進んでいた。しかし、これらの車が何処にどうしまわれていたのかわからない。警察署に自家用車を乗り付けると直ぐに警察官が出てきて、帰るときも最後まで誘導してくれたが、親切心というより警戒が厳しく、そこが小さな島なので、島民には優しく早くお帰りをということのようだった。

鎮守の森

私の子供の頃は、小学校が神社の境内に隣接しているから、体操の時間、よく参道(境内)を使っていた。また学校がひけると、子供たちはよく野球、ドッジボール、かくれんぼ、お手玉、ゴム毬、ゴム飛び、おはじきなどをして遊び、いつも境内には子供たちの声が響いていた。夏休みになると蝉取りをし、お年寄りは、古木の陰に筵を敷いて子守りをしながら昼寝をしていた。

子供たちは日曜日になると各分団で集まって、近所の道路の掃除をした。境内も皆で熊手で掃いて雑草の生える間もなかった。

新島は昔から神社の境内は、やかみ衆(女)といって、神楽をするお年寄りがご奉仕で掃除をしている土地柄だが、最近は人口も減って子供の数が少なくなり、境内で遊ぶ子供の姿も消え、そのうえ、参拝者も少なくなって、次第に神社の境内に雑草が生え始めた。

それでも掃除日になれば、末社の周りの古木の根っこが複雑に広がっている間の落ち葉を、手でかき集め、広い境内の草を取り、掃き清められている。今も昔と変わらない。

神社の創立は年代不詳だが、祖神事代命を主神として新島、式根、若郷の各所奉斉の同系祭神十三柱を合祀し、村邑の中心、本郷に総鎮守として創立、十三社大明神と称した。その後村内の大火により、慶安二年本村の北、宮塚山の裾野に遷座し、今日に至っている。

昭和十五年、拝殿の新築造営は父が宮司になって最初にした仕事であった。

その時の落成記念写真を見ると、若干二十代の父宮司を中心に神官や祝部が何人もいて神社が栄えていた時代を想像できる。また、氏子代表や島民、建設に携わった当時の人々の風貌には自信が満ち溢れている、貴重な写真である。

昭和十五年は、紀元二千六百年の祝慶に沸く一方で、暗雲の立ち込めた時期でもある。そんな暗さは微塵も感じられない。宮司になったばかりの父は神社の再建が自分にとってもっとも大事な仕事だと考えていた。小規模であっても、本格的な後世に残る建物にしたいと決意した。しかし、資材や財源については何の目処もたっていなかった。けれども、もしも建築費、未済の場合は、山畑を処分しても自分の責任において処理する覚悟であったという。ところが、拝殿を建設するにあたり、島民の協力と、また関係者の尽力によって、余剰金が出て末社や庁屋の移転もでき、鳥居の寄進もあり、思った以上の仕事が出来、神社の体裁も整っていった。

その間、人知には及ばないさまざまな出来事があったというが、父は神の思し召しであり、神力の賜物であると感謝し、村民が一体となって立派に再建できたことを喜んでいる。

また戦争中、新島には本土決戦に備え、七千人の兵隊が駐屯し、兵隊以外は、全島民に疎開命令が出た。しかし、父は島を守るということで一人島に残っていた。

そのとき、兵舎にするため、鎮守の森の木を伐採されそうになったというが、頑として許さなかった。また、もしものその時は日本の国と運命を共にする覚悟だったたという。

終戦から六十年有余経った今、日本は平和の日々を享受している。

伊豆諸島随一といわれる風格のあるこの作りの拝殿は、戦災も逃れ、何度もの台風や地震にもびくともしなかった。

社の境内は、大鳥居をくぐると参道が北へ百メートルほど続く。その両側にチギ、タブ、シイ、マキ、ムク、オガタマ、クスなどの古木がうっそうと繁り、右側には末社が並んでいる。やがて最初の階段を十数段上ると二の鳥居があり、さらに上がっていくと、随身門が見えてくる。手水舎で清め随身門の鈴を鳴らし、横木を跨ぐと急に視界が開け、明るい日差しがさしている。左手に社務所と神楽殿があり、目の前の小さな池の太鼓橋の向こうに十三社大明神が鎮座している。奥の本殿は石で囲まれその前に拝殿がある。

そして本殿の森の向こうに、宮塚山が聳え、静寂の中に社と景観が一体化している。階段を上がりきって、随身門の前に佇むと、厳しい暑さの夏、そこから吹いて来る風は心地良い。そして冬になると、鎮守の森は季節風の強い西風を遮り、別世界のように穏やかで暖かい。神社の境内に佇んでいる父の姿が、その折々の景色の中に溶け込んで、今でも夢か現か瞼に浮かんでくるようだ。

島で暮らすようになって、お茶飲み友達もいる。その一人の女性は子供が小さい頃に風邪が元で脊髄にウイルスが入り、首から下が全身マヒして動けなくなった。けれどもなんとしても立ち直りたいと懸命なリハビリをした結果、工夫して家事ができるようになり、車椅子を押して買い物にも行けるようになった。子供も一人立ちし、老後の暮らしに入った。介護のサービスも受けられるようにもなって、自分は幸せだと、とても明るく笑顔を忘れない。逆に教わったり励まされることが多い。

その彼女が永い間、氏神様にお参りに行きたいと思っていたという。けれども、神社は階段があって一人で車椅子ではいけない。介護してもらう身で神社へ参拝したいと願うのは、遠慮があったという。ところがある日、介護の人が望みを叶えてくれたのだった。

彼女は神聖な境内に立って心を静め、拝殿の前で手を合わせたとき、身も心も洗われ、不思議な満ち足りた心持ちになったのだという。そして自分の生まれ育った島の神社は立派ですばらしく、誇りに思うと言われたのである。

最近、鎮守の森はＣＯ２の吸収率がよく、緑はヒートアイランド現象を引き下げ、森林浴が体にいいとか現実的な面から見直されている。

しかし、昔から日本は農耕民族だから、五穀豊穣をそして天災からの安全を願い、神を崇め祭っていた。やがて人々の心のよりどころになっていった。そこが鎮守の森であり結果的には健康にも精神的にも良いということだと思う。

小さな新島も、自然の恵みの中で生きていた。それだけに自然を大切にそして避けられない天災の平穏を氏神様に願い、ご加護を感謝していた。科学文明が発達した現在、未知の世界のことも科学的に証明されるようにもなった。しかし、父は科学をもってしても証明できないことは、まだまだあるとよく言っていたことを思い出す。

島は今、自然が失われ風向きが変わって、乾燥し古木が年々倒れる変化が起きている。

「鎮守の森は、みんなの貴重な宝だよ」

境内に佇むと父の声が聞こえるような気がする。

一位の木

昔から、三大ご神木と呼ばれる木は、一位、榊、オガタマの木といわれている。榊とオガタマの木は昔から鎮守の森にあるが、新島には一位の木はなかった。

昭和四十四年、私は夫の転勤で北海道の札幌市で暮らすことになった。その時父に、

「一位の木の苗を送ってほしい」

と頼まれ、市の植木農園を訪ねた。ところが、「一位の木」なる名前の植物は知らないと言われ、困ったことだと思っていると、

「話の内容からすると、オンコのことでねえかい」

と言われ、こんどは私が戸惑った。

話しているうちにようやく、一位のことをアイヌ語で、オンコということがわかり、二本新島へ送ってもらった。まだ「宅配便」の発達していない時代である。ちょうど暑い季節にぶつかり、新島では上手く根付かなかった。そのことをまた植木農園へ行って話すと気持ち良く、再度苗を送ってくれた。そして、

「神社に植えるなら、お代はいらないよ」

といわれ、その心に父はたいへん喜び、感激したことだった。父は再び拝殿の東と西に植樹した。

その後、一位の木は根付いたものの、なぜか背丈ほどから先、十年過ぎても、二十年経って

も伸びなかった。やがて三十数年が過ぎた。私も島に暮らすようになった。ある時、

「新島には一位の木は育たねえらしいな、流人墓地の中にある治八の墓に何度植え替えても枯れてしまうらしいよ」

という人の話を聞いて、思い出したことがある。

飛騨の国の治八という流人の墓は流人墓地の真ん中辺にあった。そこに一本の木が植えられていた。

あるとき私が墓参りに行くと、親戚の老婆が流人墓地の周りを掃除しながら、

「こういうことをするからな、かえぇそうに」

と嘆いていた。良く見ると幹の上から折られているのだ、これでは何度植えても根付くはずはない。治八の実家の人はたびたび墓参りに新島を訪れていた。そのとき、故郷の飛騨の一位の木を植えていたのだと知った。

二百年ほど前、安永の時代飛騨の国に大原騒動といわれる百姓一揆があった。

そのとき新島に流罪になった上木屋甚兵衛と数人の百姓がいた。造り酒屋に養子に行った百姓出の甚兵衛の次男勘左衛門は、飛騨白川郷の名主の養子となり、なに不自由なく暮らしができた。勘左衛門は、実の親甚兵衛が流罪になっていることを悲しみ、新島まで看病にやってきて八年間親孝行をした。父親が亡くなると、勘左衛門は自分が親を祈っている姿を石で彫らせ、墓を島民と同じところに造って故郷に帰った。そのときに伊豆七島の様子を『伊豆七島風土細覧』

に書いて飛騨に残している。

『伊豆七島風土細覧』（三一書房）を読むと、当時の新島の様子が偏見を持って描かれてあり、島役人が独裁的で、富裕に暮らしているかのごとく書かれている。

また島の女子は素行が乱れているとも書かれていた。そのことを父は黙ってはいたが気にしていたようだった。封建社会の中にあって、飛騨の国も新島も天領であったから、百姓から見た役人の立場は、その時代の中でどう解釈されても仕方がない部分もある。

戦後、新島の様子が解明される中で、この出版物は新島のことを知る恰好の本だと言われるようになった。しかし、ここには正しくないことがずいぶんある。

大原騒動を簡単にいえば、悪い代官が百姓の隠し田まで検地して年貢の厳しい取り立てをした。不服に思った百姓代表が禁制である直訴をした。その罪により新島へ流罪となった。流罪された者の関係者の恨みは新島の地役人に及んでいた。

こうした島の地役人を恨んだ見方は今日でも『風土細覧』を参考にして、小説や芝居にされている。島に転任してくる教師や転勤者による書物もまたこの本を元にしていた。そのことで父は心をいためていた。

甚兵衛と一緒に流罪になった治八という流人は、飛騨の匠であった。その腕をかわれ、新島でも神社の随身門を建立した。地役人との関係が悪ければ、このようなことは許されない。

戦後、新島が観光の地として変化したとき、飛騨から観光客がやってきても、案内人は神主である地役人は悪役人であったと紹介し、神社を参拝するどころか通りすぎ、案内しなかった。

父が亡くなったのち、平成十一年に私が飛騨の治八の生家を訪ね、神社の隋身門を造ったことを告げると、そんな話は何度新島に行っても聞いたことはないとたいへん喜ばれた。七代前の治八のことは今なお忘れることなく、墓参りをしているが、神社にお参りをしたことはなかったという。そして、二年程前、

「立派な神社にお参りさせてもらい、治八の造ったという隋身門を見て感動しました。」

という便りをいただいた。

長い間、私の喉元に刺さっていたトゲのようなものがとれ、すっきりした。

新島には、一位の木は育たないという理由を知る人もいなければ、その一位の木が、神社にあることも、誰がいつ植えたのかをも知る人もいない。

一位の木は神木であり、神主の笏は一位で作られていることから、父はこの樹木を好んでいたようだった。生前、三大神木が境内に揃ったことを喜んでいた。

一位の木は今では、目通り十五センチ、高さ三メートルほどになって、形良く整い拝殿の左右に凛として枝葉を広げている。

人間の寿命よりはるかに長いご神木に、この島の行く末を静かに見守ってほしいと願っている。

オガタマの木

ご神木のもう一つ、オガタマの木は境内の周りに九本あったが、最近一本枯れて、また一本は台風で倒木し、そのまま芽が出ている。

モクレン科に属するこの木は小さなモクレンの花の形をした白い花をつける。

樹齢四百年、目通りがふたかかえもありそうな幹は高くのび、その先で枝葉を大きく広げている。枝の形が曲がりくねっていて形がよく、それだけで芸術的だ。以前はその一枝が境内に手を延ばせば届きそうに伸びていて、小さな花が春一番を告げていた。

ふくよかな香りで、また花も形がかわいらしい。大きな樹木にしては小さい花で、厚く光沢のある葉の陰になってなかなか目立たない。その年によって開花の日にちも違い、いつの間にか花びらが境内に散っていて、開花したのに気がつくこともある。その花がいつどのように変化するのか、秋になるとブドウの房のような赤紫の実がついているのを不思議に思うことがあった。昔は祭事にこの枝葉を使っていたようだ。

境内の周りにだけあるこの木は、神社を本郷という場所から遷座したとき、境内に植えたのか樹齢がどれもが三百年以上経っている。ところが、あるとき、境内に垂れ下がって花をつけていた枝葉が、邪魔になると、いつのまに切られてしまった。

枝葉は見上げるように高くなってしまい、花を楽しむどころか、散り敷く花びらさえ、藪の中へ消えてしまったのである。

生前、父の仕事の一つに、世界の神、日本の神、新島の神の三つの柱をこの境内に建てたいと言っていた。晩年、境内の北西の隅のオガタマの木が台風で倒木し、ひどくがっかりしていた。その日は神様が出雲へお立ちの朝だった。境内でばったり父に出会ったところ、

「神様がこの木を柱に使うように教えてくれた」

と喜んでいた。

が、ふっと父が遠くに離れて行くような不安に思ったことだった。案の定願いはかなわなかった。境内の隅に倒れたまま、枝が上を向いて伸びだした姿を見て寂しさが募る。切るにも忍びなく、起こすには大変で誰も手をつけていない。

オガタマの木は暖地に育つ常緑樹だといわれているが、あまり目にしたことがない。貴重なご神木を大事にしてほしい。出来ることならもう一度あの花を愛でてみたいと思っている。

海難法師

子供のころ一月二十四日は「かんなんぼーし（海難法師）」の怖い日だった。

戸口にトベラの枝を差し、夕方になると誰もが家の中に入って静かにしている風習だった。

どこの家でも厠（便所）は外にあったから、それに変わる物を家の中に用意し、特に十二時過ぎると外に出ることを禁じている。

出来るだけ水分のある食べ物は避け、正月の供え餅を囲炉裏で焼いて食べ、黙って早寝をした。夜中に起きて外を覗いてはいけない。もし、覗くと海難法師の祟りがあると言われ、それを信じていた。

戦前は電力会社では元を切ってほんとうの闇になったそうだ。

最近はその伝統も薄らいでトベラを刺す家も少ない。その日に夜の会合を開いて、

「あら、今日は海難法師の日だったわ」

と笑いながら夜道を帰ったと、島の友達さえ忘れていたという。

海難法師の話の内容を七兵衛の家に行って聞いてみた。

代々伝わっているこの話は三十六代目に当たるという当主によると、いつの頃かわからないというが、ある日、七兵衛家の当主が浜に誰かが打ち上げられている夢を見た。隣の仁左衛門家の当主にそのことを告げると、なんと同じ夢をみたという。浜に行って見ると本当であった。さっそく丁重に葬ったということである。

それではなぜ、丁重に葬ったのに、このように島中でその日を恐れるのだろうか。

一月二十四日海難法師の日として、大島、利島、神津島、三宅島でも、忌み日として島中家の中に閉じこもっている。

新島では、よく村の議会の議員が「意義なし」だけで黙って座っている議員のことを「かんなんぼうしをしている」と言っている。

話を聞いているうち、海難法師とは無言の行であるようだ。

現代、前田七兵衛家は島の北側の原町にあり、山下仁左衛門家はその後新町に引っ越している。毎年一月二十四日になると祀りをして、前田家は男神で、山下家は女神であるという、七兵衛家には庭に小さな祠を祀ってあった。

海難法師の日は親黙りの日といい、翌二十五日は子黙りの日と言った。

二軒では同じように近所の人が集まり、供え物の揚げ餅を作り、浜に行って身を清め、神主が御祓いする習わしだという。

それから、夜中になると海難法師が島中を回って歩くのだという。その一切のことは口に紙を銜え、無言で行われ、無言で伝えていくのだという。

いつごろからのことですか、と尋ねると、

「七、八百年位前のことだ」

という。

私の先祖の神主の前田家は慶安元年の火事によって現在の宮塚山の裾野の一角に引っ越している。それよりずっと以前のことである。大島での言い伝えによると、同じ一月二十四日でも寛永五年のある出来事からだという。なぜ、日にちだけが同じなのだろうか。

大島では、豊島作十郎という八丈島奉行を兼ねた代官がいた。寛永五年、大島から八丈島に渡る途中、船が沈没し、行方不明となっている。ところが、この代官は船を波の荒い日を選んで出航し、途中で難破させたとも、船底に穴をあけて沈めたともいわれている。ところが、その後、伊豆諸島は、不漁、不作、天災が何年も続き、この祟りがあったのではないかと、海難の日を定め、忌み日とした。どんな内容の行事かは神主のみ知っているという。

父にこのことを聞いたことは一度もない。

先祖の七兵衛家の当主によると、一切語らずということが伝えられているということでそれ以上深くは尋ねなかった。

最近は科学で証明する時代である。このような伝統や口伝を現代どう理解するかはまちまちだが、インターネットを開くとずいぶんいろいろな説が書いてあるので、新島のことはどうなのだろうか、むしろ知っていた方が間違いがわかると、訪ねたのだった。

一度も会ったことがなかったが、とても温厚な人柄で、すでに次の代に引き継いで隠居の身だと言われた。無言の行は八年もかかってようやく子息に伝えられたという。

わが家ではいまでもその日、玄関や家の周りにトベラを刺して、夜は静かにしている。私の子供のころの話であるが、夜中に外に出たり、覗いたりして、目が見えなくなったり、病気になったりした話は実際あったようだ。それをどう理解するかは個人の考えのようだ。

伊豆諸島の各島によってそれぞれ違うようだが、とくに神津島が一番恐れその日は早くから外出を控えていたと聞く。

伊豆諸島の大島、新島、神津島、三宅島の四島の海難法師の行は、私の一存ではあるが、昔から海に囲まれた島では海の災難は多かった。それがどうして起こったのか、そして、その後どう扱ったのか島によって違いがあるが、新島の海難法師の場合は、七、八百年前のことだとしたら、他の島との言われは違うように思える。

大島、神津島、三宅島の海難法師のやり方は、寛永のころ、塩年貢の厳しい取り立てのため、島を支配していた代官や手代の不正に対し、島民の不服があった。そのことでなんらかの怨念があり、それと天災が重なった。そこで新島に古くから海難法師の行事があることに便乗しこの日を海の忌み日としたのではないだろうか。という仮説を立ててみたがなんの根拠もない。

いずれにしても新島の海難法師の行事は二軒で今なお同じように大切にこの伝統行事を伝え、新島の神主は代々世襲でその行事を今なお粛々と行っている。

新島の島役所には島役所日記が残されている。現存する天保から慶応年間までの島日記が公表されている。その中で島は全島が神様と仏様の宗教が中心になって、精神的に支えられていることがわかる。島日記には、

「嘉永三年一月二十四日、海難法師の神元、仁左衛門、七兵衛両家へ御酒、洗米、重箱ニ而錫神酒上げる。」とあり、島の大事な行事として記されている。

しかし、他島は海難法師の恐ればかりが伝えられ、このように個人の家で代々祭りをしていないところに違いがあるように思える。

この島の怖い話ではあるが怨念はなく、神として祀り、個人的な形は見えてこない。文明がどんなに発達しても、人の心は昔とどれだけ違うのだろうか。

私は小さな島に生まれ育った。海は一刻一刻その色も波も変化する。最後は人間の判断を越える時がある。海難の安全祈願と解釈している。

最近は、ほんとうの闇夜もなくなり、畏怖の念も薄れてきたが、海難法師の神元の人はこの行事を大切に継承して行きたいと語ってくれた。

疎開地の河津七滝へ

新緑が萌え蜜柑の花の香る頃、伊豆河津町を母と私たち娘四人で訪ねた。前々から皆で一度訪ねて見たいと思いながらようやく叶ったのである。

あれから四十数年の歳月が過ぎている。

昭和二十年、伊豆七島の新島には陸軍特設警備中隊、七千人以上が駐屯していた。戦争が激しくなり本土決戦の日も近くなっていた。二月十六日には海軍十六号輸送船が、米軍グラマン戦闘機大編隊に集中機銃掃射を受け、戦死者二十三名、負傷者七十一名を出し、新島で手当てを行い死者を埋葬もした。それから米軍の爆弾投下も日増しに激しくなっていった。

夜になると南の空が真っ赤に染まり、防空壕に入ることが多くなった。五月五日、疎開命令が出て、全島民は山形に強制疎開することになったのである。

そのとき、生家には両親と六歳の長女、四歳の二女の私、二歳の三女、四カ月の乳呑み子の長男がいた。他に叔母たちが三人、都合九人家族だった。栄養状態の良くない時代、母の母乳では足りなかった。

「山形まで疎開したら、途中で子供に犠牲者が出る」

という心配から、伊豆下田の親戚を頼って縁故疎開をすることになった。父は神主として島を守るため一人残ることになった。

生家は陸軍の兵器事務所に使用されるため、父は自分の家の片隅で暮らすことを余儀なくされた。五月のある凪の日、父と別れ、親族は漁船を雇って前浜から下田港に向かった　すでに多くの島民は山形に発っていて、最終組だった。

幼い子供たちは毛布を被され、ひたすら黙って堪えていた。何事が起きたのか知る由もない。下田港に着くと周りは薄暗くよく分からなかったが、無事に着いた安堵感を覚えている。船は平穏のうちに着いたと思っていたが、後に母から聞いたことには、小さなこの漁船の周りを飛行機が旋回し始めた、そのとき最初は守ってくれていると錯覚して、手を振ったりしていると、やがて、低空飛行をして、爆弾を落としてきて、敵機だということに初めて気がつき、その恐ろしさに身震いし、もうだめだと思ったという。

ところが、爆弾は落とされるものの、漁船に命中することもなく、爆発することもなく海に沈んでいき、ついにその姿も視界から消えていった。

母に言わせると、見ると女子供だったから助けてくれたんだよ、と善意に解釈しているようだ。私にはよくわからない謎の一つである。

下田は賑やかな町だったが、まもなく戦火がここにも押し寄せ危険になって、やむなく下田から北へ五里程山奥の河津に知り合いのないまま一族で疎開先を変えることとなった。

他にも島から河津の親戚を頼って先に疎開している家が何軒かあり、母はその人からの紹介で河津七滝の吊橋（つりはし）という家と親しくなり、家を探してくれたりなにかと親切を受けたのであった。その家の前には川が流れ、吊り橋が架かっていた。それでつりはしと呼んでいた。つりはしの家には子供が五人いた。その子供たちの飲んでいた山羊の乳を分けてくれたのである。

乳は毎日誰かが貰いに行った。その乳を取り上げられた虎刈りの幼い男の子が、

「ぼく、がまんするよ、ぼくのミルク赤ちゃんにあげるよ」

と言っていたという。

あるとき母がその子にキャラメルを持っていくと、

「ありがとう、どうやって食べるの」

と聞いた。

包み紙をむいてあげると、その手をじっとみつめ、口に入れてやると、

「うまい」

と言ってほっぺたをふくらませた。その笑顔が忘れられなかったという。

母はこの子の飲んでいた乳をわが子に分けて貰い、どれほど有り難かったことだろう。

私は母親となって初めて気がついたことである。けれどもその家の家族からは、大人も小さな子供からさえも、いやな顔一つされず、疎開者への慈悲深い心が感じとられたのだ。

どんな時代でもいつの時代でも人の心の奥底のものは変わらないと思う。

ようやっと河津七滝に小さな家が見つかり落ち着くことになって、まもなくのことである。借りた家には風呂がなかった。つりはしの家の温泉は少し深く子供には危ないということで、近所の滝の近くの温泉元を紹介してくれた。そこで　なんとか入れさせて貰うことになった。滝の近くの川沿いにあって、それでもその岩風呂は私には深くて滑りそうな温泉だった。その川淵に粗末な家が建っていて、頭のツルッとした、下着一枚でいる男の人が住みついて自分の温泉のように振る舞っていた。

この一癖ありそうな男の人は、母が荷物がまだ届かず手ぶらで行ったことが余計に気に入らないらしく、

「だから疎開者は困る」

と言ってはウサギを盗まれたの、タクワンが無くなったのと近所に言い触らしていたのである。

母は四人の子持ちといっても三十歳そこそこであった。どうしたらいいものか、これには困ったというが、誠実に生きていればいつかは分かってくれるだろうと、疎開者の肩身の狭い立場から我慢していたというがこれほど傷つけられたことはないという。

ところが、悪いことは出来ないもので、そんなとき、東京の伯父が心配して私達一家を訪ねて来たところ、件の人は、東京の近所に住んでいたお尋ね者だったのだ。

「こんなところに逃げていたのか」

と驚いたというが、他人のことをあれこれ言い触らしていたのは、どうやら自分のことではないかということになり、その後、母も気持ちが落ち着いたということである。

一族を引き連れた責任ある立場の母は、いつ終わるかわからない戦争中、島からの蓄え物を大事にしながら、仕立て物をしたり、天城の山へ行って山菜を摘んだり、必死に暮らしを支えていたのであった。

母は若さのせいか働く苦労は苦にならなかったというが、人間関係がうまくいくことは生きる大事な道だと、当時を振り返って教えてくれた。

当時はだれもが食べるに精一杯の時代であったと思うが、幼い私は僅かな記憶の中だがひもじい思いをしたことがない、三度三度何かを食べさせて貰っていたようだった。貧しい食生活であっても一つの食べ物を取りっこしたことがないから、きっと上手に分け与えてくれたのだろう、ところが、分けていた母の分はないときもあったのだとは後になって知った。母は食べる物がないときは、川の水を手で掬って一時空腹を紛らわしたこともあるという。これでは母乳など出るはずはなかったであろう。

それでもなんとか無事に生き延びて終戦の日を迎えたのである。

母は、これ以上疎開生活が続いたら病人が出たかもしれない、幸い河津は春から秋にかけての良い季節だったが、冬は越せそうにないと心配していたところで、温暖な島に帰ることがこの上なくうれしくほっとしたという。

九月に入ると、父が下田から自転車に乗って迎えにきた。庭先に立っているカーキ色の軍服姿の人を見て私は只キョトンとしていた。変わり果てた姿は誰かわからなかった。

その人がニコッとすると気がつき、私は駆け足で父の許へ飛んで行った。

その夜家族全員元気に再会した。それから幾日か過ぎたある日、皆で近くの湯が野温泉に行った。その途中、橋を通っていると姉が麦わら帽子を飛ばしてしまった、すると下の川原で水遊びをしていた男の子が親切に拾って届けてくれると、父が礼を言って、硬貨を手渡していた。それだけの光景だが、そんなのどかな情景が今でも私の脳裡を離れない。

子供心に平和な安らぎを感じていたのだろうか。

お天気のいい日でもあった。木陰で家族揃って車座になってお弁当を広げた。大きな真っ白いおにぎりだった。

「おいしいかい」

と父が聞いた。

私は口いっぱいほうばりながら大きく頷づいていた。

生まれて初めて食べた、あの白おにぎりの味を私は今でも忘れることができない。あのときお世話になった河津七滝を訪ねると、河津駅から天城峠へ向かう途中の道路が伊豆地震の山崩れのため道路が寸断されループ状の橋ができ、ここで天城峠と七滝へと別れていた。

町は大きく変化していたが、山々の木々は新緑に萌え、川は音を立てて流れ、自然の景観が観光名所として活気づいていた。

そしてつりはしと呼んでいる家は、昔と変わらない自然の中に調和した立派なホテルに建て替えられて、右に左に揺れ、怖くて渡れなかった吊り橋が観光の目玉になっていた。

当主大塩富彦氏は、当時戦地へ出征して行った青年で、奥さんは戦後隣村から嫁いできた人だというが、私たち疎開者の当時の様子をよく知っていたという。

昔お世話になった富彦氏の両親はすでに亡く、現代はその孫が中心になって、一族で、「つりばし荘」の経営にあたっているという。そして、山羊の乳を譲ってくれた弟さんのことを尋ねると、一年程前に病気で突然亡くなったという、なんともお気の毒な話であった。人の運命は分からないものである。

その日、母娘で訪ねて行ったことを大変喜んでもらい、昔を知っている当主の奥さんが懐かしい場所を案内してくれた。

この河津七滝は昔、上河津といっていた。天城からの湧き出た豊かな水源で滝が多く、温泉も出る、今は七滝温泉で有名である。滝に沿って自然の遊歩道を歩いていくと、その一つである「かに滝」の川淵に古めかしい不釣合な家が一戸建っていた。

「ここが例の温泉のあった場所ですよ」

すべてを知っての一言だった。洗濯物の下着が見え隠れしている。

私はふっと、あのときの顔が浮かび、足の裏がぬるっとした。

木漏れ日の中を散策していると、小川が流れ、沢蟹が這い、蕗の葉に小さな蛙が乗っている。土手には清水を含んだ昔と変わらない草花が生えている。懐かしい思い出の景色と重なった。冷たい小川の水を掬って口に含むと、どこか遠いふるさとの味がする。

「この地は、河津でもチベットと呼ばれているところです」

という言葉が胸に響いた。

疎開先のことは、五十数年も昔の暗い時代のほんの一コマのことだが、私にとっては原風景となって、折りにふれ蘇るのである。

今、日本の美しい自然や日本の心の失われていく中で、巡り逢えた温もりの旅だった。

随筆集（その三）終焉　人間万事塞翁が馬

ドイツからのお客さま（1）

夫は釣り好きだった。島で暮らすようになってそのために私は苦労して再び車の免許を取ってお供をしているうちにはまってしまった。

島の防波堤では初夏から秋にかけて釣りができる。手頃に釣れるのはアジ、サバ、アオムロアジ、ムロアジ、トビ、カンパチ、カワハギなど・・・。

釣った魚を料理するのは私の役目、その日の釣果によって献立が決まる。

新鮮な魚はまず、刺し身、サバはシメサバ、アジは、酢の物、天ぷらやフライ、から揚げにすると軽くて実に美味しい。ところが島の人はこんな小物は喜ばない。本当の釣り人はシマアジ、ブリ、カンパチ、タイ、メジナなどの大物を狙う。

そんな中で、釣り人が防波堤に並んで夢中になるのはアオムロアジという魚である。この魚は上等のくさやにする魚であり、また島ではこの魚を三枚におろし、叩いてすり身にして、味噌や砂糖、酒、卵、ふくらし粉などで味を整え油で揚げる、おでんのさつまあげのようだが、新鮮なアオムロアジで手作りすると一味違う。これを島では「たたき」といっている。このすり身で汁物を作り、摘んだばかりの明日葉の新芽を落とした一品を添えれば島の御馳走になる。そのため、アオムロアジの魚群を見つけると老若男女の釣り人は夢中になる。

私たち老夫婦は、たいてい釣りは午後の時間と決めていた、夕方まで釣りをし、その足で島の公営の温泉で汗を流す。夫は温泉好きでもあった。海の自然の中の露天風呂は無料で入れる。これは島の自慢の一つである。私は公営温泉の露天風呂が好き。温泉につかりながら夕日を独り占めする。幸せだった・・・。

姪はドイツ人と結婚していてその彼がなぜか新島好きであった。ちょうどバブルの時期が弾け、日本中景気の悪い時期だった。観光客が減り島も閑散としているころだった。案外静かで良い時期だったかもしれない。白い砂浜、緑の山々、エメラルドグリーンの海、当たり前の自然の景色が海の少ないドイツの彼はとってもお気に入りで、この小さな島にたびたびやってきてくれた。うれしい訪問客でもあった。

そして、いつしかともに釣りを楽しみ、夕餉は日本酒で乾杯。おもてなしの和食を気に入り、刺し身や煮魚、焼き魚が大好きであった。上手に箸をつかいタカベの姿煮をきれいに食べ、しきりに

「おいしい、おいしい、すごーい」

と連発する。日頃味わったことのない作り手冥利に尽きる夕餉のひとときであった。

ドイツからのお客さま（2）

日本の神様は、姿形も見えない。聖書や仏典のように文字によって教わることもない。神社

の前で手を合わせ何を願おうが決まりもない。御神体も自然であったり、人であってもその人の姿ではない。おおむね神社では御神体は奥の本殿に鎮座し、人々は拝殿の前で手を合わせる。夫の姪はドイツ人と結婚した。そのドイツ人は世界旅行の途中京都に立ち寄ったところ日本が気にいり、長期滞在するに至った。

何がそうさせたのだろうか。どうも日本の神道に興味があったようだ。やがてドイツに行った姪と結婚するや、たびたび日本を訪問することになった。私共は、私の故郷伊豆諸島の新島に四十年ほど前に家を建てたのをきっかけにたびたび帰省しているが、二十年程前に夫の定年により新島と都会とを行ったり来たりの生活をし、今日に至っていた。

当時より姪は度々島を訪れるようになり、彼も一緒に来島した。日本好きの彼は礼儀正しくいろいろのことに興味を示した。まず島のお年寄りはだれでもにこにこしていることに驚いている。

大陸続きのヨーロッパのドイツでは初対面の人には決して笑わないという。気心が知れて始めて笑顔を見せるようだ。すっかり島が気に行ってたびたび遊びに訪れた。私の実家は代々島の鎮守の神主をしていたが、夫もなぜか神道に傾倒していって神主の資格を持っていてご奉仕していた。父はすでに亡かったが、弟が継いでいた。

ドイツ人の彼は神社に興味があって熱心に夫に神道のことを教わっていたようだ。拝礼の所作などよく理解し、その心が伝わってくるようだ。よく日本人魂とドイツ人魂は似ていると言われることがあるが、良い意味で確かに言葉は通じなくとも心が通じることがある。現代の若者気質は良くわからないことが多いが、彼は昔の日本男児の忘れられた良さを持っている男性である。そのことで夫との信頼関係が出来ていったように思われる。

以後私たちもドイツを何度か訪問し遠慮のない楽しい旅をしたことが思い出に残っている。ドイツでは最近若者が毎週教会に行くことが少なくなってきているという。彼の生まれ育ったところはカトリックであるようだ。

一度ドイツの地元の教会に参拝したことがあった。それほど大きな町ではなかったが教会は荘厳な作りであった。私は外国旅行をすると郷に入っては郷に従えでその土地の神社仏閣は勿論、外国の教会やお寺にも機会があれば参拝する。

それは他教を否定することではない。日本の八百万の神様はおおらかであるから外国の宗教を受け入れてきたが、強制はしていない。うまく協調している。

キリスト教の場合世界の中のこんな山奥というところまで教会があり布教している。日本の神道は他教を受け入れ協調するが他国に行って積極的に布教をしているのを聞いたことがないし、外国で外国人が神道で冠婚葬祭の儀式をすることも知らない。

彼がどうやって神道を知り手を合わせるようになったかその本心はわからない。彼は代々木八幡宮で執り行われた娘の神式の結婚式に、ドイツから喜んで参列してくれたことがある。その儀式の様子をバックミュージックまで入れたＤＶＤに収めて、ドイツの親戚、友人知人に日本の良さを紹介したという。

趣味の釣り

釣りを始めて四十年近くになる。

夫が島暮らしを望んだのは釣りが出来ることが楽しみの一つだったようだ。新潟平野の田んぼの真ん中で育った夫がどうしてかと聞いてみたが、はっきりした理由はわからない。小さい頃、家の近くの小さな川でどじょうやフナを釣ってそれをお弁当にしてもらったとか？互いに子供の頃は貧しい食生活だった。もっと広い海で魚を釣るのを望んでいたのかも知れなかった。栈橋で、釣り糸を下げている夫は楽しそうだった。

島では栈橋でアジ、アオムロ、トビ、カツオ、カワハギ、たまにシマアジなどが釣れ、夕飯はその日の釣果によって献立が決まったことだった。あまり器用でない夫はときには釣針が刺さったり、投げ方が下手で入れ食いの時、隣りの人の糸と絡ませたり・・・。

「浜で練習してこい」

などと怒鳴られていることがあった。それでも夫は気にも止めていなかった。そんな姿を見て島育ちの私は隣りで監督をしていた。

そのうち、私は車の送り迎えだけで目の前の魚の群れを指を銜えて見ているわけにはいかなくなって、真似をして釣ってみると、手応えがあって止められない。

それから二人の釣り人生が始まった。

しかし、七十代、八十代まで元気に長生きして、釣りが出来ると思わなかった。車の車検もせず運転もやめてしまった。それを機に釣りをやめた。ところが夫はまだ未練があったようで、自転車で一人で出かけるようになっていく。

「そろそろ危ないからやめたら・・・」

ところが何と言おうと聞き入れなくなった。真面目、まじめの人が頑固親父のようになっていく。

「自転車やめさせた方がいいよ。ずいぶん危なさそうだよ・・・」

そんな話をよそから聞くようになった。それでもやめることはなかった。

ところがある日、都会の国道十六号の横断歩道で交通事故に遇った。が、奇跡的に一命を取り留めた。幸運の人だ。また神のご加護のお陰とどれほど感謝したことだろうか。

これからは、二度と自転車に乗らないという約束をしてもらった。そして二年後の春、元気になって再び新島を訪れた。夫は寄る年波には勝てない。ずいぶん体力が衰えてきたように感じた。四十年経つ家もあちこち寿命がきている。どうしたものかと思う。

夫はその家に愛着を持っている。あちこち自分の力で補修することが多くなって、朝から屋根に登っては樋のゴミを取り、壁にペンキを塗り、下水の掃除から、水道修理と暇が無い。その合間に、しばらく止めていた釣りを始めるのか、自転車を磨き始めた。

「自転車はやめてね」

「・・・・・・」

まさか、釣りにいかないでしょうね。外見からもその体力では自転車で釣りは痛々しい。

「もし、釣りに行きたいようだったら車にしてね」

島は車社会でどこでも誰でも車で生活する時代で自転車や歩く人はまれになっている。

「いいんだ、いいんだ」

黙っとれと言わんばかりだ。

「まさか、どうしよう」

娘たちからも自転車は禁止されている。これで何かあったら娘たちに「なんで止めなかったの」と言われかねない。

ところが、ある日、玄関先の自転車には釣り竿が取り付けられ、前後の荷台にはクーラーボックス、バケツまで準備し、出発するばかりになっている。

私は、

「しまった、どうしよう、とんでもない」

と頭がパニック状態になっていた。そして、千枚通しを片手に、自転車のタイヤに穴を開け阻止しようと鬼の心でタイヤを睨んでいた。すると
「どうだこれ」

夫がちょっとてれたような顔で立っている。自分が釣りに行くのに何を着ようが聞いたこともないのに、ジーンズにそれに合わせたような綿のシャツ、なんとも不思議な雰囲気だった。

「あら、いいんじゃないの」

私はこれ以上止めることはできなかった。

「行ってらっしゃい、気をつけてね」

もう、何があっても不死鳥のような人だからなるようになれと開き直っていると、夫は目の前を嬉しそうにスイスイと自転車に乗って釣りに行ってしまった。

それにしてもなんと若々しい姿、そのシャツの背にピンクの桜が舞っていた。


初夏の海は穏やかだった。自宅から自転車で十五分程の港の桟橋にはこの季節まだ釣り人はいない。私は夫の後ろを歩いて追っていた。桟橋に着くとちょうどコアジを釣り上げていた。

「あら、アジ大きくなったのね」

「ああー」

と振り向きもせず言った。夫はいつも釣り竿を二本用意している。私は釣り竿を手にとると、サビキ、重り、浮きと仕掛けをすると、もう沖に投げ、浮きの先を追っていた。

誰もいない桟橋、遠くに伊豆半島が見える。青い海、宮塚山を背に広がる前浜海岸、今、元気に自然の中でこうして釣りが出来ることはなんと幸せなことだろう。

その夜、釣り上げたばかりの小魚でから揚げ、サバの酢の物、アジの刺し身が食卓に上った。

「いい色してるね、おいしいね」

夫は心から喜んでいるようだった。ビールで乾杯・・・。

立つ鳥跡を濁さず

「断捨離してる？」

と友達に聞かれ困ったことがある。聞きなれない言葉だった。

自分の身の周りを始末することらしい。私はなかなか捨てられない。夫は私の外出中自分の部屋で整理をしているらしい。

あるとき、

「これいらなくなったから捨ててくれ」

段ボール一杯のネクタイだった。見るとまだ締められそうなネクタイで、おまけに私が記念にプレゼントした物、外国のお土産のブランド物も入っている。

「捨てていいの」

もったいないと内心思いながら確認した。

「いらん」

ずいぶんあっさりした返事が返ってきた。私の方が未練たらしくそのネクタイを数えたり、誰か締めないだろうか。何かに再利用できないだろうかと捨てがたく考えていた。ふっと仙台の妹がいろんな生地でバッグを作っていることを思い出し、電話すると「欲しいわ」と所望されたので早速送ったら喜んでくれた。

「何だか首を切る見たいで気が引けるわ・・・」
などと言いながらも一つの小物を作ってくれた。見覚えのあるネクタイがこうして変身してまた身近で便利に使えることを喜んでくれていると思ったところ、夫はなぜか
「これは女物だからお前が使え」
意外に喜ばない。そしていつもいつも片付け物をしているようだ。神職の資格のある夫は白い着物と袴を何着か持っている。それを「洗濯してくれ」と全部を目の前に出したので洗ってアイロンを掛け、風呂敷に包んでわかるところにしまった。

六月三十日大祓いの晩だった。いつものように夕方風呂に入って禊ぎを済ますと、準備が整った、と声がかかり、私は一人神棚のある和室に座って低頭して御祓いを受けていた。

夫は神道の家系ではなく退職前に学校に通い資格を取っていたから、修業は短い。父の祝詞を長い間耳にして育っている私にとっては違和感のあるところだった。

昔父が祝詞を女子供に笑われるようでは一人前ではないと言っていたのを思い出しながら神妙な気持ちで御祓いを受けている。所作もあまり器用な人ではなかった。ときどき
「間違えました。もう一度やり直します」

などと独り言を言って丁寧にやり直すほど律儀な人でもあった。私はそれに対して口であれこれ言ったことはなかったが、どこか冷たい視線を送っていたのかもしれない。その夜、夫がいつものように今年半年の大祓いの祝詞奏上が終わると私は

「ありがとうございました」

とお礼を言って頭を下げた。そのとき、いつもと違う、心に響いた立派な祝詞に、私はいままでの非礼を反省しながら夫の方に顔を上げると
「やっとお前に褒められたな」

とでもいうような穏やかな笑みを浮かべていた。

ふっと父のことが重なった。

十三社神社の宮司としての父の晩年、平成七年頃、宮司の手伝いをしていた夫が私の眼前で所作を間違えていた。がそのときの父の眼差しは優しく、不器用な夫を決して傷つけるような態度は示さなかった。そして
「誠の心があればいい」

と何事にもおおらかであった。

六月の大祓いが無事に済み七月一日の朝、私の部屋に紫の大きな風呂敷包みが置かれていた。その上に笏が載せられて・・・。

真面目、まじめ

夫はとにかく真面目人生であった。朝食は七時、昼食十二時、夕食七時、風邪を引いても少々

具合が悪くても食事を抜くことはない。

私にとっては七時の朝食の支度はきつく、目覚ましなしでは起きられないからいつも六時にセットしている。そのお陰で子供達も遅刻させず皆勤賞を貰ったこともある。私自身学校を遅刻したことも休んだこともなく小、中、高とも皆勤賞で通していた。

「それが、どうしたの」

今は法事だといっては子供の学校を休ませ家族旅行する人がいると聞いて驚いたことがある。私は娘がもう少しで皆勤賞が貰えるといったころ、目覚ましを五個も並べていたことを思い出す。今では風邪を引いてまで学校に行くことの方が良くないことでもあり、皆勤賞は賛否両論のようだ。

自分が歳を重ねた今、年寄りの無理は禁物、と言い聞かせている。

夫はこどもの頃風邪だといっては休んだことがあるようだった。末っ子の夫はいつまでも学校を休んでいると「もう、大丈夫だよ」と言われても「死んじゃう」と言っていつまでも布団から離れなかったようで、

「風邪ぐらいでは死なない・・・」

と母親に促されようやく学校に行ったとは、寡黙で真面目な本人から聞いた話の一つであった。

そんな夫は晩年、風邪を引くことを恐れていた。解熱剤が体質に合わないという。そのため胃を悪くする、胃を悪くすると悪い病気になる、病は気からといわれるが、結婚した当時から胃弱だからと気をつけていた。その原因は風邪に起因することがわかった。

私が外出するとき玄関まで送ってきてくれ
「風邪引かないようにな、俺に移さないでくれ」
とつい、本音がこぼれ、出掛けに気分を壊し、言い換えてもらったこともある。それだけ風邪を引かないように互いに気をつけていたが、数年前のことだった。私の風邪を移し、また胃に異常をきたし入院し、私も責任を痛感したことだった。確かに風邪は万病の元、くわばら、くわばら・・・。

特に冬が怖い、インフルエンザの注射も、肺炎のワクチンもしてできることはしてきたつもり、夫は外出時はマスクを離さない。電車で咳をしている人がいると遠慮なく人前でもマスクを出したり、車両を変えたりする。そのお陰か昨年は風邪を引かずに冬を越し、春には元気に島に行くことができ、楽しんで帰ってきた。

今度は夏になったら初めて孫たちをつれ島で家族全員集合の予定を立てていた。健康診断も合格、ところがなぜか毎日お洒落していそいそと外出していた。
「あなた、大丈夫」
「・・・・・・」

この夏は、温暖化だ、異常気象だといって、所により豪雨、雷がある。朝、快晴であっても突然雨が降ったり、時にはヒョウまで降ったりする。

そんな毎日忙しそうにしている中、帰宅するといつものように散歩をする。
「今日は夕方から雨になりそうよ」

「公園で雷に打たれたら大変よ」

こんな問いかけに、なんの反応もない。

「今日はやめたらどうお?」

だんだんきつい言い方になる。夫は
「カントは毎日同じ時間に散歩をしていて町の人々は時計がわりにしていたようだ・・・」

「カントはカントでしょ、今は時計は誰でも持っているし、それに毎日と言っても病気のときも都合の悪い時もあるでしょ、毎日ということは百パーセントでないのよ・・・」

「それにね、相撲で満員御礼ってあるでしょ、それなのにずいぶん空席があるでしょ、これも百パーセントではないと思うわ、だから無理しないで休んだら・・・」

やはり無言である。その夕方いつ間にか公園へ黙って散歩に行ったようだ、洗面所にずぶ濡れのスポーツウエアーが脱ぎ捨てられていた。突然のゲリラ豪雨に当たったようだが黙った。

風邪を引かなければいいが次の日また出掛けて行った。

「いいんだ、いいんだ・・・」

余計なことはいうな、その顔は睨んでいた。

延命は

夫は豪雨に当たった後も外出していた。二、三日無事で日を送り、大祓いも無事に終わった次の日のことだった。急に熱が出たという。

「それは大変直ぐ病院へいきましょ」

「風邪だ、二三日静かに寝ていれば治るよ」

「どうしてそれがわかるの、取りあえず病院へ行きましょ」

「いいんだ、いいんだ、病院にいくとよけい悪くなりそうだ・・・」

氷枕をして額に冷たいタオルを変えるぐらいだった。幸いなことに食欲はあったというより食べようとしていた、好きな鰻とお粥を二日間食べた、熱も下がってきた。

「汗かいたら熱が下がってきたよ」

ところが三日目の夕方元気は良かったが食欲もなくなり歩けなくなってきた。娘たちと相談し救急車を頼んだ。直ぐに受け入れ体制の病院へ直行かと思っていると、自宅前で一時間半も決まらないまま止まっていた。病人がどの程度なのか知識のない私は案外落ちついて不安はなかった。この橋本あたりは東京の郊外で工業団地を開発した住宅地域で、将来は東京から名古屋まで四十分というリニヤモーターカーの最初の駅の出来るところで年々高層マンションが建ち人口増加の地域でもある。その割りに総合病院が少なく、病院の待ち時間が大変で一日掛かりになると嘆いている。

そんな中、最近近所に老人ホームもでき近く総合病院もできる予定になっている。私達の老後はここに託すことになるのだろうかと夫は早速老人ホームの見学にも行っている。

病院については
「間にあうかなー」とも・・・。

私にとっても朗報であった。

「これから、私にもしものことがあっても老人ホームにお願い出来るわね」

すると
「老人ホームに行くなら自分の家にいる・・・」

その顔は娘を頼りにしているようだった。

それにしても救急車は自宅の前に止まったきり、どこへ頼んでもお断りであった。ここは神奈川管内、だが近隣とも協力している「東京でもいいですか」と聞かれ、もともとこの地域は東京との境目であったから、神奈川の奥地に行くより東京の交通の便利な所を希望した。ようやく、小一時間かかる東京都のある病院で受け入れてくれた。

夫のことを家で心配していたから私はむしろほっとしていた。そして、直ぐに退院できるだろうと安易な考えであった。

応急検査の結果、当直の医師が
「厳しい状態です。高齢なところに栄養状態もよくない、肺炎です」

レントゲンを見せながら、たんたんと告げる。

「肺が真っ白です」

なぜか、私はそう言われても驚かない。五年程前に亡くなった母もそう言われたが全治した経験があった。そのうち元気に帰って来ると勝手に信じていた。

夫の入院が決まり一応落ち着くと、今後のことで医師に呼ばれた。

「どうされますか・・・」

はっと、した。どういうことだろうか。しばらく間があったが、医師は自らは言わない。延命のことが脳裏をかすんだ。すぐにぴんときた。

「これからの治療のことですか、私は延命を希望しません。日頃本人が言っていましたし、掛かりつけの病院に書いた物を預けてあるときいたこともあります。」

「どこの病院ですか」

「どこどこの病院です」

と言うと、医師の顔が、難しい患者ではないと言わんばかりに思えた。すると、

「もちろん、治療はちゃんとしますよ」

私は元気に帰るとそのとき信じていたからつとめて明るかった。それに隣に長女がついていてくれたことがどれほど心丈夫であったことか。適当なところで医師に質問もしてくれていた。

「お父さんは不死鳥だから・・・」

幸い病室が個室で医師や看護師の管理している部屋にも近く、病院慣れしている夫にとって

は問題がなかった。やがて病院生活が始まった。それ程苦しがる様子もないが、酸素マスクをし、会話が不自由になってきた。栄養やデータチェックの為いろいろ針もさされ、体も自由が利かなくなっていく。

わが家の家族は私達夫婦と長女夫婦と息子、次女夫婦と息子八人であった。病院にはそれぞれの家から小一時間かかる。娘婿たちはサラリーマン、娘たちは四歳と二歳の息子の子育て真っ最中、幼稚園の送り迎えと子供を手放せない。私は当然ながら朝から夕方まで病院通いとなった。介護が始まった。といっても治療は病院任せで、付添いは必要ない。お見舞いということである。夫は何度も入院をしたことがあり、治療に関しても納得がいかないと頑なところがある。食事は点滴であったから不服のいいようがなかったが、動けない体でちょっとしたマスクのずれから、靴下、毛布の慣れない違和感に注文をつけた。病人が眼鏡に補聴器を所望し、やがてメモ用紙に何かを書き始めた。ところがそれは夜中に目がさめた時に体位を崩して手を延ばしたことが原因だった。

「困るんです、ベッドで動いて、もし落ちたらこちらの責任になるんですから」

夫は両手をベッドに縛られていたのだった。それを見た娘は、

「昼間は私達が見ていますから、外してください」

「それならいいですよ、家族の責任で・・・」

ということになったもののそれから朝から夕方まで家族で監督のローテーションを組んだ。夫にすると伝えたいことが出てきたようだった。それをよく受け入れてくれた娘たちには感謝し

ている。案外妻には言えないこと、言いたくないことがあったのかもしれない。私に愚痴は言わなかったし、それほど難しい要望も言わなかった。その分娘達に言っていたようだ。

一週間経った。医師に呼ばれた。

「悪くはなっていないが、よくはなっていませんね」

そして十日目、夫が、看護師に、

「主治医にレントゲンを撮って欲しい」

と伝えて欲しいといわれているのだが、困ったことだ・・・と　私に迷惑そうに言った。

これを聞いてなんと思うだろうか。

生きるか死ぬかは病人本人のことである。

私はその頃より、万が一のことを考え準備を始めていた。

毎日家族は替わりばんこにお見舞いしていた。最初は二歳の孫はおじいちゃんの姿を見ると母親にくっついて離れない、恐る恐るその姿を眺めていたが、帰り際、握手したりバイバイと手も振るようになってきた。四歳になる孫は案外驚かない。

「おじいちゃん、頑張ってね」

と元気よく、待合室で元気過ぎ困ったこともあった。そのロビーに子供用の絵本が置かれていた。本好きの孫は

「おばあちゃんご本読んで」

とその中の一冊を持ってきた。

「ある日、おばあちゃんがなくなりました」

その字を見たとき声に出して読めなかった。

孫はそのことを承知して読ませたようと思ったらしく苦笑いをしている。その本をそっと閉じ本棚にしまうと孫は面白がってその本を探して持ってくる。どうやらその本は娘たちは気がついているようだった。

「絵本としては悪そうな本ではないんだけどね・・・ここにあること、この本を選んだことが、不謹慎よね・・・」

私にとっては
「怒り心頭・・・万事に通じるわ」

内心許せない信条だった。

人は生きてきたように死んでいくというが今の夫へのするべきことは何なのだろうか。できることは何なのだろうか。

夫はどうして今の自分の体の不自由の中でレントゲンをと所望したのだろうか。

私も「伝えてありますよ」と曖昧な答えをした。その答え方に本人はどう解釈したのか理解できないが、次の日私は午後から長女と交代した。帰り際、長女が、

「お父さん、あんまり希望を言わなくなったわよ」

と少し寂しそうだった。

確かにその日静かに目を閉じていたが、機械の数値は安定していた。先のことはさっぱりわ

からない状況だった。

「また、明日くるね」

と言うとしっかり目を明け手を振っていた。その手はいつもと違い「ありがとう」という手の振りようだった。そして優しい良い笑顔だった。はっと気がついたが私は振り返ることが出来なかった。

次の日も次の日も静かで二度と口を利くことはなかった。

時々痰がからみ苦しむことがあって看護師を呼んだが、次第に来るのが遅くなってきて、苦しむ姿に
「なんとかなりませんか」

家族のすがるような思いに
「時間の問題ですから・・・」

あっさりとした冷たい回答で医師の治療も終わりを告げているようだった。徐々にモニターの数値が0へと近づいていく。皆それぞれの思いを胸にモニターを見つめ、声をかけていた。

自然体である。病人のデーターは看護師の部屋で確かに監視し、一番悪いデーターはどこかモニターに注意しているようだ。病人と医師との人間としての疎通はなにもない。

「どうぞ、ご家族で・・・」

というように・・・。

これを家族への親切ということなのだろうか。最期の時がきた。

医師も看護師もいない病室に家族全員が揃っている。

皆で替わりばんこに夫へ声をかけた。私が

「皆来てくれたのよ」

と肩に触れるとピクッと動いた。ふんともすんともいわない静寂の中でモニターが止まった。しかし、止まったと思ったらまた微かに動いた。誰もが覚悟していた。今、この時を誰がどこで、この様子を監視しているのだろうか。

家族はもうすでにそれぞれの思いで別れを告げていた。皆涙して・・・

やがて、素人目で病人はこと切れてから二十分以上過ぎていた。

当直だという、大きな強面の医師がやってきた。瞳孔、心肺、・・・マニュアルどうりかチェックするとおもむろに腕時計を見た。

「七月十七日午後十時七分です。」

というと病室を後にした。家族への言葉はない。皆「ありがとうございました」と頭をたれていた。

これが夫の最期の姿だった。夫は死を受け入れていたのだろうか。私にはどうしても医師の態度は納得いかなかった。人事を尽くして天命を待つことを願っていたが、これでは人事を尽くさないで天命を待っているだけではなかったのではないか。医師として安らかに導く方法はなかったのだろうか。延命とはこういうことだったのだろうか。後悔が残った。しかし、止まってはいられない、現実には、いろいろなやらなくてはならないことが待っている。

神葬祭　ある神職との出会い

夫の死を受け止めざるを得ない現実だった。

知らない土地の見知らぬ病院で最期を迎えるとは予想だにしなかった。その病院で人が最期を迎えるとその先のことはレールに乗っかればスムーズに行くようだ。その職業の人は初対面であったが親切で遺族の気持ちをよく受け止めてくれた。昨今葬儀はどうするか、いかに安上がりにするかということが多く実際、身に降りかからないと分からないものである。葬儀、お墓について日頃夫とはしっかり話し合っていなく慌てていた。とにかく今現実としてどんな葬儀をするのか、誰に知らせるのか。相続人は妻と娘二人ということである。夫の故郷は新潟で仏教であり、私の実家は神道であったが、夫は何故か神職の資格を持ち神道で葬儀を望んでいた。しかし、あまりに突然だったから神道と言っても誰に頼んでいいものやら悩むところであった。

知らせるべきところにまず知らせ、葬儀は神道と決めた。私が実家に知らせた折り、親族から是非葬儀をさせて貰うとの返事をもらった。そのむね相続人で話し合っていると

「それは遠慮します。父は出雲大社でお願いしたいと聞いたことがあります」

私はちょっと驚いた、そう希望しているとは聞いたことはなかった。私の望むところで、ずいぶん前にそのことを聞いていたので私も一緒に思っていた。ところが、その話はいつの間にか立ち消えになっていたのだ。

もし、出来たらそう希望したい、喪主として願いであった。

しかし、そのとき喪主としてどれほど葬儀に予算をかけて良いのか想像がつかなかったから不安であった。葬儀委員長らしいことは長女の役目となってその交渉に当たってもらった。思いがけない返事だった。出雲大社と聞いて自分たちには身分不相応なことではないかと考え躊躇することもあったが、夫の立場生きかたを考えたら葬儀はその人に相応したやり方が大事だと考えていたから、この際自分の考えを通したかった。

幸い意見が揃ってきたので一歩一歩慣れない一連の流れに沿って夫を見送ることになった。幸い世間でいう悪徳な業者ではなく、親切でわが家の都合に合わせ注文を事細かく受け入れてくれた。もっとも、大事なその出雲大社分詞の神職が葬祭場に近くまた住まいの場所にも近かった。その出会いから事はスムーズに運んで行った。

神葬祭の葬儀

七月は異常気象で暑かったがその日、ほんの一時暑さが和らいでいた。

葬祭場は仏教のお寺が経営している町中で新しくできたところだった。親戚と家族だけの葬儀にしてはゆったりとした葬祭場だった。夫の希望はあまり大事にするとお年寄りが遠路来られるのは忍びないという考えであった。私にとっては親戚が遠く頼る人がいなかった。経験の浅い家族が寄り添って力を合わせ、乗り切ろうという思いであった。幸い皆の協力で一歩一歩事は運んで通夜祭も終わり葬場祭の日を迎えた。

あれもこれもと頭の中は一杯だった。

葬場祭の日、喪服に身を包んで中心に座っていると自分の役目は喪主であり、葬儀の挨拶をすることだと言い含めている。

「お母さん、パニックになるといけないから原稿用意してね」

葬儀委員長の長女に言われ一応紙に書いたものを持っていた。

神葬祭の葬儀は島で両親と親戚の何度か経験があるだけだった。出雲大社の神葬祭は想像が付かない。

葬儀社も出来たばかりで神葬祭はあまり経験がないという。祭壇の飾り方も自由で家それぞれのようである。ただ中心の祭壇が宗教によって違うようだ。

近頃の祭壇は無宗教も多く中心に遺影があり祭壇は花を多く使ってその人の人柄とか生きかたを表しているという。

私は中心は宗教であると信じていたから、神道流に飾り付けたかった。ところが榊だけではなんとなく寂しく、花を添え、明るい飾りつけを希望した。

「あの赤い花が・・・」

気になることはあったが、割合大きな祭壇だったから、寂しいより少し明るい方がいいかなとそのままにした。神道方式がどんなであったか見たことがなかったからすべて自己流に要望した。榊を一対所望したら何ともいえない生け方で驚いたが黙って受け入れた。

慌ただしく、無知なところも多く失礼なやり方ではなかったろうかと、最前列の喪主の席から眺めていた。やがて式が始まり、そんな厳粛の中で祝詞奏上に頭を垂れていると、初めて涙が流れてきた。後悔ばかりだった。至らなかった自分は夫に申し訳ない。なぜ、あの時助けてやれなかったのだろうか。もう少し長生き出来たのではないだろうか。夫は未練と無念と、忘れない、許しがたい何かを持っているのではないだろうか。そういう夫の遺影は怖かった。まるで叱っているように見えていた。

祭儀の神職は若い人だった。静寂の斎場で祝詞が奏上された。まず、遺族に対しての祝詞であった。そのとき私の魂の中に何だか分からない言霊がすっと入ったのだ、そして自分の醜い心がすっと溶けるように消えた。不思議な現象だった。涙が止まり温かいものが通り過ぎていった。以来涙を出すことはない。

喪主の挨拶になった。私は用意した原稿を読む必要はなかった。ただ夫がお世話になったこと、そして、夫は私の知らないところで出雲の神職の資格を取っていたことを神職の言葉で知って驚いたのである。夫は自ら、こうして出雲大社に導かれていったことに気が付いたのだった。その深い縁に感謝し、夫も安らかに導かれて行ったことを確信した。

私はこのとき、古の神を敬い祖先を尊ぶ日本の魂に初めて実感として触れたのであった。

そして、この度、私は平成二十六年七月に亡くなった夫の訃報を遠いドイツの姪夫婦まで知らせるべきか悩んだが、そのときに大事な人には知らせようと判断し、躊躇いながらも電話すると、たまたま彼が受けた。彼は私の電話の声で事の重大さに気がついたようで姪に直ぐに連絡した。彼女からは
「切符の手配ができたので直ぐ帰国します」

迷う風もなく即答してくれた。


葬儀は夫の希望が叶い、信仰していた出雲大社の東京分祠の神職によって神式で執り行われた。彼は親族に遠慮しながらも夫との別れに参列してくれた。そのとき、このような厳粛な葬儀をドイツでも日本の葬儀でも見たことも聞いたこともない。悲しみの中にも参列者が静粛に亡き人への気持ちが一つになっていることに驚いたという。

「祝詞は言葉が通じなかったが、なぜか心が洗われるようだった」と。

そして私の喪主挨拶に皆が心を打たれているようだったが、

「何を言ったのか原稿がありませんか」

と尋ねられ、

「私自身覚えてはいない。それが日本流だ」

と伝えると、「わかりました」と理解してくれた。

なぜ、出雲大社の葬場祭がこのように人の心を打ったのだろうか。それは夫の人生そのものであったとも思われるが、大方の参列者は出雲大社の神道の葬儀は始めてであった。

神道の葬儀とはいかなるものか、一同に会した方々がそれぞれに何かを受け取ることができたのは日本人として祝詞の言霊の意味を理解することもできたであろう・・・。

しかし、言葉の通じない外国の人が心を打たれたのはなぜだろうか。人間は人種が違っても、言葉が違っても、その言霊の力によって人の魂に届く何かは世界共通しているものがあるのではないだろうか。


それが古来より変わらぬ日本の神道の目に見えない力でもあったような気がする。

私にとって夫の帰幽は人生で最も悲しい出来事であったが。私は決して不幸とは思わない。夫は望んでいる道に辿り着いたと思っている。そして私の道しるべとなってくれたと感謝している。また彼は「知らせてくれたお陰で、叔父さんに良いお別れができた。ありがとう・・・。」と言ってくれた。人の心に国境はない、そう感じこみ上げるものがあった。

はか（墓）ない人生

人は死んだらどこへいくのだろうか。
人間は死んだらゴミになる。本当だろうか。
出雲の教えは決してゴミなどにはならない。

私は出雲大社の教えに日本人として七十三年の人生の中で初めて出会った。

「時到りて帰る処は『あの世』です。あの世は幽冥（かくりよ）と、祈る故郷です。そこには御親大神さまとご先祖、ご家族親族がいらっしゃいますから、帰られたならば、人生の旅路の物語を喜んで聞いて下さって…良い子孫だと褒めてくださるでしょう。

やがて、この世にある有縁のお人びととの報恩追縁の祈りによって・・・神と浄められ・・・守護神として幽冥の広処に神位貴く神栄えるでありましょう。

あなたの・・・終の住処・・・は御親大神さまのいらっしゃるこの『みかえしの奥都城』の心・・幽冥は故郷にて候・・・。」（出雲大社教祖霊社『みかえしの奥都城』のしおりより引用）

夫は日本人として自分の行くべき道を知っていて生きたように導かれて行ったと思う。そしてあのような穏やかな顔だったのではないだろうか。

次男坊の夫には墓はない。だから「墓ない人生」だと私は楽観的だった。神社の代々神主の家で生まれ育った私はお寺とか仏教に馴染みがなかった。亡くなったらどこへいくのだろう。娘二人も結婚しそれぞれの家庭がある。私は常々夫婦単位の墓事情をどうしたものかと考えていた。もし、仏教の墓に入ったら父や母、先に逝った先祖に会えるのだろうか。そんな疑問を持ちつつ老後を迎えた。

夫がなぜ神道に向かったのかわからない。人は元気で老後を迎えられるかどうかは誰にも分からない。そんな中はっきり互いに話し合わないまま亡くなった。夫は神職の資格を取り神社にご奉仕したこともある。しかし、私はどんなにしっかりした人であっても晩年何が起こるかわからない。認知症にならないと誰が保証できるだろうか。夫はもともと仏教の家で先祖も両親も皆同じ墓に入っている。もし、自分が分からなくなった折り、先祖や両親のことを思い出し故郷の新潟に帰ると言ったときどうすればいいだろうか。私は一抹の不安を抱えていた。そうなったときもし自分が先に逝ったらどうなるだろうか。

誰もいない夫の実家に入れてくれるだろうか。いや私自身望むところではない。

墓探しはこれからであった。近所の墓地探しに行ってみたが、どうもなじめない。

「一人になったら、お墓のマンションでもいいかな」

よく、エンディングノートにしっかりと墓や葬儀のことを記すようだが互いに相談なしで書いておかれても残された人の意見もあると思う。葬儀とはその人生に相応しい最後の儀式だと思う。派手もよくないが本人の希望とはいえ、突飛な発想も困るときがある。そして、なにより遠慮もある。夫の場合少し遠慮があったように思われた。まだまだ相談途中でもあったし、時代の流れの中で近頃のマスコミの葬儀の方法に私自身は馴染めない。

どんな方法でも自分の生きてきた全てである、もっとも大事なことは心、魂、そうであったら自分の信仰というものを大事にしたいし、今一度人間には分からない崇高なもの尊い物への信念が必要と思う。

夫は変わらない信念を持っていた。そのことは葬儀とは関係なく通じていたから、私は葬儀には考えを持っていた。

残念なことにお墓については迷いがあった。夫は出雲大社に分骨してほしいと望んでいたことを知って、出来ることならそうありたいと思っていた。

その望みが叶った。夫婦で分骨でなくすべてを奉安できることをお許しいただき、私は迷うことはなかった。願ってもないことであった。そして不思議なお導きに感謝したことである。

夫も望んでいることだと確信している。なぜなら後にその希望を記してあったからである。

私の選択が間違いなかったことにほっとしている。

出雲大社へ

平成二十六年十一月八日、家族七人揃って、いや八人ということになる。夫の遺骨を胸に羽田より出雲へ向かった。穏やかな日和であった。出雲は二千年の歴史の中で皇室高円宮典子さまと出雲国造千家国麿さまが結ばれ、このほどご結婚式がめでたく執り行われたばかりである。また昨年六十年に一度のご遷宮の出雲大社は、全国からの参拝客で賑わっていた。また末社などの遷宮はまだ続いているようだ。私共親族は、夫を出雲大社の祖霊社に奉安して戴くためだった。

家族一同喪服を着用し祖霊社へ向かう、拝殿は大きく立派で椅子が百脚以上も並んでいた。その部屋の前列に七人が座った。鈍色の装束を着用した神職が五人神殿の前の位置に着くと大太鼓を合図に祝詞奏上が始まった。その祝詞は今までに耳にしたことのないイントネーションで、神秘な世界へ誘われるような雰囲気であった。孫たちも神妙な顔で小さくなっている。そして、隣の祖霊社には夫の遺骨が安置されていた。ここでも大太鼓を合図に祝詞奏上が始まった。夫の遺骨はここで一年間奉安され、神職によって祀っていただくことになっている。そして一年後に出雲大社の墓所『みかえしの奥都城』に奉安して戴くことになっている。

出雲大社の本殿正式参拝

無事に祖霊社への奉安の祭儀が滞りなく済み心が澄んで穏やかであった。
出雲大社は「出雲のおおやしろ」と読み、ご祭神は大国主命である。

私が一度参拝しているだけで皆初めてである。私にとってはその時、娘の結婚、孫の誕生と祈願したまま御礼参りもしていないことが気掛かりであった。この度の良い機会をとらえ家族で参拝することになった。

その日天候にも恵まれたので、祖霊社から本殿には西門から入ると近かったが、皆で正門まで歩いて参拝することにした。勢溜の大鳥居を潜り松の下り参道を真っ直ぐに歩いていくと、静寂の中で古の姿が今に続いている歴史を肌で感じるようである。

四の鳥居の目の前に拝殿が見えてくると、この注連縄（しめなわ）の大きさにまず皆驚く。

事前に正式参拝をお願いしてあったので「おくにがえり館」で受け付けを済ませ神職に案内され西門から本殿へ向かう。御祓いで清め本殿前で家族一同、感謝とお礼の気持ちでそれぞれ拝礼した。本殿は大社造りと呼ばれる日本最古の神社建築様式で、昨年六十年に一度の遷宮を終えたばかりという。出雲大社の遷宮は本殿の檜皮葺きの屋根を葺き替えることで伊勢神宮とは違っている。近年ヒノキの皮を集めるのは大変苦労が多い時勢とか。

檜皮葺きの屋根の葺き替えは苦労が多いようだが、綺麗に整ったばかりの本殿に参拝できたことは幸せのことであった。出雲大社はどこも人人で賑わいをみせていた。

この出雲の地を訪れてみると、島根地方は神話のことが色濃く残っていて町全体が出雲大社を中心にした人々の生活があるということを感じる。またその周辺には古事記に出てくる神様の神社が点在し、神秘的な世界観がある。観光の中にも神への信仰の心がある。近頃は文明や科学の発展で月や火星の宇宙の話が話題となり、遠い昔の神話の世界はないがしろにされがちでいつの間にか子供たちの知らない世界になっていることが気にかかる。

「やまたの大蛇（おろち）」についてもこの地方の川が氾濫することを大蛇に例えられていることに、神話の深い意味を知った。大国主命の大黒様がいなばの白うさぎを助けた慈愛に満ちた神様として知られているがまた背負った大きな袋の中には人々の苦難、悩みが入っているのだという。神話の中に教わることが多かった。

また天孫降臨のとき大国主命が国譲りをし、そのとき御子の兄八重事代主命（やえことしろぬしのみこと）と弟の健御名方命（たけみなかたのみこと）が助けたという。そして弟の健御名方命は諏訪の地に、兄の八重事代主命は大国主命に国譲りを進言した後、身を隠してしまうと古事記の中にある。

そして天皇誕生となり八重事代主命は重要な役目をしたのではないかという説もあるがどこかに消えたとされている。

天孫降臨で国譲りをし天皇誕生になったことにより今日の日本の姿が出来たとしたら、出雲の大国主命の国譲りの意味は大きいと思う。

出雲大社の境内の四の鳥居の近くに美智子皇后陛下の御歌の歌碑がある。

国譲り　祀られましし　大神の奇しき御業を　偲びて止まず

この歌は平成十五年「出雲大社に詣でて」と題され大国主命が皇室のご先祖に国土を奉還された「国譲り神話」を讃えて詠まれたという。

三歳社

本殿参拝後私は一人本殿から西北の三歳社に向かった。

出雲の大社と神楽殿の間に、八雲山から素鵞川（そががわ）の清流が流れている。その川をさかのぼって行き、深山幽谷の静寂の中歩くこと十数分、やがて右手に三歳社があった。縁起式内社で祭神は事代主神を主祭神に、高比売命と御年神を合祀している。

この神様は東を向き御山を見守っているように位置している。

神社は参る人もなくひっそりと静まりかえっていた。それはあまりに小さな神社で島の末社ほどで意外であった。だれもいない小さな祠の前でしばらく手を合わせていると、木漏れ日の中に穏やかな風が通り過ぎていった。ふっと、この八雲山を中心に鶴山、亀山の山々は昔は禁足地であったということから、この地も聖域であって、いまなお自然を守っている神様かも知れないと思えた。

また、事代主神はその後消えたことになりながらこの地に祀られているとは、いかに大事な神様であり、ひっそりと祀られているということにとても不思議であり神代の時代に思いを馳せるのである。

また、一方で、私のふるさと新島の鎮守様、十三社神社には出雲の国譲りの際消えた、あるいは隠れたとされた事代主命が祭られている・・・。

そのことを累代新島の神主兼地役人を継いできた、前田家の所蔵するもっとも古い古文書「嶋々御縁起」（文明十三年一四八一年）は、三嶋大明神（事代主命）の縁起について記されたものである。

出雲より消えたとされた事代主命はその後どうなったのだろうか。

この縁起には、天竺での王子出生と日本への渡来及び三嶋大明神の嶋々造成のことなどが記されている。島に残っているこの古い「嶋縁起」によると、事代主命は大国主命の御子で、伊豆諸島を開いた神様であり、伊豆の嶋々の造成、造成した嶋々への神の配置が記されている。そして、その中で四番目のこの島は「塩の泡を寄せて焼かせ給ひければ、嶋白かりけるによってあたら嶋と名付けたり」とある。この「あたら嶋」が「新島」である。

島でもっとも古いこの嶋縁起には天竺という文字が最初に出てくる。私は昔より神話の世界になじめなかった。それは日本の神様は伊勢神宮、出雲大社がもっとも古い日本の大事な神様で氏神様の十三社神社の御祭神は事代主命であるが、神社の氏子は毎年天照大神の御札と十三社神社の御札をいただいている。それはどういうことかはわからない。

そして嶋縁起になぜ天竺がでてくるのだろう、子供のころ天竺とは遠い国に思えていたのだ。天孫降臨からの二千年の歴史の中で事代主命は島の氏神様でもある。一方で、いつのころからか大国主命は大黒様で事代主命は恵比寿様と言われている。

出雲には十月になると全国から神様が集まり、十月を「神無月」と呼ばれるが出雲は「神在月」

と言われている。新島では九月三十日はお立ちといい、神様をお見送り、十月三十一日はお戻りと言ってお迎えする。ところが事代主命は出雲には行かれず、留守を守っている。この神様は恵比寿様として前田家では十月二十日に大盛りのご飯と御馳走を供える習わしになっている。

それがどういう意味があるのだろうか・・・。深い意味があるはずだが、解き明かされてはいない！

自分の人生、事代主命の神は産生神として、今なお見守っていただいている。

その神様のご加護の中で夫とのご縁があり、またその親神様の元、出雲へ夫が奉安されることになった。巡り巡る不思議さを思う。

日本の神様～見えない力

こうして神社に纏わることに触れ、書き進めていくと、いままで思いつくままぱらぱらと書いていたが決して繋がりのないことではなく、いろんな場面で人と人に接点があり、神様と神様が繋がりのあることが分かってきた。ただ、科学のようにキチンと証明するものではない。

人それぞれに解釈も違い、答えの出るものでもないと思う。

見えない力、無言の教えをどう受け止めるかは自分自身の心の問題ではないだろうか。ただ、今自分の知ったこと知っていることを取捨選択し残して置くのは大切なことだと判断した、まだまだ未完であり、あるいは間違いもあるかもしれないが、自分の真実と良心に従い自分の目で見、得た知識を元にしたものである。

これからも出来ることなら補筆していきたいものである。


日本の宗教は八百万の神様で世界の宗教を受け入れ融合しながら一部には新しい形になっていることも知った。その上で日本人の魂は日本の国土から自然発生していったものと考えられ、その日本の姿は今なお変わることはないと思われ、それを未来永劫繋いでいくことこそ意義ある事と気がついたのである。


夫が帰幽して考えることが多かった。

夫婦であっても精神的なことは一人一人個人の問題であるが、共通していても問題はないと思う。人間死んで何を残すのだろうか。遺品を整理している日々の中で触れないものがある。日頃、夫の部屋に私は無断で入ったことはない。プライバシーを侵さないということの私の配慮かと思っており、亡くなったので仕方なく部屋に入る羽目になったのだが、ずいぶん丁寧に生きてきた人の足跡がある。中でも夫は神道を信仰していた。日頃は神棚には天照大神の御札に私の生家の島の鎮守十三社神社の御札をいただき、一年の行事の折り祝詞を奉じていた。そしてさらに個人的には出雲大社の教えを信仰していたが、その思いの深さは知ることもなかった。私は触れてはいけない部分と考えていた。

こうして私自身が人生の大きな節目として思うことがありいろいろ気になることを調べ勉強していくうちに夫の部屋に飾られている一幅の掛け軸に心を寄せるようになっていった。

高皇産靈大神	天照大御神	
天之御中主神		産土大神
	大國主大神	
神皇産靈大神		
		大社教管長従三位出雲國造千家尊福敬書

この掛け軸にはどんな意味があるのだろうか。そう思って通り過ぎていた日々だった。

そして今ようやくこの掛け軸には日本の神様の姿があることを教えられ感謝の気持ちでいっぱいである。

また、夫のふるさと新潟の仏教、お寺についてどう考えたらいいのだろうか。気になることもあるが、

キリストも釈迦も孔子も敬いて拝ろがむ神の道ぞ尊き

貞明皇后

このお心が、日本の姿だと信じつつ……

完

あとがき

ようやく一つの形となりました。

夫が帰幽して一年、月日の経つのが本当に早く感じられあっという間のような気がしています。「未亡人になったのだから一年は下を向いて歩きなさい」と言われたという友の言葉が脳裏を過り、じっとしていました。計画性のない私は突然奈落の底に落とされ、そのうち、私の人生はこれでお終いと考えるようになりました。ところが、自宅での五十日祭の折り神職の方が、「忌み明けが終わったので、これからは普通の暮らしをしてください」と言われたのです。その言葉に目覚めました。

限られた人生をどう生きるのか、雑用に追われながらも自分の道を考えるようになりました。私はこの二十年の間どんなことがあっても「新鷹会」の長谷川伸の会の勉強会を続けて休んだことはありませんでした。この年やむなく休み九月十五日の勉強会に出席したところ会は盛会で知らない新人が多く、何時もの席も空いていませんでした。

同じ位置にこだわる習性の私は一抹の寂しさと同時になにか眠っていたものにスイッチが入ったのです。そして自分にはまだ責任を果たしていないことがあると目標を定め実行に移していったのです。

ところが幸いなことに行く手行く手で良き人に出会い、自分の夫の一年祭までに本を出版するという思いが叶っていったのです。自分の思いが通るということは本当に有り難いことです。なぜ、自分が文章を書くようになったかいまだに分からないのですが、今では書くことは億劫ではありませんし、現に文章を書くことによって多くの困難から救われてきました。

また、文を書くために沢山の土地を訪ね多くの人と出会い、これが今見えないところで繋がりのある不思議さを感じています。点と点が線になりやがて大きな意味のあったことが分かり一つになっていったのです。その輪がもっと大きくなっていくことが楽しみです。

ここに掲載された分の多くは「而今の会」の会誌『而今』、新鷹会の『大衆文芸』に掲載された文を訂正、加筆したものです。

発刊にあたり『萬里小路操子姫の生涯』の関係者の多くの方々、大切な資料を提供してくださった細川千光様、土岐佐智子様、東文子様そして越水宣行（春汀）様、越水紀久子様には心より感謝いたします。

また、平民になられた宮家の血を引く女性をお守りいただき一人の日本人としてお礼申し上げます。そして、歴史の見えないところで命をかけた史枝様ご夫妻の生きざまに頭の下がる思いがいたしました。

また、私自身ついに繙くことのできなかった山岸敬明著『古事記略解』『古事記は宇宙最高の哲学』の古事記研究会が復活することを願っています。

また、発刊のきっかけになったのは、夫が帰幽し後片付けをしていると、目の前に千家尊福著『出雲大社』が置かれており、開いて見るとメモ用紙が挟んであったことです。それには

「一月一日　年の始めの例とて　終わりなき世のめでたさを　松竹立てて門ごとに祝う今日こそたのしけれ　千家尊福　作詩」と懐かしい夫の字体で書かれていました。また、あまり本に書き込みをしない人でしたが、赤線を引いたり付箋を付けてあったり、まるで私の目に止まるようにしてあったのです。

出雲大社で修行したこともある夫は千家様とは年賀状での交流もあったようで、よく「千家達彦様は偉い御方でいつも丁寧に必ず年賀状を下さる」とは聞いていましたので、少し迷いはあったのですが、年賀状欠礼の葉書を出させていただきましたところ、ご丁寧なお悔やみの便りが届きました。ところが、「私は病のため退任し、自ら筆を取ることが叶わず代筆で・・」と奥様にお願いしてまでの便りに有り難い気持ちで一杯になりました。

日本人としてまた神社の娘として生まれ育った私は、皇室の弥栄と国家の繁栄、平安を願うことは当たり前と育ってきました。そのお陰の幸せを感謝しつつ自分のおかれた立場でそれぞれに一生懸命生きることだと思いが至っています。

終わりにタイトルに迷いながら結局いつの頃から自分で付けていた『まほろばの御沙汰』に決定し、越水春汀様に題字をお願いすると快くお引き受けくださり、目の前で揮毫してくださいました。また、その節はご夫妻にはいろいろアドバイスもいただきお礼申し上げます。

そしてさらに出版に当たり高田城氏始め関係者の皆様には大変お世話になりました。

ありがとうございました。

平成二十七年七月十七日

小山　啓子

著者　小山　啓子

昭和16年8月7日　新島の代々続く十三社神社神主・前田家次女として生まれる

日本女子大家政学部卒

昭和52年　産経新聞主催第12回「健康で明るい日本のお母さん」に選ばれる

平成元年　高田城氏に師事　文章の基本を学ぶ

平成5年　産経新聞にノンフィクション小説『夕映えのシドニーラブ』連載する

平成7年　新鷹会（長谷川伸の会）に入会

平成9年「平成8年度代表作時代小説」に『見えない糸』が選ばれる

平成14年『赦免船——新撰組最後の隊長相馬主計の妻』が池内祥三文学奨励賞受賞

慶應義塾大学名誉教授、平成国際大学名誉学長中村勝範氏の主宰する「若芝の会〜而今の会」に入会して50年、同会にて日本の文化、伝統など多くの知識を会得、同人誌『若芝』『而今』に投稿を続ける。また、新鷹会の『大衆文芸』にも多くの掌編小説を発表

著書　『カラス殿流刑』『夕映えのシドニーラブ』（自分流文庫）

趣味　旅、釣り、生け花

まほろばの御沙汰《おんさた》　萬里小路操子姫《までのこうじあやこひめ》の生涯

2015年8月7日　第1刷発行

著　者　　小山　啓子

発行者　　高田　城

発行所　　自分流文庫（㈱表現技術開発センター）

〒101-0052 千代田区神田小川町3-10

Tel 03-3296-1090　Fax 03-3296-1092

E-mail: info@jibunryu.com

印刷所　　㈱シナノパブリッシングプレス

落丁・乱丁はお取り替えいたします。ISBN978-4-938835-62-0